全国中等职业技术学校电子类专业通用教材

单片机基础及应用

人力资源和社会保障部教材办公室组织编写

中国劳动社会保障出版社

图书在版编目(CIP)数据

单片机基础及应用/人力资源和社会保障部教材办公室组织编写. —北京：中国劳动社会保障出版社，2009

全国中等职业技术学校电子类专业通用教材

ISBN 978-7-5045-7590-6

Ⅰ. 单… Ⅱ. 人… Ⅲ. 单片微型计算机-专业学校-教材 Ⅳ. TP368.1

中国版本图书馆 CIP 数据核字(2009)第 084086 号

中国劳动社会保障出版社出版发行

(北京市惠新东街1号 邮政编码：100029)

出版人：张梦欣

*

北京市艺辉印刷有限公司印刷装订 新华书店经销

787 毫米×1092 毫米 16 开本 16 印张 379 千字

2009 年 5 月第 1 版 2009 年 5 月第 1 次印刷

定价：26.00 元

读者服务部电话：010-64929211

发行部电话：010-64927085

出版社网址：http://www.class.com.cn

前　言

为了更好地适应全国中等职业技术学校电子类专业的教学要求，人力资源和社会保障部教材办公室在广泛调研的基础上，组织全国有关职业教育研究人员、一线教师和行业专家，对 2003 年版中等职业技术学校电子类专业教材进行了修订和补充。

这次教材开发工作的重点主要表现在以下几个方面：

第一，坚持以能力为本位，突出职业技术教育特色。根据电子类专业毕业生所从事职业的实际需要，对教材内容的深度、难度做了较大程度的调整。同时，进一步加强实践性教学内容，以满足企业对技能型人才的需要。

第二，吸收和借鉴各地中等职业技术学校教学改革的成功经验。专业课教材的编写遵循任务驱动教学理念，将理论知识与技能训练有机融为一体，尽可能再现专业岗位的工作环境，以提高学生的就业能力，同时，激发学生的学习兴趣，提高教学效果。

第三，努力反映电子技术发展，力求使教材具有鲜明的时代特征。合理更新教材内容，尽可能多地在教材中充实新知识、新技术、新设备和新材料等方面的内容，例如，教材编写充分运用了电子仿真技术。同时，在教材编写过程中，严格贯彻国家有关技术标准的要求。

第四，努力贯彻国家关于职业资格证书与学历证书并重、职业资格证书制度与国家就业制度相衔接的政策精神，力求使教材内容符合《电子设备装接工》《无线电调试工》《无线电设备机械装校工》《家用电子产品维修工》《电子元器件检验员》等国家职业标准（中级）的知识和技能要求。

第五，创新教材编写模式，力求给学生营造一个更加直观的认知环境。尽可能使用图片、实物照片或表格形式将各个知识点生动地展示出来，同时，针对相关知识点，设计了很多贴近生活的导入和互动性训练等，意在拓展学生思维和知识面，引导学生自主学习。

第六，强调教辅资源的开发，力求为教师教学提供更多的方便。本套教材除配有习题册、教学参考书、教学挂图外，还重点开发了多媒体教学光盘、网络课程等。

本次开发与修订的教材包括：《电工基础（第三版）》《模拟电路基础》《数字电路基础》

《无线电基础（第四版）》《电子测量与仪器（第四版）》《机械知识与钳工技能训练》《机械识图与电气制图（第四版）》《电子 EDA（Proteus）》《单片机基础及应用》《传感器基础知识》《电子产品新技术应用（第二版）》《电子基本操作技能（第四版）》《电子专业技能训练（第二版）》《电视机原理与电路分析（第二版）》《电视机装接调试与维修技能训练（第二版）》。根据教学需要后期还将陆续开发和修订其他教材。

　　本次教材开发工作得到了河北、江苏、湖南、河南、广东、云南等省人力资源和社会保障厅及有关学校的大力支持，对此，我们表示诚挚的谢意。

人力资源和社会保障部教材办公室

2009 年 6 月

简　介

　　《单片机基础及应用》的主要内容有：数据与存储器的操作训练、并行 I/O 接口的应用、数码管显示接口控制、中断与定时器/计数器的应用、键盘接口的控制、综合应用。各部分教学内容参考学时见下表。

　　本书由陈石胜、肖建章、刘岚、韦清、徐丹杰编写，陈石胜主编；齐明琪审稿。

参 考 学 时 表

章　节	学　时
模块 1　数据与存储器的操作训练	14
模块 2　并行 I/O 接口的应用	18
模块 3　数码管显示接口控制	12
模块 4　中断与定时器/计数器的应用	18
模块 5　键盘接口的控制	8
模块 6　综合应用	20
总　计	90

目　录

模块 1

数据与存储器的操作训练

课题 1　认识单片机

任务 1　单片机的应用实例与 MCS-51 单片机引脚功能

学习目标

1. 初步了解单片机的应用范畴，激发学习单片机应用技术的兴趣，明确学习目的，指明专业方向。

2. 了解 AT89S51 单片机引脚分布及各引脚的功能。

工作任务

通过实物展示和列举实例相结合的教学方式认识单片机。如图 1—1—1 所示为 MCS-51 系列单片机。

图 1—1—1　MCS-51 系列单片机

一、单片机的应用实例解读

目前，单片机已渗透到我们生活的各个领域。导弹的导航装置，飞机上各种仪表的控制，计算机的网络通信与数据传输，工业自动化过程的实时控制和数据处理，广泛使用的各种智能IC卡，民用豪华轿车的安全保障系统，录像机、摄像机、全自动洗衣机的控制，以及程控玩具、电子宠物等，这些都离不开单片机。更不用说自动控制领域的机器人、智能仪表、医疗器械了。因此，单片机的学习、开发与应用将造就一批计算机应用与智能化控制方面的科学家、工程师。

单片机广泛应用于家用电器、仪器仪表、医用设备、航空航天、专用设备的智能化管理及过程控制等领域。关于单片机的实际应用简单概括如下：

1. 在人类生活中的应用

如图1—1—2所示的电饭煲可实现煮饭、煲粥、炖汤、蒸煮等烹饪方式，控制技术上可实现8 h长时间预约烹饪，在安全保护方面具有限压保护、泄压保护、限温保护、超温保护、防堵塞安全保护、故障报警保护等功能。图1—1—2中智能电风扇具有温度智能控制功能、安全保护功能、智能照明功能、多级调速功能、定时工作功能、红外遥控功能等。这些功能都是由单片机程序控制实现的。

图1—1—2　单片机在人类生活中的应用

2. 在智能仪器仪表中的应用

如图1—1—3所示的示波器的各种控制功能都是由单片机控制实现的。其中数字示波器的显示功能是通过单片机输出段码控制数码管显示相关参数，自动测量计算、脉冲计数、波形计算主要是通过程序设计来实现的，此外，彩屏显示、数据记忆存储、打印输出、各种计算机接口等功能也都是应用单片机来实现的。

3. 机电一体化中的应用

如图1—1—4所示各类机床设备的控制线路中，都会有单片机的应用。作为控制电路的中央处理部分，单片机将根据不同的输入信号，通过用户逻辑（程序）运算后输出相应的控

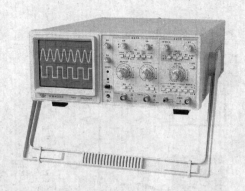

图1—1—3 单片机在智能仪器仪表中的应用

图1—1—4 单片机在机电一体化中的应用

制信号并控制机器实现运转。

4. 在实时过程控制中的应用

如图1—1—5所示为单片机在实时控制中的应用实例,是一个典型的单片机通信技术的应用。系统中各传感器将采集的信号实时地传送到报警器主机,然后由报警器主机对实时信号进行分析处理,如有异常,根据情况有针对性地对相应的终端发送报警信号实施报警。例如,当烟雾传感器传来烟雾过多的信号时,报警器主机会对火灾报警装置发出火灾报警信号,并可以通过拨号系统拨通已设定的电话(如119或主人的移动电话)或发出相关的短信通知相关人员。

5. 宣传指示应用

如图1—1—6所示为单片机在宣传指示中的应用实例。主要用于诸如车站等公共场所,起到广告、宣传、提醒的作用。这里的大型显示屏是由许多点状发光二极管排列成点阵构成

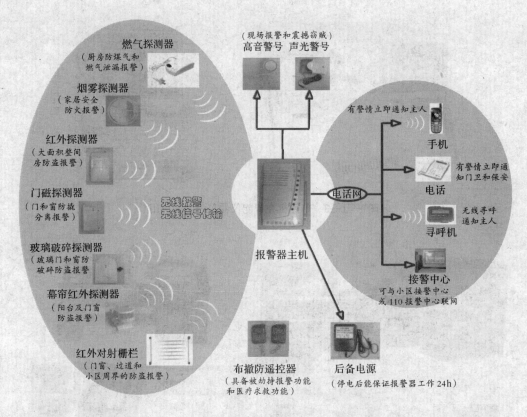

図 1—1—5 单片机在实时控制中的应用

的, 而其画面显示功能是由单片机控制它逐行扫描或逐列扫描来实现的。

图 1—1—6 单片机在宣传指示中的应用

二、MCS-51 单片机的引脚功能识别

如图 1—1—7 所示为 MCS-51 系列的 AT89S51 单片机引脚功能图。该单片机为 DIP-40 封装,有 8 位(1 字节)双向 I/O(输入/输出)接口(P0 口)和 3×8 位准双向 I/O 接口(P1、P2、P3 口)。AT89S51 单片机各引脚功能的介绍如下:

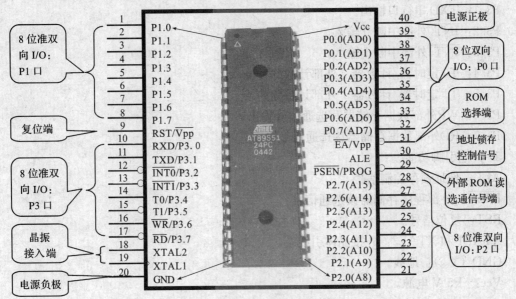

图 1—1—7　MCS-51 系列的 AT89S51 单片机引脚功能图

1. P0 口:8 位双向 I/O 口
(1) 可做通用 I/O 口使用,又可做地址/数据总线口。
(2) 既可按字节寻址,又可按位寻址。
(3) 做输入口使用时,是准双向口。
(4) 做通用 I/O 口输出时,是开漏输出。
(5) 做地址/数据总线口时,是真正双向口;而做通用 I/O 口时,只是一个准双向口。

2. P1 口:8 位准双向 I/O 口
(1) 无地址/数据口功能。
(2) 可按字节寻址,也可按位寻址。
(3) 做 I/O 输入口时,是一个准双向口,而不是开漏输出。

3. P2 口:8 位准双向 I/O 口
(1) 做通用 I/O 时,是一个准双向口。
(2) 从 P2 口输入数据时,先向锁存器写"1"。
(3) 可按位寻址,也可按字节寻址。
(4) 可输出地址高 8 位。

4. P3 口:8 位准双向 I/O 口
(1) 做通用 I/O 时,"选择输出功能"应保持高电平。
(2) 工作于第二功能时,该位锁存器应置 1。

（3）做输入口时，输出锁存器和选择输出功能端都应置1。

（4）第二功能专用时，取自输入通道第一缓冲器（G1）输出端，通用输入信号取自"读引脚"。

（5）P3口各引脚的第二功能定义如下：

P3.0：RXD串行口输入。

P3.1：TXD串行口输出。

P3.2：$\overline{INT0}$外部中断0输入。

P3.3：$\overline{INT1}$外部中断1输入。

P3.4：T0定时器/计数器0外部计数脉冲输入。

P3.5：T1定时器/计数器1外部计数脉冲输入。

P3.6：$\overline{WR}$外部数据存储器写选通信号输出。

P3.7：$\overline{RD}$外部数据存储器读选通信号输出。

5. 其他引脚功能

ALE：地址锁存控制信号。

$\overline{PSEN}$：外部程序存储器读选通信号。

RST：复位信号。

XTAL1和XTAL2：外接晶体引线端。

GND（V_{SS}）：地线。

Vcc：+5 V电源。

相关知识

一、单片机的基本结构

MCS-51单片机内部结构示意图如图1—1—8所示。其组成如下：

（1）一个8位的CPU，是单片机的核心，完成运算和控制功能。

（2）128/256字节内部数据存储器（内部RAM）。

（3）8051有容量为4 KB的ROM，用于存放程序、原始数据或表格，因此，称为程序存储器，简称内部ROM。

（4）两个16位的定时器/计数器，以实现定时或计数功能。

（5）4个8位的I/O口（P0、P1、P2、P3），以实现数据的并行输入/输出。

（6）一个全双工的串行口，以实现单片机和其他设备之间的串行数据传送。

（7）5个中断源，即外中断2个、定时/计数中断2个、串行中断1个。中断分为高级和低级共两个优先级别。

（8）时钟电路，为单片机产生时钟脉冲序列。系统允许的晶振频率一般为6 MHz和12 MHz。

二、I/O电路的结构

如图1—1—9所示，a、b、c、d图分别表示P1、P3、P0和P2口中的1位I/O口的内

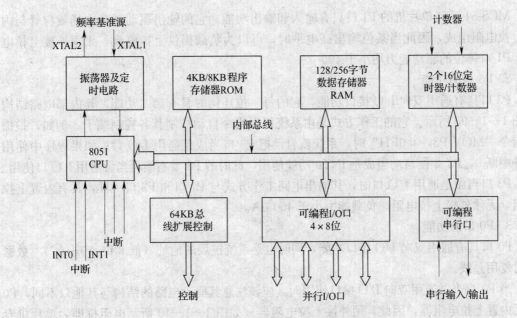

图 1—1—8 MCS-51 单片机内部结构示意图

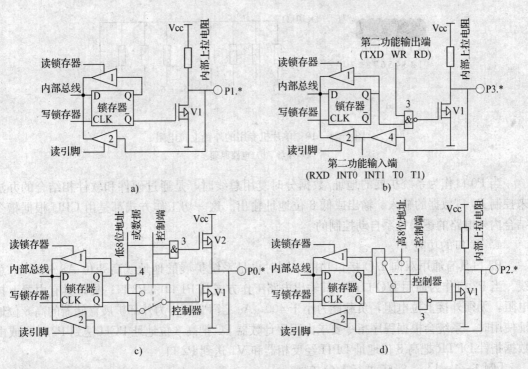

图 1—1—9 MCS-51 单片机各 I/O 口内部电路结构（原图）
a) P1 口的 1 位结构 b) P3 口的 1 位结构 c) P0 口的 1 位结构 d) P2 口的 1 位结构

部结构，每个接口因其功能的差异，而在结构上有所不同，但都具有 1 个锁存器（D 触发器）、1 个输出驱动器（场效应管）和 2 个（P3 口为 3 个）输入缓冲器（三态门电路）。

1. P1 口的功能

MCS-51 系列单片机的 P1 口只有输入和输出功能。它的输出驱动部分由场效应管与内置上拉电阻组成，因此当某位输出高电平时，可以为负载提供上拉电流，无须外接上拉电阻。P1 口每位的驱动能力均小于 400 μA。

2. P3 口的功能

P3 口具有通用双向 I/O 接口功能，它的每一位还同时具有第二功能，其内部电路结构如图 1—1—9d 所示。它的工作方式是由系统根据指令自动控制其各控制端子。例如，扫描到指令"MOV P3，＃0FH"时，系统就自动把 P3 口当成是通用 I/O 口；如果程序中使用了外中断 0，P3.2 便自动当成是 INT0 功能使用，此时的 P3.2 不能再当做通用 I/O 口使用。

P3 口当做是通用 I/O 口时，其输出电路工作方式与 P1 口和 P2 口一样，具有内置上拉电阻，无须外接上拉电阻，负载能力小于 400 μA。

3. P0 口的功能

P0 口具有通用双向 I/O 接口功能，同时也是系统扩展的地址（低 8 位 A0～A7）/数据分时复用总线。

当 P0 口当做通用双向 I/O 接口使用时，应该注意其驱动电路的结构与其他口不同，P0 口无内置上拉电阻器，因此，须外接上拉电阻器（如图 1—1—10 所示电阻排即为单片机专用的上拉电阻）。负载能力小于 800 μA。（注：P0 口在做总线使用时不能接上拉电阻。）

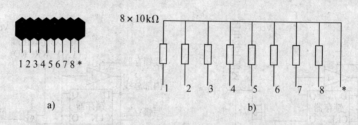

图 1—1—10　单片机专用的外置上拉电阻
a) 外形　b) 电路原理

当 P0 口作为系统扩展的地址/数据分时复用总线时，是通过硬件和软件相结合的办法来控制 P0 口数据的输入、输出或低 8 位地址输出。这一切工作方式都是由 CPU 根据指令结合内外电路的逻辑关系自动控制的。

4. P2 口的功能

P2 口具有通用双向 I/O 接口功能，同时也是系统扩展的地址（高 8 位 A8～A15）总线。当 P2 口作为通用 I/O 口时，其输出电路工作方式与 P1 口和 P3 口一样，具有内置上拉电阻，无须外接上拉电阻，负载能力小于 400 μA。当 P2 口作为外部扩展存储器的高 8 位地址使用时，系统会根据程序指令要求由程序计数器 PC 把高 8 位地址 PCH 送到 P2 口，或由数据指针 DPTR 把高 8 位地址 DPH 经反相器和 V1 送到 P2 口。

［例 1—1—1］　8155 并行 I/O 扩展。

MOV DPTR，＃7F04H　；此步使数据指针装载地址高 8 位为"7FH"、低 8 位为
　　　　　　　　　　　　　　　"04H"

MOV A，＃18H　　　；待传送数据

MOVX @DPTR，A　　；先让 P2＝7FH、P0＝04H（外部寻址），后让 P0＝18H
　　　　　　　　　　　　　　（送数据）

单片机的并行 I/O 口的控制是非常灵活和自动的。所谓灵活，即既可以控制一个字节（位寻址），也可以控制位（即位寻址）；随时可以当做输入，也可以当做输出。所谓自动，是指它的工作方式和功能控制都是由 CPU 根据程序指令自动地控制电路完成相应的任务，如例 1—1—1 所示。

练习

1. 单片机的概念和功能分别是什么？

2. 简述 MCS-51 单片机的内部结构组成。

3. 简述 MCS-51 单片机各引脚的功能。

4. 当 P0 口当做通用双向 I/O 接口使用时，应该注意其驱动电路的结构与其他口不同的是需要加上_____，（有或无）_____内置上拉电阻，负载能力小于_____ μA。

5. 当 P1、P2、P3 口当做通用双向 I/O 接口使用时，负载能力小于_____ μA。

任务 2　MCS-51 单片机最小应用系统

学习目标

1. 了解单片机最小应用系统的组成。
2. 掌握单片机最小应用系统各单元电路的工作原理。
3. 熟悉单片机最小应用系统电路的安装方法。

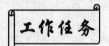

通过电路图解读单片机最小应用系统及其安装方法。

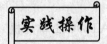

一、准备工作

1. 材料

准备好如图 1—1—11 所示的 MCS-51 单片机最小应用系统所需的元器件。其详细清单见表 1—1—1。

表 1—1—1　　　　　　　　MCS-51 单片机最小应用系统所需元器件

元件名称	型号参数	数量
单片机	AT89C51	1
晶体振荡器	12 MHz	1
瓷片电容器	33 pF	2

元件名称	型号参数	数量
极性电容器	10 μF/16 V	1
微动按钮	1 cm×1 cm	1
电阻器	100 Ω	1
电阻器	1 kΩ	1

图1—1—11　MCS-51单片机最小应用系统所需的元器件

除上述列举的电子元器件之外，读者还可根据自身的条件和需要增加其他材料或辅助材料，例如万能电路板、焊锡、松香等。

2. 工量具

万用表等电子工量具一套。

二、MCS-51单片机最小应用系统的解读

单片机的最小应用系统是指单片机可以正常工作的最简单电路组成。AT89C51单片机的最小应用系统如图1—1—12所示，该系统由4个电路组成。

1. 电源电路

引脚Vcc（引脚㊵）接+5 V电源，引脚GND（引脚⑳）接地线。有时为了提高电路的抗干扰能力，可用一个0.1 μF（元件标注为104）的瓷片电容器和一个10 μF的极性电容器接在引脚Vcc和接地线之间，极性电容器可以滤除低频干扰，瓷片电容器可以滤除高频干扰。

2. 程序存储器选择电路

EA是片内外存储器的选择端，当EA端接高电平时，片内外统一编址，片内ROM地址范围为0000H~0FFFH，共4 KB；片外ROM地址为1000H~FFFFH，内外共64 KB。当程序计数器PC≤0FFFH时执行片内程序，当PC>0FFFH时执行片外ROM中的程序。如果EA端接低电平，则CPU只能读片外存储器。对于片内有存储器的单片机（如8051），

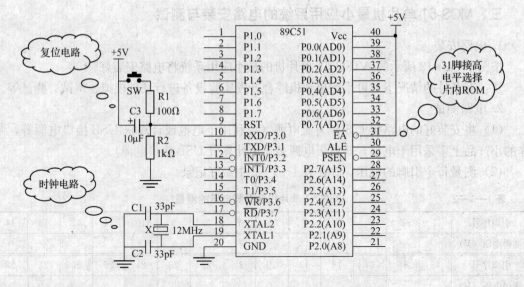

图 1—1—12 AT89C51 单片机的最小应用系统

EA 应接高电平；对于片内没有存储器的单片机（如 8031），则应接低电平。

3. 时钟电路

AT89C51 芯片的时钟频率可以在 0～24 MHz 范围内。单片机内部有一个高增益的反相放大器电路，其输入端为 XTAL1，输出端为 XTAL2。在这个放大电路的对外引脚 XTAL2（引脚⑱）和 XTAL1（引脚⑲）间接上晶体振荡器和电容器可形成反馈电路，构成稳定的自激振荡器。单片机的时钟频率取决于外接的晶体振荡器的频率，如果晶振频率高，则单片机的运行速度快，但是稳定性会有所下降；如果晶振频率低，则稳定性高，但是系统运行速度降低。两个电容器的取值范围为 20～30 pF。

4. 复位电路

对于 AT89C51 芯片，如果引脚 RST（引脚⑨）保持 24 个时钟周期的高电平，单片机就可以完成复位。通常为了保证应用系统可靠地复位，复位电路应使引脚 RST 保持 10 ms 以上的高电平。只要引脚 RST 保持高电平，单片机就复位。当引脚 RST 从高电平变为低电平时，单片机退出复位状态，从程序空间的 0000H 地址开始执行用户程序。复位电路可分为上电自动复位和手动复位两种。

上电自动复位电路由电容器和电阻器组成。当系统加电时，由于电容器两端的电压不能突变，因此引脚 RST 为高电平，单片机进入复位状态。随着电容器的充电，它两端的电压上升，使得引脚 RST 上电压下降，最终使单片机退出复位状态。合理地选择电容器和电阻器的取值，系统就能可靠地复位。电容器的推荐值为 10 μF，电阻器的推荐值是 1 kΩ 和 10 kΩ。

手动复位电路主要由按钮常开触点与电阻器串联构成，手动复位电路使 AT89C51 芯片 RST 引脚在按钮常态时为低电平，并保证单片机处于工作状态，而在按下按钮时，AT89C51 芯片 RST 引脚为高电平状态，实现复位。

三、MCS-51 单片机最小应用系统的电路安装与测试

1. 电路安装

按图 1—1—12 所示的 AT89C51 单片机的最小应用系统将电路安装好。

注：有条件的情况下，可采用单片机综合开发实验设备进行硬件模拟、调试、测试等。

2. 电路测试

（1）将安装好的电路接上 5 V 直流电源（可利用干电池或计算机 USB 接口电源等，制作的小产品上多采用干电池，开发板电源多采用计算机 USB 接口电源）。

（2）测量每个引脚的电压，并在表 1—1—2 中做好记录。

表 1—1—2　　　　　　　　　AT89C51 单片机各引脚电压的测量

引脚序号	1	2	3	4	5	6	7	8	9	10	11	12	13	14
测得电压（V）														
引脚序号	15	16	17	18	19	20	21	22	23	24	25	26	27	28
测得电压（V）														
引脚序号	29	30	31	32	33	34	35	36	37	38	39	40		
测得电压（V）														

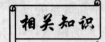
相关知识

一、复位状态

1. 复位后 PC 值为 0000H，表明复位后程序从 0000H 开始执行。

2. 复位后，SP 值为 07H，表明堆栈（参见模块 3 课题 1）底部在 07H。一般需重新设置 SP 值。

3. 复位后，P0～P3 口值为 FFH。P0～P3 口用做输入口时，必须先写入"1"。而单片机在复位后，已使 P0～P3 口每一端线为"1"，为这些端线用做输入口做好了准备。

二、引脚悬空状态

引脚没有被控制的状态称为悬空状态。

在本任务中，AT89C51 单片机所有 I/O 引脚在悬空状态都是呈高电平（3.6～5 V），㉙、㉛脚悬空时也为高电平，㉚脚为低电平。

值得注意的是，第⑨脚（复位引脚）如果悬空将呈高电平，而该引脚为高电平时，单片机将始终处于复位状态，也就是说单片机将无法工作。因此，复位信号是一个大于 10 ms 的正脉冲信号，而单片机在正常工作时该引脚应该处于低电平状态。

三、CPU 时序

在 MCS-51 芯片内部有一个高增益反相放大器，输入端为芯片引脚 XTAL1，输出端为引脚 XTAL2。而在芯片的外部，XTAL1 和 XTAL2 之间跨接晶体振荡器和微调电容器，构

成一个稳定的自激振荡器，这就是单片机的时钟电路，时钟电路产生的振荡脉冲经过触发器进行二分频之后，才成为单片机的时钟脉冲信号。典型的单片机 CPU 时序图如图 1—1—13 所示。

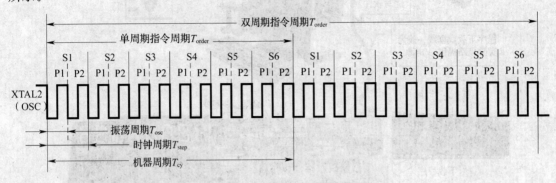

图 1—1—13　典型的单片机 CPU 时序图

1. 振荡周期 T_{osc} 与节拍

外部振荡电路经 XTAL1 脚输入的脉冲周期定义为振荡周期 T_{osc}，而 1 个振荡周期 T_{osc} 定义为 1 个节拍，用 P 表示。

2. 状态周期 T_{step}

振荡脉冲经过二分频后，就是单片机的时钟信号的周期，定义为状态，用 S 表示。这样，一个状态就包含两个节拍，$T_{step}=2\times T_{osc}$。

3. 机器周期 T_{cy}

规定一个机器周期的宽度为 6 个状态，并依次表示为 S1～S6。由于一个状态又包括两个节拍，因此，一个机器周期总共有 12 个节拍，即 $T_{cy}=6\times T_{step}=12\times T_{osc}$。

4. 指令周期 T_{order}

指令周期是最大的时序定时单位，执行一条指令所需要的时间称为指令周期。它一般由若干个机器周期组成，即 $T_{order}=nT_{cy}$（n 为 1、2 或 4）。

例如：若晶振频率 $f_{osc}=12\,MHz$，则 $T_{osc}=1/12\,\mu s$，$T_{step}=2\times T_{osc}=1/6\,\mu s$，$T_{cy}=6\times T_{step}=12\times T_{osc}=1\,\mu s$。汇编指令除了乘法指令 MUL 和除法指令 DIV 是 $4T_{cy}$ 之外，其他都是单周期或双周期指令（T_{cy} 或 $2T_{cy}$）。因此，若晶振频率 $f_{osc}=12\,MHz$，则执行一条指令最少要用 1 μs 的时间，而执行乘法指令 MUL 或除法指令 DIV 要花 4 μs 的时间。

四、单片机开发平台

学习单片机应用技术需具备单片机综合开发实验系统设备。单片机综合开发实验系统的组成以及开发的大致流程如图 1—1—14 所示。

开发平台的种类很多，读者可根据自己的需要购置。作为初学者可购置能完成一些常规性实验的开发平台。适合初学者的开发平台主要应能完成以下实验：发光二极管的控制、数码管显示、键盘输入、继电器输出、蜂鸣器输出控制、芯片烧写、仿真等。

五、如何学好单片机应用技术

1. 掌握设备硬件和软件的正确使用方法，并能够灵活使用。

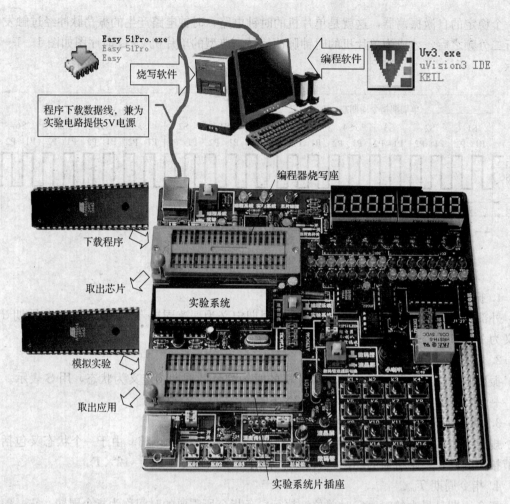

图1—1—14 单片机综合开发实验系统的组成以及开发的大致流程

2. 因为单片机应用技术是一项综合性很强的技术，所以需要具备一定的电子技术基础（模拟电路和数字电路）和计算机操作水平。

3. 有学好单片机应用技术的信心，在学习过程中要有耐心和恒心，有一丝不苟的钻研精神，并注意学习技巧和方法。

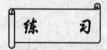

1. 简述 MCS-51 单片机的最小应用系统组成。

2. 单片机的复位有几种方法？复位后的状态如何？

3. 如果单片机晶振频率为 6 MHz，那么其振荡周期、状态周期和机器周期各是多少？

4. MCS-51 单片机有几个 I/O 接口？各接口的应用功能一般有哪些？

5. MCS-51 单片机芯片有几条专用控制线？各起什么作用？

存储器简介及操作训练

任务 1 程序存储器 (ROM) 空间分配法

学习目标
1. 了解程序存储器的结构、作用及地址分布。
2. 熟悉 KEIL51 软件的正确使用方法。
3. 掌握程序存储器空间分配的正确方法。

工作任务

借助 KEIL 软件界面来了解程序存储器 ROM 的空间分布结构。本任务需要准备的器材和软件如图 1—2—1 所示。

Uv3.exe
uVision3 IDE
KEIL

a)   b)

图 1—2—1 ROM 空间分配训练应准备的器材和软件
a) 计算机 b) 软件图标

实践操作

一、学会正确使用 KEIL51 (uVision3) 编程软件

KEIL51 (uVision3) 编程软件是德国 KEIL 公司研制的单片机编程软件，是一个标准 Windows 应用程序，直接单击程序图标即可启动它。其主要功能是用于 8051 系列单片机编程和调试（模拟单片机程序运行，观察运行效果，及时发现错误，提高成功率）。编程调试时，建议为每个项目建一个单独的文件夹。KEIL51 编程软件的使用流程如图 1—2—2 所示。下面是 KEIL51 的一个使用范例：

1. 启动界面

KEIL51 编程软件的启动界面如图 1—2—3 所示。

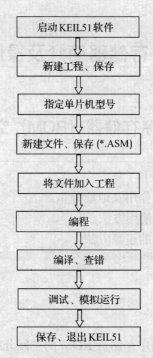

图 1—2—2　KEIL51 编程软件的使用流程

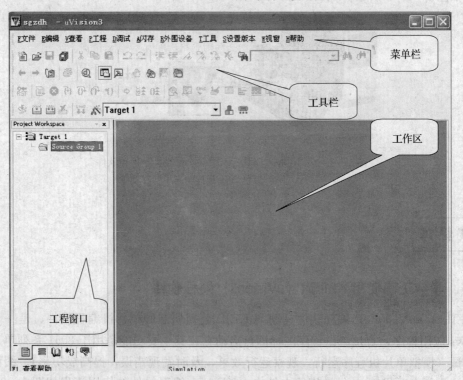

图 1—2—3　KEIL51 编程软件的启动界面

2. 新建工程

新建工程的具体步骤如图 1—2—4 所示。

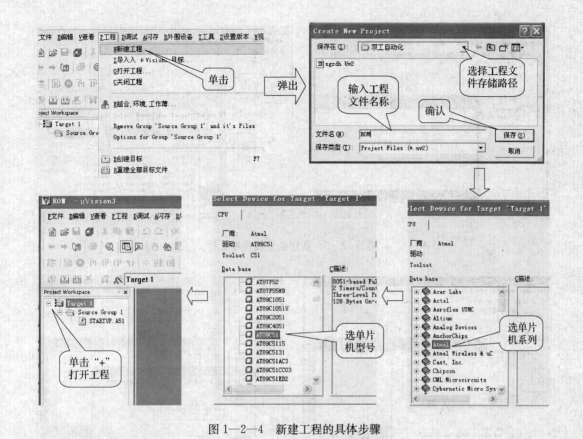

图 1—2—4　新建工程的具体步骤

3. 新建汇编源程序文件

如图 1—2—5 所示，将编写好的汇编源程序以汇编的格式（＊.ASM）保存在指定的文件夹里。输入程序如下：

MOV A，♯01010101B	；累加器 ACC＝55H
MOV P0，A	；数据输出到 P0 口
MOV P1，A	；数据输出到 P1 口
MOV P2，A	；数据输出到 P2 口
MOV P3，A	；数据输出到 P3 口
END	；程序结束

4. 将汇编源文件加入到工程项目中并修改 Target1 属性

如图 1—2—6 所示，已经编写好的汇编源文件必须加入到工程项目中才能进行仿真调试。通过修改 Target1 属性可使仿真效果更为贴近实际硬件电路，如选择晶振频率可准确地仿真程序的执行时间，只有选中创建 HEX 文件才能在编译时产生烧写单片机所需的＊.HEX 文件。

5. 编译汇编源程序文件

如图 1—2—7 所示，如果汇编源程序及其存储路径正确无误，单击"编译"后系统将自动产生如图 1—2—7 所示的信息。信息中"creating hex file from"ROM"…"和""ROM"—0 Error（s），3 Warning（s）."分别表征已创建＊.HEX 文件和编译无误。

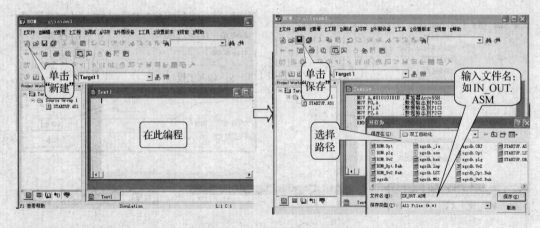

图1—2—5　新建汇编源程序文件

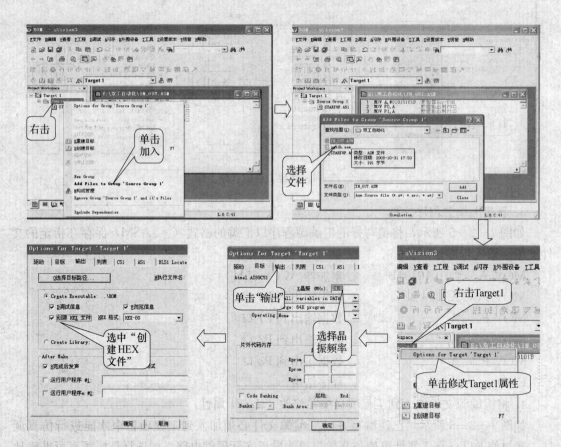

图1—2—6　将汇编源文件加入到工程项目中并修改 Target1 属性

6. 程序调试

源程序经过编译后可以使用 KEIL51 软件进行模拟调试。在调试过程中，通过观察程序流程和各寄存器中数据的变化来分析程序的正确性，不断调试、修改，直到满意为止。因各项工程的不同，调试的具体方法也会有所不同，因此，具体的调试方法将在具体的工程项目中进行叙述。

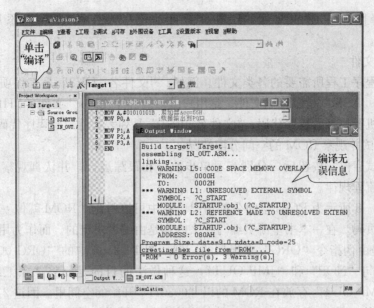

图 1—2—7 编译汇编源程序文件

二、程序存储器（ROM）作用解读

车间里某师父在教徒弟如何加工一个零件，由于零件加工工序较为复杂，徒弟很聪明，却又担心不能将师父所教的加工工序完全记住，于是徒弟将师父讲解的加工工序一一用本子记下并整理成《××零件加工工序说明书》。以后徒弟在每次加工零件时都按照说明书按部就班地进行，这样确保了零件加工的正确性。这里的加工工序就是程序，而用来记录加工工序的说明书就是程序存储器 ROM。

程序存储器简称 ROM，顾名思义，是用来存放程序代码的存储器。也可存放数据，但一旦写入就不能改写，只能读出。断电后，ROM 中信息保留不变，所以 ROM 用来存放固定的程序或数据，如系统的管理程序、常数、表格等。

三、程序存储器（ROM）空间分配仿真操作训练

1. 启动 KEIL51（uVision3）并创建一个项目

建立工程文件的流程是：单击 🛡️ 启动 KEIL51（uVision3）并打开界面→在工程下拉菜单中单击"新建工程"→输入文件名"goche1. uv2"→选择单片机→打开工程界面。

2. 新建一个源文件

使用菜单选项"文件/新建"来新建一个源文件。此时，系统将打开一个空的编辑窗口，输入源代码。当把此文件另存为 *. C 或 *. ASM 的文件后，uVision3 将高亮显示 C 语言或汇编语法字符。把例子程序保存为"E:\双工自动化\SGZDH. ASM"。

3. 将源文件"E:\双工自动化\SGZDH. ASM"添加到工程—1（Target-1）中

一旦创建了源文件，就可以把它加入到项目中。uVision3 提供了多种将源文件加入到项目中的方法。例如，可以右键单击工程窗口——Files 页中的文件组来弹出快捷菜单，在菜单中单击"Add Files to Group 'Source Group 1'"选项可打开一个标准的文件对话框，从

对话框中选择刚刚生成的文件"E：\双工自动化\SGZDH．ASM"添加到工程－1（Target-1）中。

4．编译源文件

即汇编源程序工程所需要的各类文件。例如："文件名．UV2"是工程项目文件，实现管理；"文件名．ASM"是源代码文件，是用户编写的程序代码；"文件名．HEX"是可执行文件，是单片机要执行的程序代码；"文件名．LST"是列表文件，是程序代码的说明。

5．程序调试并观察 ROM 的空间分配情况

按下"调试启停"按钮后，分别练习单步执行和跟踪运行，并认真观察光标的移动状况，总结程序流程规律。

如图 1—2—8 所示为 ROM 空间分配情况，从中可以看出，ROM 就像一本书，它的地址就如书中的页码。在一本书里哪页编写什么内容是由编者决定的。而作为用来存放程序的 ROM 空间则是由伪指令"ORG"来规划的，例如图 1—2—8 中的"ORG 0030H"后跟随的 2 条汇编语句"NOP"和"JMP OUT"，这种做法的目的是要将 2 条汇编语句分别是"NOP"和"JMP OUT"存放在 ROM 的以"0030H"开始的空间里。因这 2 条语句前者需占用 1 个字节的空间，后者需占用 2 个字节的空间，因此，这 2 条指令将占用 ROM 的 0030H～0032H 的 3 个地址的空间。

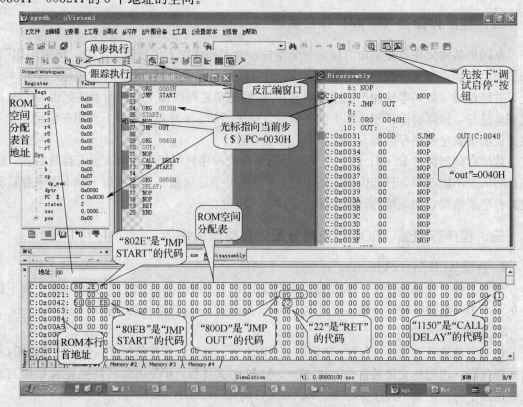

图 1—2—8 ROM 空间分配情况

本程序并没有实际的逻辑控制内容，只是想告诉大家程序内容在 ROM 中是如何摆放的。从图中可以看出本程序在 ROM 里是分 4 处存放的：

(1)"JMP START（代码是 802E）"存放在"0x0000～0x0001"位置；

(2)"NOP（代码是 00）"和"JMP OUT（代码是 800D）"存放在"0x0030～0x0032"位置；

(3)"NOP（代码是 00）""CALL DELAY（代码是 1150）"和"JMP START（代码是 80EB）"存放在"0x0040～0x0044"位置；

(4)"2 条 NOP（代码是 00）和 RET（代码是 22）"存放在"0x0050～0x0052"位置。

这些程序语句要摆放到哪里，完全是由程序员通过 ORG 伪指令来控制的。

一、存储器知识

存储器就是用来存放程序和数据的地方。它是利用电平的高低来存放数据的，也就是说，它存放的实际上是电平的高、低，而不是 1、2、3、4 这样的数字。存储器按功能可以分为只读存储器和随机存取存储器两大类。所谓只读存储器（READ ONLY MEMORY，ROM），即只能读取其中的数据而不可以改写，也称程序存储器。所谓随机存取存储器（READ RANDOM MEMORY，RAM），即随时可以改写，也可以读出里面的数据，也称数据存储器。

AT89C51 单片机的程序存储空间和数据存储空间是分离的，如图 1—2—9 所示，每种存储空间的寻址范围都是 64 KB。上述存储空间在物理结构上可以分为 4 个空间：片内程序存储器、片外程序存储器、片内数据存储器和片外数据存储器。当存储空间为外部存储器时，包括程序空间和数据空间，AT89C51 单片机的 P0 口的 8 个引脚，从 P0.0（AD0）到 P0.7（AD7）（引脚从㊴到㉜），以分时复用的方式被用做数据总线和地址总线的低 8 位；P2 口的 8 个引脚，从 P2.0（A8）到 P2.7（A15）（引脚从㉑到㉘），被用做地址总线的高 8 位。由于对外部程序存储器和外部数据存储器的访问都是通过 P0 口和 P2 口实现的，因此，为了区分它们，外部程序存储器由引脚 $\overline{\text{PSEN}}$（引脚㉙）的输出信号控制；外部数据存储器的写或读操作分别由引脚 P3.6（$\overline{\text{WR}}$，引脚⑯）和引脚 P3.7（$\overline{\text{RD}}$，引脚⑰）输出信号控制。

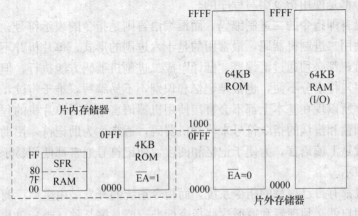

图 1—2—9　存储器空间分配图

二、AT89C51 单片机的 ROM 空间

AT89C51 单片机内有 4 KB ROM（8031 无内部 ROM），片外还可以扩展到 64 KB 的程序存储器区，片内外统一编址。地址用 16 位，其范围是 0000H～FFFFH，用 $\overline{EA}$ 引脚（③）脚）控制内外寻址。

当 EA＝1（引脚③为高电平）时，片内外统一编址。片内 ROM 的地址范围为 0000H～0FFFH，共 4 KB；片外 ROM 地址为 1000H～FFFFH，内外共 64 KB。当程序计数器 PC≤0FFFH 时执行片内程序，当 PC＞0FFFH 时执行片外 ROM 中的程序。

当 EA＝0（引脚③为低电平）时，只能片外寻址，即只能执行片外 ROM 的程序。因此，片外 ROM 地址为 0000H～FFFFH，共 64 KB，如图 1—2—9 所示。

三、ROM 的 43 个特殊专用功能区

在使用片内 ROM 时，其中有 43 个单元具有特殊专用功能：

0000H～0002H 这 3 单元是系统的启动单元；

0003H～000AH 这 8 单元是外部中断 0 中断服务程序地址区；

000BH～0012H 这 8 单元是定时器/计数器 0 中断服务程序地址区；

0013H～001AH 这 8 单元是外部中断 1 中断服务程序地址区；

001BH～0022H 这 8 单元是定时器/计数器 1 中断服务程序地址区；

0023H～002AH 这 8 单元是串行口中断服务程序地址区。

这些中断入口地址的使用方法在后面用到中断时再详细介绍。

四、汇编语言知识

1. 单片机指令系统简介

一个单片机所需执行指令的集合即为单片机的指令系统。单片机使用机器语言、汇编语言及高级语言，但不管使用何种语言，最终还是要"翻译"成机器码，因为单片机可以执行的是机器码。现在有很多半导体厂商都推出了自己的单片机，单片机种类繁多，值得注意的是，不同单片机的指令系统不一定相同，或不完全相同。但不管是使用机器语言、汇编语言还是高级语言，都是使用指令编写程序的。

所谓机器语言即指令的二进制编码，而汇编语言则是指令的表示符号。在指令的表达式上也不会直接使用二进制机器码，最常用的是十六进制的形式。单片机并不能直接执行汇编语言和高级语言，都必须通过汇编器"翻译"成二进制机器码方能执行，但如果直接使用二进制来编写程序，将十分不便，也很难记忆和识别，不易编写，难于辨读，极易出错，且出错后难以查找。所以现在基本上都不会直接使用机器语言来编写单片机的程序。最好的办法就是使用易于阅读和辨认的指令符号来代替机器码，通常称为助记符，用助记符的形式表示的单片机指令就是汇编语言，为便于记忆和阅读，助记符号通常都使用易于理解的英文单词和拼音字母来表示。

每种单片机都有自己独特的指令系统，而指令系统的开发是由生产厂商定义的，如要使用其单片机，用户就必须理解和遵循这些指令标准。要掌握某种（类）单片机，指令系统的学习是必需的。

MCS-51 共有 111 条指令，可分为 5 类：

（1）数据传送指令 28 条；

（2）算术运算指令 24 条；

（3）逻辑运算与移位类指令 25 条；

（4）控制转移类指令 17 条；

（5）位操作类指令 17 条。

2. 指令的汇编语言格式

一条汇编语言指令中最多包含 4 个区段，如下所示：

［标号：］操作码［操作数］［；注释］

4 个区段之间要用分隔符分开：标号与操作码之间用"："隔开，操作码与操作数之间用空格隔开，操作数与注释之间用"；"隔开，如果操作数有两个以上，则在操作数之间要用逗号","隔开（乘法指令和除法指令除外）。

注：其中加方括号的内容是不一定要的，例如，结束语句"END"只有操作码。

3. 常用汇编语言符号及意义

在介绍指令系统前，先了解一些特殊符号的意义，这对今后程序的编写是相当有用的。常用汇编语言符号及其意义见表 1—2—1。

表 1—2—1   常用汇编语言符号及其意义

常用汇编语言符号	指令符号的意义
Rn	当前选中的寄存器区的 8 个工作寄存器 R0～R7（n=0～7）
Ri	当前选中的寄存器区中可作为地址寄存器的两个寄存器 R0 和 R1（i=0，1）
direct	内部数据存储单元的 8 位地址。包含 0～127（255）内部存储单元地址和特殊功能寄存器地址
#data	指令中的 8 位常数
#data16	指令中的 16 位常数
addr16	用于 LCALL 和 LJMP 指令中的 16 位目的地址，目的地址的空间为 64 KB 程序存储器地址
addr11	用于 ACALL 和 AJMP 指令中的 11 位目的地址，目的地址必须放在与下条指令第一个字节同一个 2 KB 程序存储器空间之中
rel	8 位带符号的偏移字节，用于所有的条件转移和 SJMP 等指令中，偏移字节对应于下条指令的第一个字节开始的—128～+127 范围内
@	间接寄存器寻址或基址寄存器的前缀
/	为操作的前缀，声明对该位操作数取反
DPTR	数据指针
bit	内部 RAM 和特殊功能寄存器的直接寻址位
A	累加器
B	寄存器 B。用于乘法和除法指令中
C	进位标志位
(x)	某地址单元中的内容
((x))	由 x 寻址的单元中的内容

4. 新指令剖析

（1）ORG 指令

ORG 指令是一条伪指令。伪指令不要求计算机做任何操作，也没有对应的机器码，不产生目标程序，不影响程序的执行，仅仅是能够帮助进行汇编的一些指令。它主要用来指定程序或数据的起始位置，给出一些连续存放数据的地址或为中间运算结果保留一部分存储空间以及表示源程序结束等。不同版本的汇编语言，伪指令的符号和含义可能有所不同，但基本用法是相似的。设置目标程序起始地址伪指令 ORG 格式为：［符号：］ORG 地址（十六进制表示）。该伪指令的功能是规定其后的目标程序或数据块的起始地址。它放在一段源程序（主程序、子程序）或数据块的前面，说明紧跟其后的程序段或数据块的起始地址就是 ORG 后面给出的地址。

伪指令 ORG 用来定位指令代码在程序存储空间的位置。由于单片机复位后程序指针 PC＝0000H，即指令从程序存储空间的 0000H 地址开始执行，因此，汇编语言的程序的第 1 句必须是"ORG 0000H"。

程序 SGZDH. ASM（见图 1—2—8）中紧跟"ORG 0000H"的"JMP START"语句的程序代码是"802EH"，为 2 字节代码，这里是将代码"80H"存放在 ROM 地址为 0000H 的存储单元中，将代码"2EH"存放在 ROM 地址为 0001H 的存储单元中。同理，程序中紧跟"ORG 0030H"的"NOP"和"JMP OUT"语句的程序代码是"00H"和"800DH"共 3 字节，这里是将空操作指令"NOP"的代码"00H"存放在 ROM 地址为 0030H 的存储单元中，将代码"80H"存放在 ROM 地址为 0031H 的存储单元中，将代码"0DH"存放在 ROM 地址为 0032H 的存储单元中。

（2）JMP 指令

JMP 指令是跳转指令。一般的程序执行是按顺序执行的，即每执行完一条语句程序指针 PC 将自动指向下一条语句。而语句"JMP START"表示程序执行该步的结果是强制 PC＝"START"，"START"是 ROM 地址标号，这里的"START"＝0030H，即语句"JMP START"表示程序执行该步的结果是使 PC＝0030H。

（3）CALL 指令

CALL 是调用子程序指令。执行语句"CALL DELAY"的结果是执行一个名为"DE-LAY"的子程序模块（即从"DELAY:"到"RET"范围内的所有语句）。该模块所在 ROM 的首地址标记是"DELAY"，而返回指令是"RET"。

（4）RET 指令

RET 指令是子程序调用的返回指令，它与 CALL 指令配合使用。如本任务程序中执行语句"CALL DELAY"时 PC 的值从 PC＝0041H 变为 PC＝0050H（"DELAY"标记所在位置），往下执行到 PC＝0052H 处的"RET"语句（指令代码为"22H"）时，PC 指针又变为 PC＝0043H，执行"CALL DELAY"语句的下一条语句"JMP START"。

注：在执行调用指令时，系统会自动地把调用前的 PC 值记忆在堆栈空间（RAM）中，在执行子程序过程中遇到"RET"指令后系统会自动将调用时记忆在栈里的地址数据复制到 PC 中。

（5）END 指令

END 指令是程序结束指令，它也是伪指令，在编译时不生成代码。仅用于标志程序的结束，因此，END 后面的所有程序将无效。

5. 地址

地址是用来标识存储器的顺序编号的，本书所介绍的单片机的每个存储器都是 8 bit（1 Byte）的。如果是以字节为单位进行编址的，其地址就是字节地址；如果是对存储器的二进制位进行编址的，其地址就是位地址。

在学习过程中经常会提及"地址"，可见地址是非常重要的，因为编程时对存储器的操作就是对存储器地址的操作。如果没有把地址的概念弄清，将会大大影响学习的进度，因此，特别强调在学习过程中每条指令所控制的地址是 ROM 的地址还是 RAM 的地址。例如：语句"JMP 0030H"中的地址"0030H"是程序存储器 ROM 的地址，而语句"MOV A，30H"中，"30H"是数据寄存器 RAM 中的地址。

6. 标记

本任务程序中出现的"START："、"OUT："和"DELAY："都是程序存储器 ROM 地址的标记号，也是该程序存储器的又名。标记可以由字母、数字和下划线组成，但是必须以字母开始。语句标号以冒号结束。应该注意，标记不能使用一些保留字，这些保留字包括寄存器名和下面将要提到的汇编指令名称等。

标记用来为跳转等语句指出目的地地址（ROM），绝对地址由汇编语言源程序被汇编成指令代码时产生。使用标记简化了涉及跳转等语句的程序编写。标记的使用使得当源程序被调整后也不需要通过手工对相应的地址进行相应的改变。

7. 注释

在程序示例中，汇编语言源程序语句后面存在被称为注释的程序说明。注释由分号"；"开始，直到本行结束。注释可以与某条语句同行，也可以独立成行。

使用注释的目的是方便程序阅读。切忌有这样的想法：我是程序的唯一阅读者，我不会忘记自己编写的程序中语句的含义。一个好的注释记载了编程者的设计思想，同时也可以方便他人阅读，方便互相交流。

8. 本任务程序分析

```
ORG 0000H        ; 程序开始位置
JMP START        ; 跳到 0030H（即 START：）位置

ORG 0030H        ; 从 ROM 的 0030H 开始摆放跟随语句
START:           ; ROM 地址 0030H 的标记号 "START"
NOP              ; 空操作
JMP OUT          ; 跳到 0040H（即 OUT：）位置

ORG 0040H        ; 从 ROM 的 0040H 开始摆放跟随语句
OUT:             ; ROM 地址 0040H 的标记号 "OUT"
NOP
CALL DELAY       ; 调用子程序模块 "DELAY"
JMP START        ; 跳到 0030H（即 START：）位置

ORG 0050H        ; 从 ROM 的 0050H 开始摆放跟随语句
DELAY:           ; 子程序首地址的标记号 "DELAY"
NOP
NOP
RET              ; 返回到调用语句的下一步执行
END              ; 程序结束
```

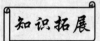

知识拓展

一、存储器工艺

只读存储器是只能读出事先所存数据的固态半导体存储器，英文简称 ROM。ROM 所存数据，一般是装入整机前事先写好的，整机工作过程中只能读出，而不像随机存取存储器那样能快速、方便地加以改写。ROM 所存数据稳定，断电后所存数据也不会改变，其结构较简单，读出较方便，因而常用于存储各种固定程序和数据。除少数品种的只读存储器（如字符发生器）可以通用之外，不同用户所需只读存储器的内容不同。为便于使用和大批量生产，进一步发展了可编程只读存储器（PROM）、可擦可编程只读存储器（EPROM）和电可擦可编程只读存储器（EEPROM）。EPROM 需用紫外光长时间照射才能擦除，使用很不方便。20 世纪 80 年代制出的 EEPROM，克服了 EPROM 的不足，但集成度不高，价格较贵。于是又开发出一种新型的存储单元——结构同 EPROM 相似的快闪存储器（FLASH ROM）。其集成度高、功耗低、体积小，又能在线快速擦除，因而获得飞速发展，并有可能取代现行的硬盘和软盘而成为主要的大容量存储媒体。大部分只读存储器用金属—氧化物—半导体（MOS）场效应管制成。

二、包含 5 个中断的 ROM 空间分配结构

所谓中断是指 CPU 对系统中或系统外发生的某个事件的一种响应过程，即 CPU 暂时停止现行程序的执行，而自动转去执行预先安排好的处理该事件的服务子程序。当处理结束后，再返回到被暂停程序的断点处，继续执行原来的程序。实现这种中断功能的硬件系统和软件系统统称为中断系统。中断的详细内容参见模块 4。

```
引导程序：
    • ORG 0000H                      ；程序总入口
    LJMP MAIN                        ；至常规程序入口

    • ORG 0003H                      ；外中断 0 入口
    LJMP INTER _ EX0                 ；至外中断 0 服务区

    • ORG 000BH                      ；定时中断 0 入口
    LJMP INTER _ T0                  ；至定时中断 0 服务区

    • ORG 0013H                      ；外中断 1 入口
    LJMP INTER _ EX1                 ；至外中断 1 服务区

    • ORG 001BH                      ；定时中断 1 入口
    LJMP INTER _ T1                  ；至定时中断 1 服务区

    • ORG 0023H                      ；串行中断 1 入口
    LJMP COM                         ；至串行中断 1 服务区

常规程序：
    • ORG 0030H                      ；常规程序入口
MAIN：                              ；主程序开始标记
    ...                              ；主程序内容
INTER _ EX0：                       ；外中断 0 服务区标记
    ...                              ；外中断 0 服务程序内容
    RETI                            ；外中断 0 返回
INTER _ T0：                        ；定时中断 0 服务区标记
    ...                              ；定时中断 0 服务程序内容
    RETI                            ；定时中断 0 返回
```

```
INTER _ EX1:                        ；外中断1服务区标记
    …                               ；外中断1服务程序内容
    RETI                            ；外中断1返回
INTER _ T1:                         ；定时中断1服务区标记
    …                               ；定时中断1服务程序内容
    RETI                            ；定时中断1返回
COM:                                ；串行中断服务区标记
    …                               ；串行中断服务程序内容
    RETI                            ；串行中断返回
    END                             ；总程序结束
```

练　习

1. 程序存储器的作用是什么？
2. KEIL51 软件的作用是什么？如何使用？
3. 汇编语言中标记号的作用是什么？标号的实质是什么？
4. 汇编语言中注释的作用是什么？如何正确使用注释？
5. ROM 的具有特殊专用功能的 43 个单元是如何分配的？

任务 2　数据存储器（RAM）操作训练

学习目标

1. 了解数据存储器的结构、作用及地址分布。
2. 进一步熟悉 KEIL51 软件的正确使用。
3. 掌握数据存储器空间分配的正确方法。

工作任务

借助 KEIL51 软件界面来了解数据存储器（RAM）的空间分布结构。本任务需要准备计算机和 KEIL51 软件（见图 1—2—1）。

实践操作

一、数据存储器（RAM）作用解读

单片机程序的执行是一个较为复杂的过程，在这个复杂的过程中将出现许多数据，包括输入数据、输出数据和中间过程数据等，这些数据都是程序执行的结果，这些数据将存放在

哪里呢？——存放在数据存储器中。

数据存储器用于存放临时数据、中间运行结果、输入数据、输出数据（I/O接口，如P0～P3）等，简称RAM。在单片机程序运行时，只有程序步所涉及的RAM才会有相应的数据变化，RAM中的数据在程序运行过程中可通过程序步反复地读写，但当单片机系统电路断电后，RAM中的数据将消失。

二、数据存储器（RAM）操作训练

1. 启动KEIL51（uVision3）并创建一个项目进行调试

如图1—2—10所示为本程序调试执行前状态，请留意已标识的寄存器（RAM）数据在程序执行过程中的变化，并根据数据变化来理解程序步的含义。

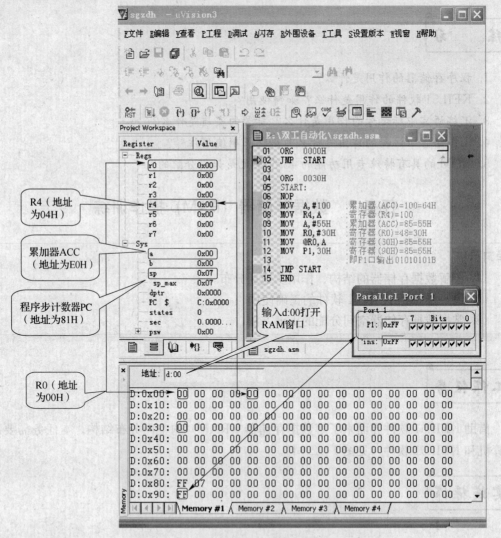

图1—2—10　RAM操作训练程序调试执行前状态

2. 单击"单步运行"按钮，观察程序执行结果

如图1—2—11所示，程序每执行一步的结果是：

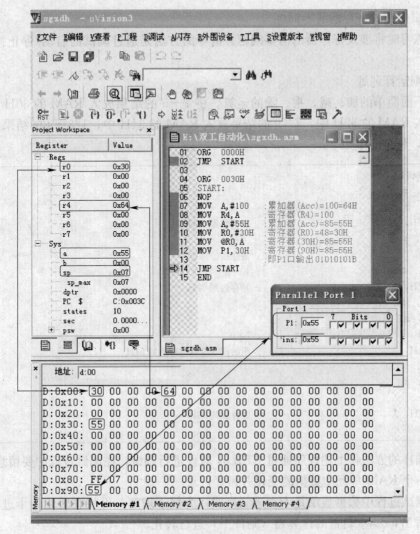

图 1—2—11 RAM 操作训练程序调试执行至光标当前步状态

"ORG 0000H
JMP START"   ；结果：PC＝30H
"ORG 0030H
START：
NOP
MOV A，#100"   ；结果：累加器（ACC）＝100＝64H
"MOV R4，A"   ；结果：寄存器（R4）＝100
"MOV A，#55H"   ；结果：累加器（ACC）＝85＝55H
"MOV R0，#30H"   ；结果：寄存器（R0）＝48＝30H
"MOV @R0，A"   ；结果：寄存器（30H）＝85＝55H
"MOV P1，30H"   ；结果：寄存器（90H）＝85＝55H，即 P1 口输出 01010101B
"JMP START"   ；结果：PC＝30H

3. 调试停止，寄存器清零训练

反复练习时将涉及寄存器的清零问题。清零的方法是通过调试的启动/停止按钮来实现的。

4. 四则运算训练

完成下面简单的加、减、乘、除的运算。将 2＋5 的结果放入 RAM 的 30H 中，40－8 的结果放入 RAM 的 32H 中，7×9 的结果放入 RAM 的 34H 中，123÷3 的结果放入 RAM 的 36H 中，程序清单如下：

```
ORG 0000H
MOV A, ＃2
ADD A, ＃5                 ; 2＋5
MOV 30H, A                ; 和存放到30H
MOV A, ＃40
CLR C                     ; 清除借位标志
SUBB A, ＃8               ; 40－8
MOV 32H, A                ; 差存放到32H
MOV A, ＃7
MOV B, ＃9
MUL AB                    ; 7×9
MOV 34H, A                ; 积的低8位数据存放到34H
MOV A, ＃123
MOV B, ＃3
DIV AB                    ; 123÷3
MOV 36H, A                ; 商存放到36H
END
```

按照同样的方法将上述程序通过 KEIL51 软件进行调试，在调试过程中要留意程序中所使用的每一个 RAM 单元中数据的变化并做好记录。

注：调试过程中数据显示是十六进制格式，为便于理解，可将它转化为十进制的格式。也可以利用 Windows 自带的计算器（附件中）进行转化。

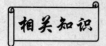

一、数据存储器（RAM）知识

AT89C51 单片机片内 RAM 只有 256 B，片外可扩展 64 KB。通过指令区别内外 RAM 寻址，用 MOV 类指令寻址片内 RAM，用 MOVX 类指令寻址片外 RAM。

片内 RAM 虽然只有 256 B，但功能很强，必须弄清其结构才能正确使用。片内 RAM 可以分为 4 个部分：通用工作寄存器区、位寻址区、用户堆栈区和专用寄存器区。各部分功能和空间分配如图 1—2—12 所示。

由图 1—2—12 可以看出，片内 RAM 用 8 位地址，地址范围从 00H～FFH。下面分别介绍各部分的功能及地址分配。

1. 通用工作寄存器区（00H～1FH）

在内部数据存储器低 128 字节中，地址 00H～1FH 的最低 32 个字节组成 4 组工作寄存

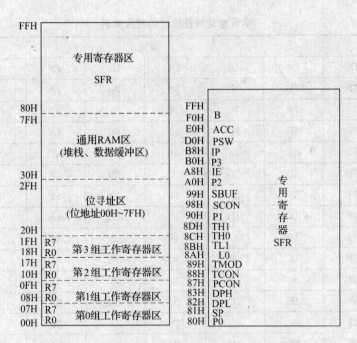

图 1—2—12　片内 RAM 各部分功能和空间分配

器，每组有 8 个工作寄存器。每组中的 8 个工作寄存器都被命名为 R0～R7。在某个具体时刻，CPU 只能使用其中的一组工作寄存器。当前正在使用的工作寄存器组由位于高 128 字节的程序状态字寄存器（PSW）中第 3 位（RS0）和第 4 位（RS1）的数据决定。程序状态字寄存器中的数据可以通过编程来改变，这种功能为保护工作寄存器的内容提供了很大的方便。如果用户程序中不需要全部使用 4 组工作寄存器，那么剩下的工作寄存器所对应的内部数据存储器也可以作为通用数据存储器使用。工作寄存器在内部数据存储器中的地址分配见表 1—2—2。

表 1—2—2　　　　　　　　工作寄存器在内部数据存储器中的地址分配

工作寄存器组号	RS1（PSW.4）	RS0（PSW.3）	R0	R1	R2	R3	R4	R5	R6	R7
0	0	0	00H	01H	02H	03H	04H	05H	06H	07H
1	0	1	08H	09H	0AH	0BH	0CH	0DH	0EH	0FH
2	1	0	10H	11H	12H	13H	14H	15H	16H	17H
3	1	1	18H	19H	1AH	1BH	1CH	1DH	1EH	1FH

　　2. 位寻址区（20H～2FH）

　　内部数据存储器的地址 20H～2FH 的 16 个字节范围内，既可以通过字节寻址的方式进入，也可以通过位寻址的方式进入，位地址范围为 00H～7FH。字节地址与位地址的对应关系见表 1—2—3。

　　3. 通用 RAM 区（30H～7FH）

　　内部数据存储器地址 30H～7FH 部分仅可以用做通用数据存储器。

　　4. 专用寄存器区（80H～FFH）

表 1—2—3　　　　　　　　　　　　　字节地址与位地址的对应关系

字节地址	位地址							
	D7	D6	D5	D4	D3	D2	D1	D0
2FH	7F	7E	7D	7C	7B	7A	79	78
2EH	77	76	75	74	73	72	71	70
2DH	6F	6E	6D	6C	6B	6A	69	68
2CH	67	66	65	64	63	62	61	60
2BH	5F	5E	5D	5C	5B	5A	59	58
2AH	57	56	55	54	53	52	51	50
29H	4F	4E	4D	4C	4B	4A	49	48
28H	47	46	45	44	43	42	41	40
27H	3F	3E	3D	3C	3B	3A	39	38
26H	37	36	35	34	33	32	31	30
25H	2F	2E	2D	2C	2B	2A	29	28
24H	27	26	25	24	23	22	21	20
23H	1F	1E	1D	1C	1B	1A	19	18
22H	17	16	15	14	13	12	11	10
21H	0F	0E	0D	0C	0B	0A	09	08
20H	07	06	05	04	03	02	01	00

内部数据存储器的高 128 字节被称为特殊功能寄存器（SFR）区。特殊功能寄存器被用做 CPU 和在片外围器件之间的接口，它们之间的联系框图如图 1—2—13 所示。

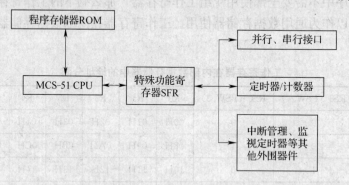

图 1—2—13　特殊功能寄存器（SFR）和在片外围器件之间的联系框图

CPU 通过向相应的特殊功能寄存器写入数据，实现对对应的在片外围器件工作的控制；从相应的特殊功能寄存器读出数据，实现对应的在片外围器件的工作结果的读取。

在 AT89C51 单片机中，共有 21 个专用寄存器，它们离散地分布在 80H～FFH 的内部数据存储器地址空间范围内。特殊功能寄存器符号、功能及地址一览表见表 1—2—4。

下面主要介绍一下主要专用寄存器的用途：

（1）累加器 ACC

通常用 A 表示。进行算术和逻辑运算时，存放数据和运算结果一定要使用的特殊寄存

表 1—2—4　　　　　　　　　特殊功能寄存器符号、功能及地址一览表

符号	功能介绍	字节地址	位地址与位名称							
			D7	D6	D5	D4	D3	D2	D1	D0
B	B 寄存器	F0H	F7	F6	F5	F4	F3	F2	F1	F0
ACC	累加器	E0H	E7	E6	E5	E4	E3	E2	E1	E0
PSW	程序状态字寄存器	D0H	C D7	AC D6	F0 D5	RS1 D4	RS0 D3	OV D2	— D1	P D0
IP	中断优先级控制寄存器	B8H	— 	— 	PT2 BD	PS BC	PT1 BB	PX1 BA	PT0 B9	PX0 B8
IE	中断允许控制寄存器	A8H	EA AF	— 	ET2 AD	ES AC	ET1 AB	EX1 AA	ET0 A9	EX0 A8
SBUF	串行数据缓冲器	99H								
SCON	串行口控制寄存器	98H	SM0 9F	SM1 9E	SM2 9D	REN 9C	TB8 9B	RB8 9A	TI 99	RI 98
P3	P3 口锁存器	B0H	B7	B6	B5	B4	B3	B2	B1	B0
P2	P2 口锁存器	A0H	A7	A6	A5	A4	A3	A2	A1	A0
P1	P1 口锁存器	90H	97	96	95	94	93	92	91	90
P0	P0 口锁存器	80H	87	86	85	84	83	82	81	80
TH1	定时器/计数器 1（高 8 位）	8DH								
TH0	定时器/计数器 1（低 8 位）	8CH								
TL1	定时器/计数器 0（高 8 位）	8BH								
TL0	定时器/计数器 0（低 8 位）	8AH								
TMOD	定时器/计数器方式控制寄存器	89H	GATE	C/T̄	M1	M0	GATE	C/T̄	M1	M0
TCON	定时器/计数器控制寄存器	88H	TF1 8F	TR1 8E	TF0 8D	TR0 8C	IE1 8B	IT1 8A	IE0 89	IT0 88
PCON	电源控制寄存器	87H	SMOD	—	—	—	GF1	GF0	PD	IDL
DPH	数据地址指针（高 8 位）	83H								
DPL	数据地址指针（低 8 位）	82H								
SP	堆栈指针	81H								

器，是工作最频繁的寄存器。例如，前述"2＋5"的运算中是先把数据 2 存放至 ACC 中，然后再执行"ADD A，♯5"，即将数据 5 累加到 ACC 中，该加法语句在执行前（A）＝2，执行后（A）＝7。

（2）乘法、除法辅助寄存器 B

B 是一个 8 位寄存器。主要用于乘法、除法指令。

在进行乘法运算前将 2 个乘数分别放至累加器 A 和辅助寄存器 B 中，然后执行"MUL AB"，因为 2 个 8 位的数据相乘有可能超出 8 位，所以乘法的结果将分为高 8 位和低 8 位处理，CPU 会自动地将积的低 8 位存放到 ACC 中，而积的高 8 位存放到 B 中。

在进行除法运算前将被除数放至累加器 A，除数放至寄存器 B 中，然后执行"DIV AB"，因为除法的结果存在商和余数，CPU 会自动地将除法的商存放到 ACC 中，而余数存

放到 B 中。

（3）程序状态字寄存器 PSW

用于存放程序运行状态信息，以便查询和判断。它的各位功能见表1—2—5。

表 1—2—5　　　　　　　　　　程序状态字寄存器各位的功能

D7	D6	D5	D4	D3	D2	D1	D0
CY	AC	F0	RS1	RS0	OV	/	P

1）CY：进位标志。存放算术运算的进位、借位标志。有进、借位，CY＝1；无进、借位，CY＝0。

2）AC：辅助进、借位（高半字节与低半字节间的进、借位）。有进、借位，AC＝1；无进、借位，AC＝0。

3）F0：用户标志位，由用户（编程人员）决定什么时候用，什么时候不用。

4）RS1、RS0：工作寄存器组选择位，见表1—2—2。

5）OV：溢出标志位。运算结果按补码运算理解。有溢出，OV＝1；无溢出，OV＝0。

6）P：奇偶校验位。用来表示 ALU 运算结果中二进制数位"1"的个数的奇偶性。若为奇数，则 P＝1，否则为 0。运算结果有奇数个 1，P＝1；运算结果有偶数个 1，P＝0。

（4）数据地址指针 DPTR（DPH、DPL）

可以用它来访问外部数据存储器中的任一单元，如果不用，也可以作为通用寄存器来用。分成 DPL（低 8 位）和 DPH（高 8 位）两个寄存器。用来存放 16 位地址值，以便用间接寻址或变址寻址的方式对片外数据 RAM 或程序存储器做 64 KB 字节范围内的数据操作。

二、RAM 的复位状态

程序中使用到的 RAM 中的数据是随程序步运行而改变的。RAM 在用户程序执行前的状态为复位状态。完成复位后，单片机不仅从程序空间的 0000H 地址开始执行用户程序，而且还影响一些特殊功能存储器的初始状态，而通用寄存器的数据将全部归零。相应的特殊功能寄存器的复位值见表1—2—6。

表 1—2—6　　　　　　　　　　相应的特殊功能寄存器的复位值

特殊功能寄存器	复位值	特殊功能寄存器	复位值
PC	0000H	TMOD	00H
ACC	00H	TCON	00H
B	00H	TH0	00H
PSW	00H	TL0	00H
SP	07H	TH1	00H
DPTR	0000H	TL1	00H
P0～P3	FFH	SCON	00H
IP	×××0 0000B	SBUF	×××× ××××B
IE	0××0 0000B	PCON	0××× 0000B

注：PC 称为程序指针，被用来存储下一条要执行的指令地址，PC 的位置并不在特殊功能存储器区域。DPTR 称为数据指针，它由两个特殊功能寄存器 DPH 和 DPL 组成。

三、汇编语言知识

1. 寻址方式

寻址的"地址"即为操作数所在单元的地址，绝大部分指令执行时都需要用到操作数，那么到哪里去取得操作数呢？最易想到的就是告诉 CPU 操作数所在的地址单元，从那里可取得相应的操作数，这便是"寻址"之意。MCS-51 的寻址方式很多，使用起来也相当方便，功能也很强大，灵活性强。这便是 MCS-51 指令系统"好用"的原因之一。下面分别讨论几种寻址方式的原理。

（1）立即寻址

立即寻址就是直接在指令中给出操作数，即操作数包含在指令中，位于指令操作码的后面且紧跟操作数，一般把指令中的操作数称为立即数。为了与直接寻址方式相区别，在立即数前加上符号"＃"。

例如：MOV A，＃0E8H

这条指令的意义是将 0E8H 这个操作数送到累加器 A 中。

（2）直接寻址

直接寻址方式中，指令中的操作数直接以单元地址形式出现。

例如：MOV A，54H

这条指令的意义是把内部 RAM 中的 54H 单元中的数据内容传送到累加器 A 中。值得注意的是，直接寻址方式只能使用 8 位二进制地址，因此，这种寻址方式仅限于内部 RAM进行寻址。低 128 位单元在指令中直接以单元地址的形式给出。对于特殊功能寄存器可以使用其直接地址进行访问，还可以以它们的符号形式给出，只是特殊功能寄存器只能用直接寻址方式访问，而无其他方法。

（3）寄存器寻址

寄存器寻址对选定的 8 个工作寄存器 R0～R7 进行操作，也就是操作数在寄存器中，因此指定了寄存器就得到了操作数，寄存器寻址的指令中以寄存器的符号来表示寄存器。

例如：MOV A，R1

这条指令的意义是把所用的工作寄存器组中的 R1 的内容送到累加器 A 中。值得一提的是，工作状态寄存器的选择是通过程序状态字寄存器来控制的，在这条指令前，应通过PSW 设定当前工作寄存器组。

（4）寄存器间接寻址

寄存器寻址方式中，寄存器中存放的是操作数；而寄存器间接寻址方式中，寄存器中存放的是操作数的地址，也即操作数是通过寄存器指向的地址单元得到的，这便是寄存器间接寻址名称的由来。

例如：MOV A，@R0

这条指令的意义是将 R0 寄存器指向的地址单元中的内容送到累加器 A 中。假如 R0＝＃47H，那么是将 47H 单元中的数据送到累加器 A 中。

寄存器间接寻址方式可用于访问内部 RAM 或外部数据存储器。访问内部 RAM 或外部数据存储器的低 256 字节时，可通过 R0 和 R1 作为间接寄存器。需要指出的是，内部 RAM的高 128 字节地址与专用寄存器的地址是重叠的，所以这种寻址方式不能用于访问特殊功能寄存器。

外部数据存储器的空间为 64 KB，这时可采用 DPTR 作为间址寄存器进行访问，指令如下：

MOVX A，@DPTR

这条指令的意义与上述类似，不再赘述。

（5）相对寻址

相对寻址方式是为了程序的相对转移而设计的，其特征是以 PC 的内容为基址，加上给出的偏移量作为转移地址，从而实现程序的转移。转移的目的地址可参见如下表达式：

目的地址＝转移指令地址＋转移指令字节数＋偏移量（rel）

值得注意的是，偏移量是有正负号之分的，偏移量的取值范围是当前 PC 值的－128～＋127。

例如：

SJMP START

JB P3.0，LOOP

JC 30H

JZ 40H

CJNE A，＃4，MAIN

DJNZ R7，DEL

（6）变址寻址

变址寻址是以 DPTR 或 PC 作为基址寄存器，以累加器 A 作为变址寄存器，将两寄存器的内容相加形成以 16 位地址作为操作数的访问实际地址。

例如：

MOVC A，@A＋DPTR

MOVX A，@A＋PC

JMP @A＋DPTR

在这 3 条指令中，A 作为偏移量寄存器，DPTR 或 PC 作为变址寄存器，A 作为无符号数与 DPTR 或 PC 的内容相加，得到访问的实际地址。其中前两条是程序存储器读指令，后一条是无条件转移指令。

（7）位寻址

在 MCS-51 单片机中，RAM 中的 20H～2FH 字节单元对应的位地址为 00H～7FH，特殊功能寄存器中的某些位也可进行位寻址，这些单元既可以采用字节方式访问它们，也可采用位寻址的方式访问它们。

例如：SETB 00H 　　 ；相当于 RAM 位地址的第 0 位置 1，即（20H）.0＝1

CLR P1.1 　　　　　；相当于使 P1 口的 D1 位为 0

2. 新指令剖析

（1）传送指令 MOV

该指令的作用是将直接数据或数据寄存器 RAM 中源寄存器中的数据复制到目标寄存器中。例如：

MOV A，＃2 　；语句是将直接数据"2"复制到累加器 ACC 中，使（A）＝2

MOV 30H，A　；将累加器 ACC 中的数据存放到 RAM 的 30H 中，使（30H）＝（A）

（2）清零指令 CLR

该指令的作用是将位地址或累加器 ACC 的 8 位置 0。例如：

CLR C　　　　　　　　；将状态寄存器 PSW 中 D7 位（PSW.7）CY 置 0

CLR A　　　　　　　　；将累加器中的位置 0，即（A）＝00000000B

（3）置位指令 SETB

该指令的作用是将位地址的内容置 0。例如：

SETB F0　　　　　　　；将状态寄存器 PSW 中 D5 位（PSW.5）F0 置 1

SETB P3.0　　　　　　；让 P3.0 输出高电平

（4）不带进位的加法指令 ADD

ADD A，Rn　　；A 中的内容与 Rn 中的内容相加，结果保存在 A 中

ADD A，direct　；A 中的内容与内存 direct 单元中的内容相加，结果保存在 A 中

ADD A，@Ri　；A 中的内容与以 Ri 的内容为地址的单元的内容相加，结果保存
　　　　　　　　　在 A 中

ADD A，#data　；A 中的内容与立即数 data 相加，结果保存在 A 中

该组指令对 PSW 中的标志位的影响如下：

1）进位标志 C：和的位 7 有进位时，C＝1，否则，C＝0。

2）辅助进位标志 AC：和的位 3 有进位时，AC＝1，否则，AC＝0。

3）溢出标志 OV：和的位 7、位 6 只有一个有进位时，OV＝1；和的位 7、位 6 同时有进位或同时无进位时，OV＝0；溢出表示运算的结果超出了数值所允许的范围。

4）奇偶标志 P：当 A 中 1 的个数为奇数时，P＝1；为偶数时，P＝0。

（5）带进位加指令

ADDC A，Rn　　；A← （A）＋（Rn）＋（C）

ADDC A，direct　；A← （A）＋（direct）＋（C）

ADDC A，@Ri　；A← （A）＋（（Ri））＋（C）

ADDC A，#data　；A← （A）＋#data＋（C）

这组指令的功能是把 A 中的内容、源操作数所指出的内容和进位标志 C 的内容都加到累加器 A，结果存放在 A 中。这里所加的进位标志 C 来自 PSW 状态寄存器中的进位位 C，是在该指令执行之前已存在的进位标志的内容，而不是执行该指令过程中产生的进位。对 PSW 中的标志位的影响同不带进位加法指令。

（6）带借位减指令 SUBB

SUBB A，Rn　　；A← （A）－（Rn）－（C）

SUBB A，direct　；A← （A）－（direct）－（C）

SUBB A，@Ri　；A← （A）－（（Ri））－（C）

SUBB A，#data　；A← （A）－#data－（C）

这组指令的功能是从累加器 A 中减去源操作数所指出的数及进位标志 C 的值，差值保存在累加器 A 中。这组指令对 PSW 中的标志位的影响如下：

1）借位标志 C：差的位 7 有借位时，C＝1，否则，C＝0。

2）辅助进位标志 AC：差的位 3 有借位时，AC＝1，否则，AC＝0。

3）溢出标志 OV：差的位 7、位 6 只有一个有借位时，OV＝1；差的位 7、位 6 同时有借位或同时无借位时，OV＝0；溢出表示运算的结果超出了数值所允许的范围。

4）奇偶标志 P：当 A 中 1 的个数为奇数时，P＝1；为偶数时，P＝0。

（7）乘法指令 MUL

MUL AB　　　;BA←A×B

这条指令的功能是把 A 和 B 中两个 8 位无符号数相乘，所得结果（16 位乘积）的高 8 位存在 B 中，低 8 位存在 A 中。当乘积大于 FFH 时，OV＝1，否则 OV＝0。标志位 C 总是清 0。

（8）除法指令 DIV

DIV AB　　　;商在 A 中，余数在 B 中←A÷B

这条指令的功能是用 B 中存放的 8 位无符号数去除 A 中存放的 8 位无符号数，即 A 放被除数，B 放除数。指令执行后，A 中存放商，B 中存入余数，标志位总是清 0。若 B＝00H，则指令执行后 OV＝1，A 与 B 不变。

练　习

1. 存储器是如何分类的？有什么区别？

2. AT89C51 单片机数据存储器分为几个地址空间？地址范围和容量各是多少？片内数据存储器分成哪几个区间？

3. 哪些是 MCS-51 单片机的位寻址空间？

4. AT89C51 芯片内部共有几个特殊功能寄存器？名称是什么？

5. 程序状态字寄存器 PSW 中的各位分别代表什么意义？

6. 对数据指针 DPTR 只有加 1 指令，没有减 1 指令，试问有何方法能完成对数据指针 DPTR 减 1 的操作？

7. 单片机的 7 种寻址方式分别是什么？

8. 说明下列指令中各操作数的寻址方式

MOV 40H，@R1　　　;（　　　　）寻址方式

MOV A，@R0　　　　;（　　　　）寻址方式

MOV DPTR，#00ABH　;（　　　　）寻址方式

MOVX A，@DPTR　　　;（　　　　）寻址方式

MOVC A，@A+PC　　　;（　　　　）寻址方式

ADD A，#30H　　　　;（　　　　）寻址方式

ANL 60H，#30H　　　;（　　　　）寻址方式

SETB RS0　　　　　　;（　　　　）寻址方式

CLR C　　　　　　　　;（　　　　）寻址方式

ORL C，D3H　　　　　;（　　　　）寻址方式

9. 分析下列程序段的执行结果

已知：(A) ＝7AH，(R0) ＝30H，(30H) ＝A5H，(PSW) ＝80H。

ADD A，30H　　　　　;(ACC) ＝（　　　　）(PSW) ＝（　　　）

```
ADD A, #30H            ; (ACC) = (        ) (PSW) = (        )
ADDC A, 30H            ; (ACC) = (        ) (PSW) = (        )
ADDC A, R0             ; (ACC) = (        ) (PSW) = (        )
SUBB A, @R0            ; (ACC) = (        ) (PSW) = (        )
SUBB A, R0             ; (ACC) = (        ) (PSW) = (        )
SUBB A, 30H;           ; (ACC) = (        ) (PSW) = (        )
MOV DPTR, #1800H       ; (DPH) = (        ) (DPL) = (        )
MOVX A, @DPTR          ; (ACC) = (        )
MOV R1, A              ; (R1) = (        )
INC DPTR              ; (DPH) = (        ) (DPL) = (        )
MOVX A, @DPTR          ; (ACC) = (        )
ADD A, R1             ; (ACC) = (        )
MOV R1, A              ; (R1) = (        )
```

模块 2

并行 I/O 接口的应用

课题 1 │ 基于单片机控制的简易信号灯

任务 1 1 位灯闪亮的控制

> **学习目标**
> 　　1. 初步了解单片机技术应用系统硬件和软件的设计方法和开发过程。
> 　　2. 熟悉由发光二极管构成的信号灯的组成以及与单片机最小应用系统的连接关系。
> 　　3. 掌握单片机控制 1 位灯闪亮的方法、子程序调用的原理和方法、延时子程序延时时间的计算方法。

工作任务

　　如图 2—1—1 所示为单片机控制的简易信号灯电路图，本任务是控制图中单片机 P1.0 口所对应的灯不断地闪亮（亮一会儿，灭一会儿）。

实践操作

一、准备工作

1. 软件工具

Easy51Pro. exe 和 KEIL51（uVision3）软件。

2. 硬件工具

如图 2—1—2 所示的单片机技术应用开发实验系统和整套电子制作工具。

3. 硬件电路的组成

如图 2—1—1 所示的单片机控制的简易信号灯电路是由单片机最小应用系统、8 位由芯

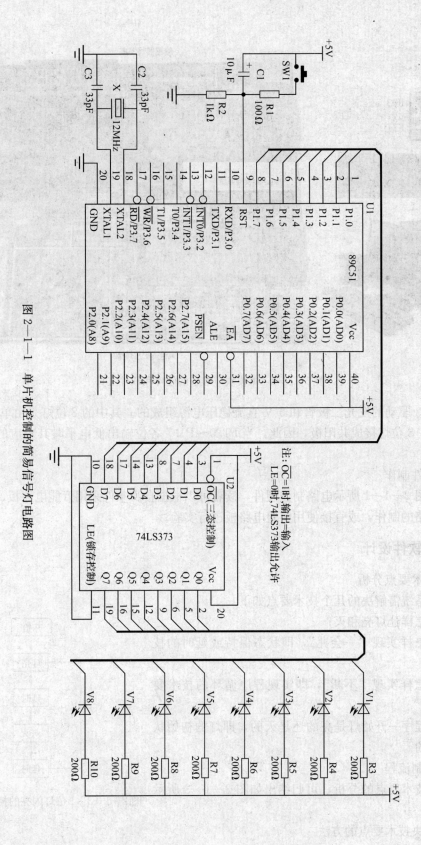

图 2—1—1　单片机控制的简易信号灯电路图

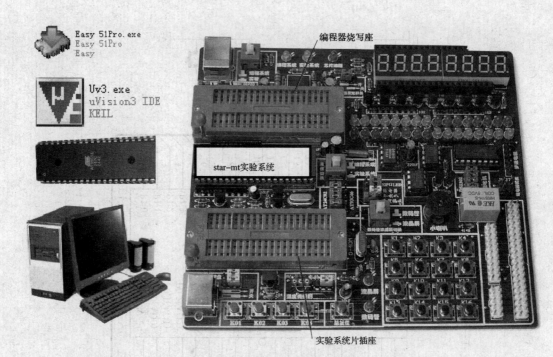

图2—1—2　本模块应准备的硬件和软件工具

片74LS373驱动的发光二极管和5 V直流稳压电源组成的。其中的8位灯是由单片机的P1口控制的，8位灯接成共阳极，因此，当P1.0～P1.7各位输出低电平时其对应的信号灯才会亮。

4. 硬件制作

按照图2—1—1所示电路制作硬件，读者可以根据自身条件采用万能电路板、面包板进行硬件电路的制作，或直接使用实验电路板进行实验。

二、软件设计

1. 技术要点分析

应用系统需解决的几个技术要点如下：

（1）怎样让灯亮和灭；

（2）怎样实现"一会儿"，即状态保持或延时的技术要点；

（3）怎样实现"不断"，即实现程序循环的技术要点；

（4）程序一开始灯是亮的还是灭的，即灯的初始状态是怎样的。

2. 控制流程

根据技术要点的分析，可归纳出如图2—1—3所示的流程图。

3. 解决技术要点的方法

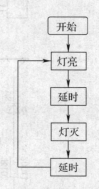

图2—1—3　1位灯闪亮的控制流程图

采用"CLR"来控制灯亮作为初始状态；因为单片机执行指令需要时间，每条指令的执行时间单位为机器周期，每个机器周期相当于 12 个晶振周期（即 $T_{cy}=12T_{osc}$），因此，采用执行一些不影响输出状态的语句来达到延时的目的；采用程序流程控制指令（跳转指令）来实现主程序的循环。

　　4. 参考源程序

```
    ORG 0000H          ；ROM 地址空间分配
；…………主程序
START：
    CLR P1.0           ；灯亮（置初态）
    LCALL DELAY        ；调用延时子程序
    SETB P1.0          ；灯灭
    LCALL DELAY        ；调用延时子程序
    LJMP START         ；循环到"START"


；…………延时子程序
DELAY：
    MOV R7，#0FFH      ；（R7）=FFH=255
DL0：
    MOV R6，#100       ；（R6）=100
    DJNZ R6，$         ；（R6）的值-1 不为 0 跳转到 PC 当前位（$）
    DJNZ R7，DL0       ；（R7）的值-1 不为 0 跳转到"DL0"位
    RET                ；子程序返回
    END                ；程序结束
```

三、程序仿真调试

　　1. 将程序输入到 KEIL51（uVision3）界面并编译源程序文件

　　如图 2—1—4 所示，将程序输入到 KEIL51（uVision3）界面并编译源程序文件，在"Output Window"窗口中显示"creating hex file from"sd"…"和""sd"—0 Error（s），3 Warning（s）."，分别示意已创建 ∗.HEX 文件和编译无误。

　　2. 仿真调试训练

　　启动调试，输入"D：00"打开 RAM 监控窗口，然后打开外围设备的 P1 监控窗口，分别使用不同的运行方式进行调试，并认真留意程序中各寄存器数据的变化。

　　从图 2—1—5 所示调试画面中的 RAM 窗口中，可以看出程序执行至当前步时各寄存器的状态。其中（R6）=26H，（R7）=7EH，堆栈内容为 05H（该内容是执行第一条"LCALL DELAY"所产生的 ROM 地址，含义是正在执行"DELAY"子程序，调用该子程序前 PC=0005H），当前的 P0、P2 和 P3 的数据都为 FFH，（P1）=FEH，（SP）=09H。

四、烧写芯片

　　经过反复调试好的程序最终要烧写到单片机中才算是真正完成了软件制作。这里用"Easy51Pro.exe"烧写软件和与之配套的编程器（烧写器）将编译产生的"∗.HEX"文件烧写到单片机中。以下是烧写的具体步骤：

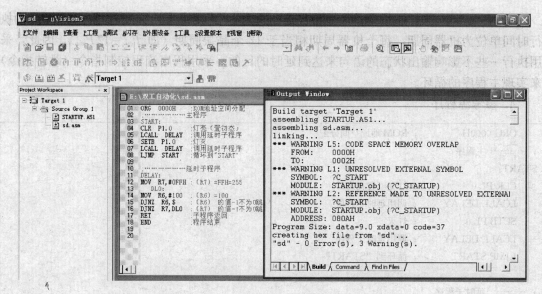

图 2—1—4　1 位灯闪亮控制源程序的编译画面

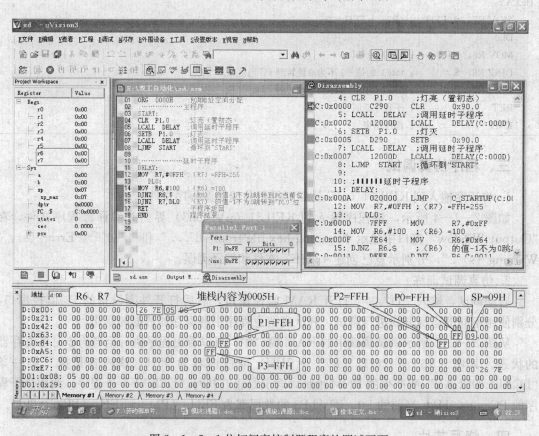

图 2—1—5　1 位灯闪亮控制源程序的调试画面

1. 硬件连接

将正确安装好待烧写单片机的烧写器用 RS—232 串行接口与计算机连接好并通上电源。

2. 用 "Easy51Pro.exe" 软件烧写芯片

如图 2—1—6 所示，正确的烧写操作流程是：打开"Easy51Pro.exe"界面并显示连接无误信息→选择单片机型号→检测芯片无误→装入 HEX 文件（程序代码将以 16 进制形式显示在缓冲区 1 中）→删除器件原来的数据→写器件→校验数据无误→烧写成功→取出芯片。也可以通过该软件将芯片中的程序代码读出来，从芯片中读出的程序代码将存放在缓冲区 2 中，文件以 BIN 格式保存。

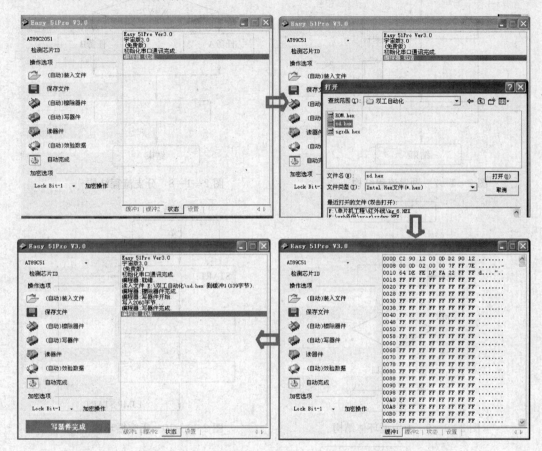

图 2—1—6　用"Easy51Pro.exe"软件烧写芯片

一、程序流程控制

1. 程序流程

程序流程即程序执行顺序，通常采用简易框图和箭头来表示程序的执行顺序，称为流程图。常用程序流程结构可分为顺序结构、分支结构、有穷循环体、无穷循环体、子程序调用结构和中断结构等，分别如图 2—1—7～2—1—12 所示。

本课题中主要使用的是有穷循环体、无穷循环体和子程序调用结构。重复执行的程序称为循环。从本任务的主程序流程图（见图 2—1—3）中可以看出，本程序共分为亮、延时、

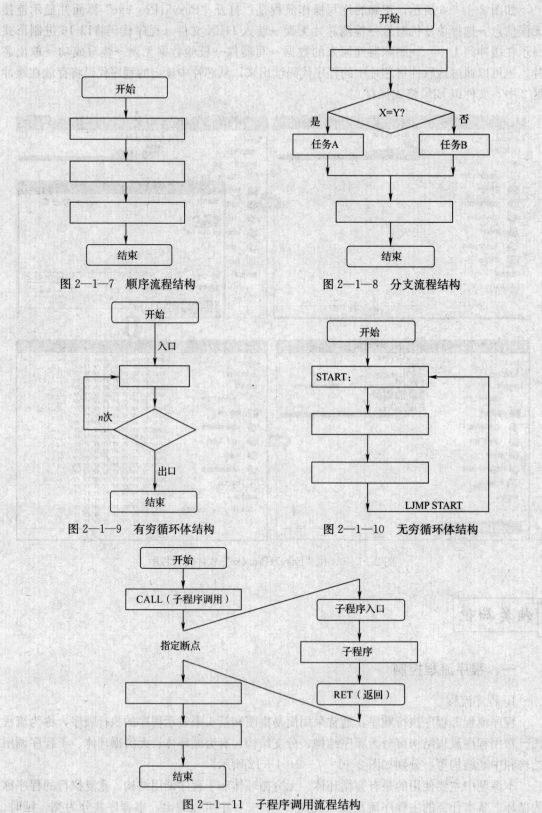

图 2—1—7 顺序流程结构

图 2—1—8 分支流程结构

图 2—1—9 有穷循环体结构

图 2—1—10 无穷循环体结构

图 2—1—11 子程序调用流程结构

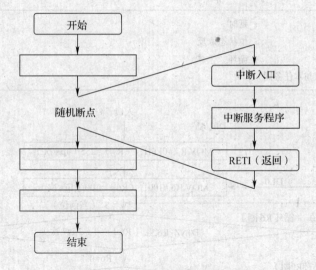

图 2—1—12 中断服务程序流程结构

灭、延时四大块并按顺序永远循环执行。这种流程结构称为无穷循环体（见图 1—2—10）。这里是通过无条件跳转指令"LJMP"来实现主程序的循环。有穷循环与无穷循环的差别在于，无穷循环是将重复执行的程序无数次地执行下去，而有穷循环则是将重复执行的程序执行 n 次（见图 2—1—9）。

2. 延时子程序

使用"LCALL DELAY"语句来实现延时子程序（地址标号为"DELAY"）的调用，子程序执行完毕后由"RET"指令实现返回主程序当前调用指令的下一步继续执行。

用"DJNZ"条件跳转指令来实现延时。"DJNZ"指令可实现程序的有穷循环（见图 2—1—9），它使控制程序循环执行圈内的程序步，当循环♯date（即 R6 的设定值）次后，R6＝0，使程序退出循环圈而往后执行。由于程序执行任何一步都需要时间（各语句的执行时间可根据查表得知的指令执行的机器周期数求得），且通过 R6 来控制它的循环圈数，因而可以控制程序在有穷循环圈内停留的时间，实现了延时的控制。

如图 2—1—13 所示为延时子程序执行时间的算法。根据图 2—1—1 所示电路可知晶振周期 $T_{osc}＝1/12\ \mu s$，因此机器周期 $T_{cy}＝12T_{osc}＝1\ \mu s$；又因（R7）＝FFH＝255，（R6）＝100，所以延时子程序"DELAY"的执行周期数为：

$$T_{DELAY}＝1＋（1＋2×R6＋2）×R7＋2$$
$$＝1＋（1＋2×100＋2）×255＋2$$
$$＝51\ 768（机器周期）$$

即执行时间为 51 768×1 μs＝51 768 μs。值得注意的是：在使用"DJNZ"指令时，0－1＝FFH＝255，即当（R6）＝0 或（R7）＝0 时，这里的"0"应该把它当做 256 来处理。

其实，在项目设计中还可以用取反指令"CPL"来实现任务。其源程序如下：

```
   ORG 0000H
   CLR C                ; 初始状态置位累加器 C
START：
   MOV P1.0，C           ; 位状态输出
```

```
        LCALL DELAY              ；延时
        CPL C                    ；位状态取反
        SJMP START               ；循环
    ；…………延时子程序（与本任务同）
```

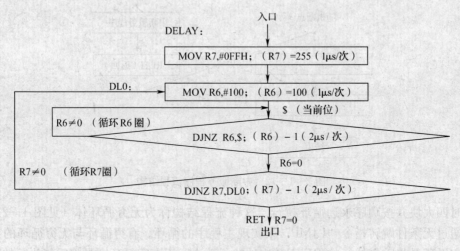

图 2—1—13　延时子程序执行时间的算法

二、新指令剖析

1. 长转移指令 LJMP

LJMP addr16　　；PC←addr16

提供 16 位目标地址 addr16，指令执行后把 16 位地址（addr16）送往 PC，从而实现程序转移。转移范围可达 $2^{16} = 64$ KB。

例：在程序存储器 0000H 单元存放一条指令：

LJMP 7F00H　　；PC←7F00H

则上电复位后程序将跳到 7F00H 单元去执行用户程序。

2. 短转移指令 SJMP

SJMP rel　　　；PC←（PC）+2+rel

该指令的操作数是相对地址 rel。由于 rel 是带符号的偏移量，所以程序可以无条件地向前或向后转移，可在 SJMP 指令所在地址 PC 值（源地址）加该指令字节数 2 的基础上，以 −128～+127 为偏移量（256 个单元）的范围内实现相对短转移。用汇编语言编程时，指令中的相对地址 rel 往往用欲转移至的地址的标号（符号地址）表示，能自动算出相对地址值。

3. 子程序调用指令 LCALL 和 ACALL

LCALL 和 ACALL 指令类似于转移指令 LJMP 和 AJMP，不同之处在于它们在转移前要把执行完该指令的 PC 内容自动压入堆栈后，再将 addr16（或 addr11）送往 PC，即把子程序的入口地址装入 PC。

ACALL 与 AJMP 一样提供 11 位目的地址。由于该指令为两字节指令，所以执行该指令时（PC）＋2→PC 以获得下一条指令的地址，并把该地址压入堆栈作为返回地址。该指令可寻址 2 KB，只能在与 PC 同一 2 KB 的范围内调用子程序。

4. 减 1 条件转移指令 DJNZ

DJNZ direct，rel	；direct←（direct）−1
	；若（direct）＝0，则 PC←（PC）＋3
	；若（direct）≠0，则 PC←（PC）＋3＋rel
DJNZ R*n*，rel	；R*n*←（R*n*）−1
	；若（R*n*）＝0，则 PC←（PC）＋2
	；若（R*n*）≠0，则 PC←（PC）＋2＋rel

该组指令是把减 1 功能和条件转移结合在一起的一组指令。程序每执行一次该指令，就把操作数减 1，并将结果保存在操作数中，然后判断操作数是否为零。若不为零，则转移到规定的地址单元，否则顺序执行。转移的目标地址是在以 PC 当前值为中心的−128～＋127 的范围内。

5. 取反指令 CPL

CPL bit	；位地址 bit 中的内容取反后结果存入位地址 bit 中
CPL C	；标志位 C 的内容取反后结果存入 C 中
CPL A	；累加器 ACC 的内容 8 位取反后结果存入 ACC 中

三、软件设计方法小结

通过以上工程实验，掌握以下几方面的知识：

1. 如何让灯亮和灯灭；
2. 有穷程序流程的控制；
3. 如何实现程序的无穷循环；
4. 如何实现延时及延时时间长度的计算和控制；
5. 如何实现子程序的调用和返回控制；
6. 程序存储空间的分配。

练　习

1. DJNZ 指令与 LJMP 和 SJMP 指令有何区别？
2. 调用指令 CALL 与跳转指令 JMP 有何区别？
3. 取反指令 CPL 在应用时应该注意什么？
4. 如果单片机的晶振频率为 12 MHz，请编程实现 50 ms 的延时。
5. 如果单片机的晶振频率为 6 MHz，试计算下述延时子程序的延时时间。

```
DELAY： MOV R7，＃00H
DL2：   MOV R6，＃80H
DL1：   NOP
        DJNZ R6，DL1
        DJNZ R7，DL2
        RET
```

任务2 8位灯闪亮的控制

学习目标

1. 进一步了解单片机技术应用系统硬件和软件的设计方法和开发过程。
2. 熟悉位寻址与字节寻址方式的区别。
3. 掌握单片机控制8位灯闪亮的方法。

工作任务

如图2—1—1所示电路中，要先令P1=10101010B（16进制编码为"AAH"，见表2—1—1），即让D7～D0所对应的灯分别为灭、亮、灭、亮、灭、亮、灭、亮的状态（状态1），延时后，再令P1=01010101B（16进制编码为"55H"，见表2—1—1），即让D7～D0所对应的灯分别为亮、灭、亮、灭、亮、灭、亮、灭的状态（状态2），如此反复地循环以上程序以实现8位灯闪亮的控制。

表2—1—1   8位灯闪亮的控制状态

	P1.7～1.0位	D7	D6	D5	D4	D3	D2	D1	D0	HEX值
状态1	各位状态	1	0	1	0	1	0	1	0	AAH
	各灯状态	灭	亮	灭	亮	灭	亮	灭	亮	
状态2	P1.7～1.0位	D7	D6	D5	D4	D3	D2	D1	D0	HEX值
	各位状态	0	1	0	1	0	1	0	1	55H
	各灯状态	亮	灭	亮	灭	亮	灭	亮	灭	

实践操作

一、软件设计

1. 技术要点

与本课题任务1相似，只是位控制与字节控制的区别，即任务1是用来控制位灯闪亮的，而此任务是用来控制8位（1个字节）灯闪亮的。

2. 控制流程

如图2—1—14所示为8位灯以"AAH"为初始状态闪亮的流程图。

3. 参考源程序

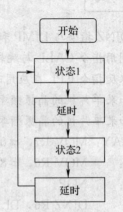

图2—1—14 8位灯以"AAH"为初始
状态闪亮的流程图

```
        ORG 0000H
START:
        MOV P1, #0AAH      ; 状态 1 输出
        LCALL DELAY        ; 延时
        MOV P1, #55H       ; 状态 2 输出
        LCALL DELAY        ; 延时
        SJMP START         ; 循环
        ; ·········· 延时子程序 (与本课题任务 1 相同)
```

其实，本任务还可以用取反指令"CPL"来实现。其流程图如图 2—1—15 所示，源程序如下：

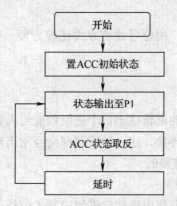

图 2—1—15 8 灯闪亮取反控制流程图

```
        ORG 0000H
        MOV A, #0AAH       ; 置初始状态
START:
        MOV P1, A          ; 状态输出
        LCALL DELAY        ; 延时
        CPL A              ; 状态取反
        SJMP START         ; 循环
        ; ·········· 延时子程序 (与本课题任务 1 相同)
```

通过以上 2 个实例设计可以看出，信号灯的控制实质上是让单片机在不同的时段输出不同的字状态来实现的，并可通过执行延时子程序来实现状态的保持。但在执行延时子程序的过程中，程序不完成任何事件。为了充分利用好这部分等待时间，可采用中断的方式来实现。

二、软件仿真调试与芯片烧写

与本课题任务 1 的方法相同。

相关知识

一、位寻址与字节寻址

本课题任务 1 是控制 1 个灯的闪亮，用的是 SETB（置位 1）、CLR（置位 0）指令，这两条指令是位操作指令，这种控制方式属于位寻址方式。而现在要控制的是 8 个位，也就是 1 个字节，如果还用位操作指令，整个程序就需要 8 对"SETB"和"CLR"指令，会使程序很复杂，故可以直接对 1 个输出口进行赋值，如"MOV P1，♯55H"，也就是同时对 8 个位进行操作，这样可以使程序简洁明了。由于这种控制方式是对 1 个字节进行控制，故称为字节寻址。

当只需要对个别位控制时，用位寻址的方式比较方便，而对整个字节的所有位控制时，用字节寻址的方式则更为简洁。

二、数制转换

二进制数能清晰反映电路的逻辑状态，十进制数能给人数据大小的概念，而十六进制数书写简短且易与二进制数相互转换。这 3 种数制都会经常出现在单片机软件中，可见熟悉这 3 种数制间的相互转换是非常重要的。

1. 二进制与十六进制的转换

通常在表达二进制时总是有意识地把二进制的每 4 位作为 1 组隔开，因为每 4 位二进制数刚好有 16 种状态，即刚好是 1 位十六进制数。例如：

二进制数 1101 0110 B 化为十六进制数为 D6H

$1\times8+1\times4+0\times2+1\times1=D$ $0\times8+1\times4+1\times2+0\times1=6$

其中"B"表示二进制，"H"表示十六进制。将二进制数化为十六进制数时，把二进制的每 4 位隔开，高位不足 4 位时用 0 补足 4 位，然后对每 4 位都用"8、4、2、1"的位权算出 1 位十六进制数（0～F）即可。

2. 十六进制与十进制的转换

（1）十六进制数化为十进制数

将十六进制的各位数加权求和，即可得到十进制数。

例如：$32ADEH = 3\times16^4+2\times16^3+A\times16^2+D\times16^1+E\times16^0$

$$= 3\times65\,536+2\times4\,096+10\times256+13\times16+14\times1$$

$$= 196\,608+8\,192+2\,560+208+14$$

$$= 207\,582$$

故转换公式为：$a_n\cdots a_2a_1H = a_n\times16^{n-1}+\cdots+a_2 16^1+a_1 16^0$

（2）十进制数化为十六进制数

例如：十进制数 12345 化为十六进制数的方法为：

$$
\begin{array}{r|l}
16 & 12345 \\
16 & 771 \\
16 & 48 \\
& 3
\end{array}
\quad
\begin{array}{l}
9 \\
3 \\
0
\end{array}
$$

即将十进制数反复除以 16，最终得 12345＝3039H。

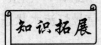

存储容量和传输容量的计量

字节是计算机信息技术用于计量存储容量和传输容量的一种计量单位，1 个字节等于 8 位二进制。

一个二进制数字序列，在计算机中作为一个数字单元，一般为 8 位二进制数，如一个 ASCII 码就是一个字节，此类单位的换算为：

> 1 千吉字节（TB，Terabyte）＝1 024 吉字节（2^{40}字节）
> （1 TB＝1 024 GB）
> 1 吉字节（GB，Gigabyte）＝1 024 兆字节（2^{30}字节）
> （1 GB＝1 024 MB）
> 1 兆字节（MB，Megabyte）＝1 024 千字节（2^{20}字节）
> （1 MB＝1 024 KB）
> 1 千字节（KB，Kilobyte）＝1 024 字节（2^{10}字节）
> 1 字节（Byte）＝8 位（bit）

1. 对下列不同数制的数据进行转换

(1) $(11010010)_2＝(\quad)_{10}＝(\quad)_{16}$。

(2) $(01111111)_2＝(\quad)_{10}＝(\quad)_{16}$。

(3) $(14.875)_{10}＝(\quad)_2＝(\quad)_{16}$。

(4) $(127.375)_{10}＝(\quad)_2＝(\quad)_{16}$。

(5) $(0A5H)_{16}＝(\quad)_{10}＝(\quad)_2$。

2. 如何对 P1 的内容取反？

任务 3　8 位流水灯的控制

学习目标

1. 了解 8 位流水灯的控制原理。

2. 熟悉"MOV""CLR""SETB""CPL""RL"和"RR"指令原理。

3. 掌握单片机控制 8 位灯流水状态的控制方法。

4. 掌握移位方向、初值含义及给定、移位次数的控制方法。

通过学习信号灯的控制原理得知，信号灯的控制实质上是让单片机在不同的时段输出不同的字状态。而改变输出状态的方法有很多，在本课题任务1、2里是用"MOV""CLR""SETB""CPL"等指令来实现的，而本任务使用"RL"或"RR"来实现信号灯流水状态的控制。

如图2—1—16所示，将8位灯排列成圆形，让灯从D0～D7灯逐个轮流亮起并不断地循环，从而实现亮灯旋转的效果。

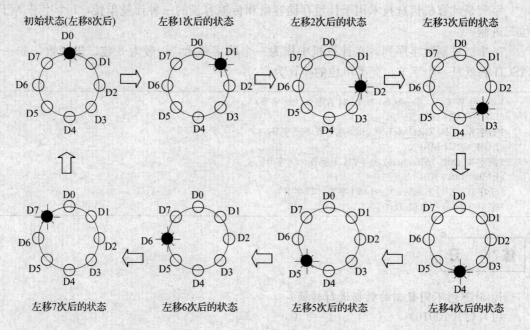

图2—1—16　流水灯效果示意图

一、软件设计

1. 控制流程

如图2—1—17所示为流水灯控制流程图。

2. 参考源程序

```
   ORG 0000H
START：
   MOV A，#0FEH        ；置初始状态
   MOV R2，#8          ；置移位次数
```

```
OUT：
    MOV P1，A          ；状态输出
    RL A              ；状态左移
    LCALL DELAY       ；延时
    DJNZ R2，OUT       ；移位控制
    SJMP START        ；循环
    ；…………延时子程序（略）
```

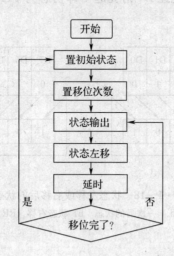

图 2—1—17　流水灯控制流程图

二、程序调试与芯片烧写

1. 程序调试

打开"KEIL51（uVision3）"软件，输入以上程序进行在线调试或离线调试。先打开特殊功能寄存器窗口和 I/O 窗口，然后执行连续单步运行，在运行过程中认真观察窗口中各变量（如 P1、ACC、R2）的变化，从而达到对程序步中每一语句的进一步理解。

流水灯项目设计，关键是初始状态、移位方向、移位次数三要素的控制。请读者试着去改变以上三要素实现如下控制：

（1）用"7FH"的初态和"RR"右移指令实现与以上项目反方向的控制。

（2）以"0FCH"为初态，利用"RR"右移指令，使每个流程连续移位 2 次（令 R2＝4），实现 2 灯左移的效果。

2. 芯片烧写

具体方法与本课题任务 1 相同。

相关知识

一、本任务技术要点剖析

1. 技术要点

（1）初始状态的给定；

（2）旋转及旋转方向的控制；

（3）跳变频率的控制。

2. 技术要点分析

如图 2—1—18 所示，如果灯按 D0～D7（即顺时针）的顺序亮，那就应该先让 D0 灯亮起（即初态为 11111110B），然后将 D0 的状态逐位左移（RL 指令）；如果灯按 D7～D0（即逆时针）的顺序亮，那就应该先让 D7 灯亮起（即初态为 01111111B），然后将 D7 的状态逐位右移（RR 指令）。

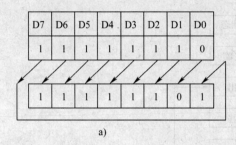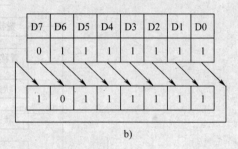

图 2—1—18　状态左移或右移后的状态图

a）状态左移（RL）一次后的状态　b）状态右移（RR）一次后的状态

二、新指令剖析

1. 位循环左移指令 RL

位循环左移指令 RL 的功能是将累加器 ACC 的 D0～D6 七位状态分别移入 D1～D7 位，而 D7 位状态循环至 D0 位（见图 2—1—18a）。

2. 位循环右移指令 RR

位循环右移指令 RR 的功能是将累加器 ACC 的 D7～D1 七位状态分别移入 D6～D0 位，而 D0 位状态循环至 D7 位（见图 2—1—18b）。

3. 带进位标志位位循环左移指令 RLC

带进位标志位位循环左移指令 RLC 的功能是将累加器 ACC 的 D0～D6 七位状态分别移入 D1～D7 位，而 D7 位状态循环至进位标志位 CY 位，原 CY 的状态移入 D0 位（见图 2—1—19a）。

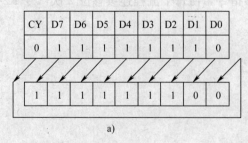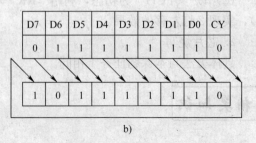

图 2—1—19　带进位标志位状态左移或右移后的状态图

a）状态左移（RLC）一次后的状态　b）状态右移（RRC）一次后的状态

4. 带进位标志位位循环右移指令 RRC

带进位标志位位循环右移指令 RRC 的功能是将累加器 ACC 的 D7～D1 七位状态分别移入 D6～D0 位，而 D0 位状态循环至进位标志位 CY 位，原 CY 的状态移入 D7 位（见图 2—1—19b）。

练　习

1. AT89C51 单片机有_____个_____位的并行 I/O 接口，即_____、_____、_____和_____口。这 4 个 I/O 口的控制既可以采用_____寻址的方式来控制，也可以按_____寻址的方式来控制。

2. 假设电路中的晶振频率 $f_{osc}=1$ MHz，试计算其机器周期 T_{cy} 和下述延时子程序"DELAY"的执行周期数 T_{DELAY}。

DELAY：MOV R7，♯064H
DL0：　　MOV R6，♯200
　　　　DJNZ　　R6，$
　　　　DJNZ　　R7，DL0
　　　　RET

3. 流水灯控制程序中，若要求循环重复 100 次即停止，即将本课题任务 3 的"SJMP"指令无穷循环改为限定次数（100 次），应如何实现？

提示：用条件转移指令"DJNZ"实现。

课题 2　基于单片机控制的信号灯的应用

任务 1　8 位灯多花样闪亮的控制

学习目标

1. 了解利用定时器来编写延时子程序的基本方法。

2. 进一步熟悉单片机技术应用系统硬件和软件的设计方法和开发过程，逐步统一数据与硬件状态关系。

3. 掌握对 8 位灯的随意控制方法。

4. 掌握"RL""RR""DEC"和"SUBB"指令的应用方法和技巧。

工作任务

控制如图 2—1—1 所示的 8 位灯按如下流程工作：8 位灯以"AAH"的初态闪亮 8 次→

两灯并行左移后右移（每次仅移 1 位），3 个循环后全灭→从 D0～D7 灯逐个递亮后全灭→从 D7～D0 灯逐个递亮后全灭→重复循环执行以上程序。

实践操作

一、软件设计

8 位灯多花样闪亮的参考源程序如下：

```
(1) 主程序
ORG 0000H
ST:
    MOV R2, #8          ; 闪亮 8 次设置
    MOV A, #0AAH        ; 闪亮初值
LPP:
    MOV P1, A           ; 状态输出
    LCALL DL            ; 延时
    CPL A               ; 状态取反实现闪亮
    DJNZ R2, LPP        ; 闪亮 8 次控制
    LCALL DL            ; 延时
; ………两灯并行左移后右移（每次仅移 1 位）3 个循环
    MOV R3, #3          ; 左、右移 3 个循环设定
LRS:
    MOV R2, #7          ; 两灯左移次数
    MOV A, #0FCH        ; 两灯左移初值
    LCALL LLS           ; 调用两灯左移子程序
    MOV P1, #0FFH       ; 全灭
    LCALL DL
    MOV R2, #7          ; 两灯右移次数
    MOV A, #03FH        ; 两灯右移初值
    LCALL RRS           ; 调用两灯右移子程序
    MOV P1, #0FFH       ; 全灭
    LCALL DL
    DJNZ R3, LRS        ; 两灯左右移 3 个循环控制
; …………从 D0～D7 灯逐个递亮
    MOV R2, #8          ; 递亮次数
    MOV A, #0FEH        ; 递亮初值
    LCALL LLSS          ; 调用递亮变换程序
    MOV P1, #0FFH       ; 递亮完后全灭
    LCALL DL
; …………从 D7～D0 灯逐个递亮
    MOV R2, #8          ; 递亮次数
    MOV A, #07FH        ; 递亮初值
    LCALL RRSS          ; 调用递亮变换程序
    MOV P1, #0FFH       ; 递亮完后全灭
```

```
    LCALL DL
    SJMP ST
    （2）两灯左移子程序
LLS：
    MOV P1，A
    RL A
    LCALL DL
    DJNZ R2，LLS
    RET
    （3）两灯右移子程序
RRS：
    MOV P1，A
    RR A
    LCALL DL
    DJNZ R2，RRS
    RET
    （4）从 D0 灯开始亮起左移子程序
LLSS：
    MOV P1，A
    RL A                ；状态位左移
    DEC A                ；左移后减 1
    LCALL DL
    DJNZ R2，LLSS
    RET
    （5）从 D7 灯开始亮起右移子程序
RRSS：
    MOV P1，A
    RR A                ；状态位右移
    CLR C                ；清借位标志
    SUBB A，#80H        ；清除 D7 位的"1"
    LCALL DL
    DJNZ R2，RRSS
    RET
    （6）延时子程序
DL：
    MOV R7，#0
DL1：
    MOV R6，#0
DL2：
    MOV R5，#2
    DJNZ R5，$
    DJNZ R6，DL2
    DJNZ R7，DL1
    RET
```

二、软件仿真调试与芯片烧写

与本模块课题 1 的方法相同。

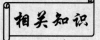

一、程序设计思路剖析

1. 8 位灯以"AAH"的初态闪亮 8 次程序

该子程序的输出状态存储在累加器 ACC 中，并以"AAH"的初始状态每循环一次取反一次。循环 8 次的功能是通过"DJNZ R2，LPP"语句实现的，因此，R2 是次数控制寄存器。

2. 两灯并行左移后右移程序

在实现左移时，其初始状态是先让左边两灯亮起，所以左移的初始状态是"FCH"（1111 1100B，低电平亮）。同理，在实现右移时，其初始状态是先让右边两灯亮起，所以右移的初始状态是"3FH"（0011 1111B，低电平亮）。

3. 从 D0～D7 灯逐个递亮程序

要实现从 D0～D7 灯逐个递亮，其初始状态是先让 D0 灯亮，编码为 FEH（1111 1110B），第二个状态编码为 FCH（1111 1100B），对这两个状态进行分析可以得出，第二个状态 FCH 可通过初始状态（1111 1110B）左移后（1111 1101B）再减去 0000 0001B 来实现。

第二个状态（1111 1100B）到第三个状态（1111 1000B）同样可以通过位左移后减 1 的办法实现。程序如下：

```
RL A          ；状态位左移
DEC A         ；左移后减 1
```

4. 从 D7～D0 灯逐个递亮程序

要实现从 D7～D0 灯逐个递亮，其初始状态是先让 D0 灯亮，编码为 7FH（0111 1111B），第二个状态编码为 3FH（0011 1111B），对这两个状态进行分析可以得出，第二状态 3FH 可通过初始状态（0111 1111B）右移后（1011 1111B）再减去 1000 0000B 来实现。

第二个状态（0011 1111B）到第三个状态（0001 1111B）同样可以通过位右移后减 80H 的办法实现。程序如下：

```
RR A          ；状态位右移
CLR C         ；清借位标志
SUBB A，#80H  ；清除 D7 位的"1"
```

二、子程序调用时应注意寄存数据的保护

在执行程序过程中难免会调用其他子程序，而在子程序调用之前可能会有重要数据存储

在某些寄存器中，因此，在被调用子程序中，程序员应该保护好这些重要数据，最好不要动用存储有重要数据的寄存器。例如，本任务中实现 8 位灯以"AAH"的初态闪亮 8 次程序中：输出状态是存储在累加器 ACC 中的，循环次数寄存在 R2 中，但闪亮程序每闪 1 次都要调用延时子程序"DL"1 次，因此，在子程序中最好不要使用 A 和 R2，如果必须使用这两个寄存器，则应该妥善地将这些重要数据保护好（可通过模块 3 课题 1 中介绍的堆栈方法来实现）。

三、新指令剖析

减 1 指令 DEC 的功能是将操作数所指定的单元内容减 1。

DEC A　　；A←（A）－1

DEC Rn　　；Rn←（Rn）－1

DEC direct；direct←（direct）－1

DEC @Ri；（Ri）←（（Ri））－1

知识拓展

单片机执行程序的过程，实际上就是逐条执行指令的过程。计算机每执行一条指令都可分为 3 个阶段进行，即取指令→分析指令→执行指令。

取指令的任务是：根据程序计数器 PC 中的值从程序存储器读出现行指令，送到指令寄存器。分析指令阶段的任务是：将指令寄存器中的指令操作码取出后进行译码，分析其指令性质。如指令要求操作数，则寻找操作数地址。计算机执行程序的过程实际上就是逐条指令地重复上述操作过程，直至遇到停机指令或可循环等待指令。一般计算机进行工作时，首先要通过外围设备把程序和数据通过输入接口电路和数据总线送到存储器，然后逐条取出执行。但单片机中的程序一般事先都已通过写入器固化在片内或片外程序存储器中。因而一开机即可执行指令。

下面来举例说明指令的执行过程：

开机时，程序计数器 PC 变为 0000H。然后单片机在时序电路作用下自动进入执行程序过程。执行过程实际上就是取出指令（取出存储器中事先存放的指令）和执行指令（分析和执行指令）的循环过程。例如，执行指令"MOV A，♯0E0H"，其机器码为"74H E0H"，该指令的功能是把操作数 E0H 送入累加器，0000H 单元中已存放 74H，0001H 单元中已存放 E0H。当单片机开始运行时，首先是进入取指阶段，其次序是：

1. 程序计数器的内容（这时是 0000H）送到地址寄存器。

2. 程序计数器的内容自动加 1（变为 0001H）。

3. 地址寄存器的内容（0000H）通过内部地址总线送到存储器，以存储器中地址译码电路，使地址为 0000H 的单元被选中。

4. CPU 使读控制线有效。

5. 在读命令控制下，被选中存储器单元的内容（此时应为 74H）送到内部数据总线上，因为是取指令阶段，所以该内容通过数据总线被送到指令寄存器。至此，取指阶段完成，进入译码分析和执行指令阶段。由于本次进入指令寄存器中的内容是 74H（操作码），从译码器译码后，单片机就会知道该指令是要将一个数送到累加器 ACC，而该数是在这个代码的下一个存储单元。所以，执行该指令还必须把数据（E0H）从存储器中取出送到 CPU，即还要在存储器中取第二个字节。其过程与取指令阶段很相似，只是此时 PC 已为 0001H。指令译码器结合时序部件，产生 74H 操作码微操作系列，使数字 E0H 从 0001H 单元取出。因为指令是要求把取得的数送到累加器 ACC，所以取出的数字经内部数据总线进入累加器 ACC，而不是进入指令寄存器。至此，一条指令执行完毕。单片机中 PC＝"0002H"，PC 在 CPU 每次向存储器取指或取数时自动加 1，单片机又进入下一取指令阶段。这一过程一直重复下去，直至收到暂停指令或循环等待指令后暂停。CPU 就是这样一条一条地执行指令，进而完成所有规定的功能。

练 习

1. 编制控制如图 2—1—1 所示的 8 位灯按如下流程工作的源程序：8 位灯以 "55H" 的初态闪亮 6 次→两灯并行右移后左移（每次仅移 2 位），2 个循环后全灭→不断循环执行以上程序。

2. 在本任务参考程序中执行 "SUBB A，＃80H；清除 D7 位的 '1'" 语句前为什么要先执行 "CLR C；清借位标志" 语句？

任务 2　简易交通灯的控制

学习目标

1. 进一步了解控制字状态分析的基本方法。
2. 进一步熟悉子程序调用的方法与技巧。
3. 掌握交通灯控制方法并通过拓展训练，将本任务中的程序作为交通灯的控制模板，应用于不同方式交通灯的控制。
4. 掌握 "XRL" "JB" "JNB" 和 "EQU" 指令的应用方法和技巧。

工作任务

用图 2—1—1 中的 6 位灯来分别表示十字路口东西方向的红灯、绿灯、黄灯和南北方向的红灯、绿灯、黄灯（见表 2—2—1 的 I/O 分配表），实现简易交通灯的控制。

表 2—2—1　　　　　　　　　　　　　　I/O 分配表

信号灯	东西方向			南北方向		
	绿灯	黄灯	红灯	绿灯	黄灯	红灯
输出分配	P1.0	P1.1	P1.2	P1.3	P1.4	P1.5

如图 2—2—1 所示为简易交通灯的控制流程图。系统启动的初始状态是东西绿灯亮、南北红灯亮〔其编码是 DEH（1101 1110B）〕，维持 15 s；第二状态是东西绿灯闪亮、南北红

灯亮，维持 3 s，其中东西绿灯每隔 0.5 s 状态取反一次；第三状态是东西黄灯亮、南北红灯亮〔其编码是 DDH（1101 1101B）〕，维持 2 s；第四状态是东西红灯亮、南北绿灯亮〔其编码是 F3H（1111 0011B）〕，维持 20 s；第五状态是东西红灯亮、南北绿灯闪亮，维持 3 s，其中南北绿灯每隔 0.5 s 状态取反一次；第六状态是东西红灯亮、南北黄灯亮〔其编码是 EBH（1110 1011B）〕，维持 2 s。第六状态执行完后循环。

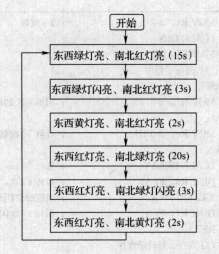

图 2—2—1　简易交通灯的控制流程图

实践操作

一、软件设计

参考源程序如下：

```
(1) 主程序
OUT EQU P1          ;定义 P1 口为输出口
ORG 0030H
START:
    MOV OUT,＃0DEH    ;东西绿灯亮，南北红灯亮
    MOV R4,＃15       ;15 s 延时
    LCALL DLS
    MOV A,＃01H       ;东西绿灯闪亮
    LCALL FLASH
    MOV OUT,＃0DDH    ;东西黄灯亮、南北红灯亮
                     ;（P1=1101 1101B）
    MOV R4,＃2        ;2 s 延时
    LCALL DLS
    MOV OUT,＃0F3H    ;东西红灯亮、南北绿灯亮
                     ;（P1=1111 0011B）
    MOV R4,＃20       ;20 s 延时
    LCALL DLS
    MOV A,＃08H       ;南北绿灯闪亮
    LCALL FLASH
    MOV OUT,＃0EBH    ;东西红灯亮、南北黄灯亮
                     ;（P1=1110 1011B）
```

• 63 •

```
        MOV R4, #2                    ; 2 s 延时
        LCALL DLS
        SJMP START
    (2) 闪烁子程序
FLASH:
        MOV R7, #6                    ; 闪烁 6 次的计数初值
FLA1:
        MOV R6, #0AH                  ; 计数 10 次延时初值
FLA2:
        LCALL DELAY                   ; 延时 50 ms
        DJNZ R6, FLA2                 ; 循环 10 次, 共 0.5 s
        XRL OUT, A                    ; 对应绿灯闪烁
        DJNZ R7, FLA1                 ; 循环 10 次闪烁
        RET
    (3) 50 ms 延时子程序
DELAY:
        MOV TMOD, #10H                ; 设置 T1 为定时, 模式 1
        MOV TL1, #0B0H                ; 设置定时初值
        MOV TH1, #3CH
        SETB TR1                      ; 启动 T1
        JNB TF1, $                    ; 等待定时时间到
        CLR TF1                       ; 清除溢出标志
        CLR TR1                       ; 停止 T1
        RET
    (4) 1 s 延时子程序
; ┄┄┄┄┄通过调用 20 次 50 ms 的子程序来实现
DEL1S:
        MOV R5, #20
DEL1:
        LCALL DELAY
        DJNZ R5, DEL1
        RET
    (5) 可变延时子程序
DLS:
        LCALL DEL1S
        DJNZ R4, DLS
        RET
```

二、软件仿真调试与芯片烧写

与本模块课题 1 的方法相同。

相关知识

一、子程序设计原理

1. 定时计数器设置

"MOV TMOD, #10H" 是设置 T1 为定时器方式 1 (16 位计数); "MOV TL1, #

0B0H"和"MOV TH1，♯3CH"为设置定时初值的语句，其中"3CB0H"等于十进制的15 536（65 536－50 000），即使计数从15536开始实现每来一个脉冲的"＋1"计数；显然执行"SETB TR1"后计数将开始，"＋1"50 000次后，计数单元将溢出产生定时中断，使TF1＝1；"JNB TF1，$"的意思是TF1＝0时跳转到原位（即"$"）而实现原位等待的功能，直至TF1＝1时才往后执行；很显然执行完"DELAY"这段子程序需要等待约50 000个计数脉冲，设定时脉冲的频率为1 MHz，即可实现50 ms的延时。

2. 闪烁程序的实现

在调用闪烁程序前，先将需要控制闪烁的灯进行编码，并将编码暂存于寄存器（如ACC）中，通过调用闪烁子程序实现定时地对输出状态的异或（见表2—2—2），从而实现与控制码相对应位灯闪烁的效果。

例如：要使由P1.0所控制的东西方向的绿灯闪烁，先执行"MOV A，♯01H"，然后再执行"LCALL FLASH"即可实现。

3. 1 s延时子程序

1 s延时子程序是通过调用20次50 ms的子程序来实现的。

4. 可变延时子程序

表2—2—2　　　　　　　　　　　　闪烁子程序输出状态表

寄存器状态		D7	D6	D5	D4	D3	D2	D1	D0
异或前 ACC 状态（控制码）	01H	0	0	0	0	0	0	0	1
异或前 P1 口状态	DEH	1	1	0（南北红灯）	1	1	1	1	0（东西绿灯）
"XRL OUT，A"一次后的P1	DFH	1	1	0（南北红灯）	1	1	1	1	1（东西绿灯）
"XRL OUT，A"两次后的P1	DEH	1	1	0（南北红灯）	1	1	1	1	0（东西绿灯）
"XRL OUT，A"三次后的P1	DFH	1	1	0（南北红灯）	1	1	1	1	1（东西绿灯）
"XRL OUT，A"四次后的P1	DEH	1	1	0（南北红灯）	1	1	1	1	0（东西绿灯）
结论		D7～D1 的状态不变							绿灯闪

在调用该子程序前，先给R4赋值，R4的值即是该子程序调用1 s子程序的次数。例如，调用"DLS"前令R4＝10，即调用了"DEL1S"10次，从而实现10 s的延时。

二、新指令剖析

1. 逻辑"异或"运算指令XRL

格式：XRL　操作数1，操作数2；操用数1只有A与direct两种

XRL direct，A　　　；将A中的内容与内存direct单元中的内容相异或，结果存入内存direct单元

XRL direct，♯data　；将立即数data与内存direct单元中的内容相异或，结果存入内存direct单元中

XRL A，♯data　　　；将立即数data与A中的内容相异或，结果存入内存A中

XRL A，direct　　　；将内存direct单元中的内容与A中的内容相异或，结果存入A中

XRL A，@Ri　　　　；将以Ri中的内容为地址的单元中的内容与A中的内容相异或，

　　　　　　　　　　结果存入 A 中

XRL A，R*n*　　　　　 ；将 R*n* 中的内容与 A 中的内容相异或，结果存入 A 中

　　逻辑"异或"指令常用来对字节中某些位进行取反操作，若某位取反则该位与"1"相异或；若某位保留则该位与"0"相异或。还可利用异或指令对某单元自身异或，以实现清零操作。

　　例如：若（A）＝B5H＝1011 0101B，执行下列指令：

XRL A，♯0F0H　　　 ；A 的高 4 位取反，低 4 位保留

MOV 30H，A　　　　 ；将（A）＝45H 存入 30H

XRL A，30H　　　　　 ；自身异或使 A 清零

执行后结果：（A）＝00H。

2. 伪指令 EQU（＝）

　　格式：名字　 EQU　 表达式　　 或　　　 名字＝表达式

　　例如：SIZE　 EQU　 15　　 或　　　 SIZE＝0FH

　　上面的表达式可以是 8 位或 16 位二进制数，因此，EQU 伪指令可以被用来定义一个常量。使用 SIZE 代替数值 15 或 0FH 的好处是它可以表示出数据的含义。此外，如果需要修改数据的值，则只需在声明它的地方改变一次，而不用处处修改，也不必担心是否修改完全。

3. 位控制转移指令

位控制转移指令是以位的状态作为实现程序转移的判断条件。共有 5 条指令。

（1）以 CY 状态为条件的转移指令

JC rel　　　　 ；若（CY）＝1，则 PC←（PC）＋2＋rel，转移

　　　　　　　　　　若（CY）≠1，则 PC←（PC）＋2，顺序执行

JNC rel　　　 ；若（CY）＝0，则 PC←（PC）＋2＋rel，转移

　　　　　　　　　　若（CY）≠0，则 PC←（PC）＋2，顺序执行

　　这两条指令的功能是对进位标志位 CY 进行检测，当（CY）＝1（第一条指令）或（CY）＝0（第二条指令）时，程序转向 PC 当前值与 rel 之和的目标地址去执行，否则程序将顺序执行。

（2）以位状态为条件的转移指令

JB bit，rel　　　　 ；若（bit）＝1，则 PC←（PC）＋3＋rel，转移

　　　　　　　　　　　若（bit）≠1，则 PC＝（PC）＋3，顺序执行

JNB bit，rel　　　 ；若（bit）＝0，则 PC←（PC）＋3＋rel，转移

　　　　　　　　　　　若（bit）≠0，则 PC←（PC）＋3，顺序执行

JBC bit，rel　　　 ；若（bit）＝1，则 PC←（PC）＋3＋rel，bit←0

　　　　　　　　　　　若（bit）≠1，则 PC←（PC）＋3，顺序执行

　　这 3 条指令的功能是对指定位地址 bit 的内容进行检测，当（bit）＝1（第一和第 3 条指令）或（bit）＝0（第二条指令）时，程序转向 PC 当前值与 rel 之和的目标地址去执行，否则程序将顺序执行。对于第三条指令，当条件满足时（指定位为 1），还具有将该指定位清 0 的功能。

通过学习对简易交通灯的控制方法后，试着用该方法来对图 2—2—2 所示的交通灯进行如下要求的控制：

状态 1：东→西、东左转灯亮绿灯，其余 3 方向亮红灯（10 s）；

状态 2：东→西、西→东灯亮绿灯，其余 2 方向亮红灯（20 s）；

状态 3：西→东、西左转灯亮绿灯，其余 3 方向亮红灯（15 s）；

状态 4：南→北、南左转灯亮绿灯，其余 3 方向亮红灯（13 s）；

状态 5：南→北、北→南灯亮绿灯，其余 2 方向亮红灯（25 s）；

状态 6：北→南、北左转灯亮绿灯，其余 3 方向亮红灯（15 s）。

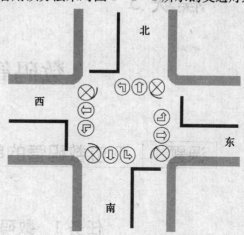

图 2—2—2　组合交通灯控制结构图

1. 如何用两种方法实现对 P1 口内容的取反？

2. 如何用两种方法实现 10 ms 的延时（晶振频率为 6 MHz）？

3. 若（65H）＝C6H，则执行指令"XRL 65H，＃0F5H"后，（65H）的值为多少？

4. 分析下列程序段的执行结果

(1) MOV A，＃98H

　　 ADD A，＃38H

　　 MOV R0，＃30H

　　 SUBB A，R0

　　 XRL A，R0

执行结果：（A）＝_____。

(2) MOV A，＃98H

　　 XRL A，＃0F0H

　　 XRL A，＃0FH

执行结果：（A）＝_____。

模块 3

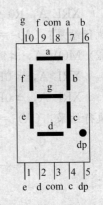

数码管显示接口控制

课题 1 5 位数码管的串行静态显示接口控制

任务 1 数码管的编码训练

学习目标

1. 了解数码管的基本结构、作用和电路工作原理。

2. 熟悉数码管中发光二极管的控制参数（额定电流与额定电压），从而学会数码管控制电路的设计。

3. 掌握数码管的编码方法。

工作任务

准备若干共阴极和共阳极的数码管，通过万用表的测量达到识别的目的；进行数码管的编码训练。

实践操作

一、数码管的识别与测量

1. 数码管的识别

数码管的结构如图 3—1—1 所示，它由 7 个长形发光二极管和 1 个圆形发光二极管构成，它们的阳极（或阴极）接在一起作为公共端（COM），阴极（或阳极）各自引出作为控制端引脚 dp、g、f、e、d、c、b、a（按二进制的位权左高右低的顺序排列）。其中，公共端是阳极的数码管称为共阳极数码管，公共

图 3—1—1 数码管的结构

端是阴极的数码管称为共阴极数码管。

数码管的电气原理如图 3—1—2 所示。

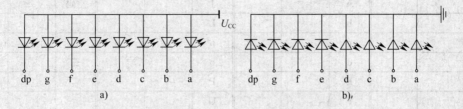

图 3—1—2　数码管的电气原理图
a) 共阳极数码管的电气原理图　b) 共阴极数码管的电气原理图

2. 数码管的测量

对照数码管的结构图和电气原理图，使用数字万用表的 PN 结测试挡对数码管中的 8 个发光二极管加上正向电压，正常情况下 8 个发光二极管都会发光，以此可以判断该数码管是共阳极管还是共阴极管。

二、数码管的编码训练

1. 数码管的编码方法

将数码管的公共端接上直流电源的正极（共阳极）或负极（共阴极），并通过控制各控制端高低电平可显示如图 3—1—3 所示的字符。

图 3—1—2 中 8 个控制端口相当于 1 个字节的 8 位并正好可由单片机的 1 个 I/O 口进行控制，因此，可将图 3—1—2 中的 8 个控制端的控制电平按从左至右为 D7～D0 的顺序进行编码（见表 3—1—1），字符"2"的共阴极 HEX 码为"5BH"，而字符"9"的共阴极 HEX 码为"6FH"，这种控制码称为段码。如果数码管是共阳极的，其段码同上相反，即为反码。数码管作为人机对话功能的输出设备，可以用来显示十六进制的各位字符"0～F"和一些特殊符号（见图 3—1—3）。

表 3—1—1　　　　　　　　　　　共阴极数码管的编码方法

显示字符	二进制码								HEX 码	显示字符	二进制码								HEX 码
	dp	g	f	e	d	c	b	a			dp	g	f	e	d	c	b	a	
2	D7	D6	D5	D4	D3	D2	D1	D0	5BH	9	D7	D6	D5	D4	D3	D2	D1	D0	6FH
	0	1	0	1	1	0	1	1			0	1	1	0	1	1	1	1	

2. 数码管的编码训练

请读者自行将图 3—1—3 中的字符按表 3—1—1 的做法进行编码，并记录在表 3—1—2 中。

表 3—1—2　　　　　　　　　　　编码记录表

字符	共阴码	共阳码	字符	共阴码	共阳码	字符	共阴码	共阳码	字符	共阴码	共阳码
0			8			h			y		
1			9			H			μ		

字符	共阴码	共阳码	字符	共阴码	共阳码	字符	共阴码	共阳码	字符	共阴码	共阳码
2			A			J			空码		
3			b			L			一		
4			c			n			二		
5			d			o			三		
6			E			P					
7			F			U					

图 3—1—3　数码管能显示的部分字符

相关知识

数码管中 7 个长形发光二极管和 1 个圆形发光二极管的额定参数与普通发光二极管一样，即额定电压为 3 V，额定电流为 10 mA，而单片机电源电压为 5 V，因此，输出到数码管时要进行分压，这里接在公共端（COM）的 20 Ω 电阻就是起分压作用的。一共有 8 个发光二极管，正好构成 1 个字节的控制字，1 个数码管可由 1 个 I/O 口（如 P1 口）的位来控制，但是单片机的 I/O 口的驱动能力很小（P0 口为 800 μA，P1～P3 口为 400 μA），不能用来直接驱动额定电流为 10 mA 的发光二极管，因此，需要采用具有电流放大能力的元件（如锁存器 74LS245、74LS373、74LS164，达林顿管或三极管）来驱动，如图 3—1—4 所示为常见的 4 种数码管接口电路。

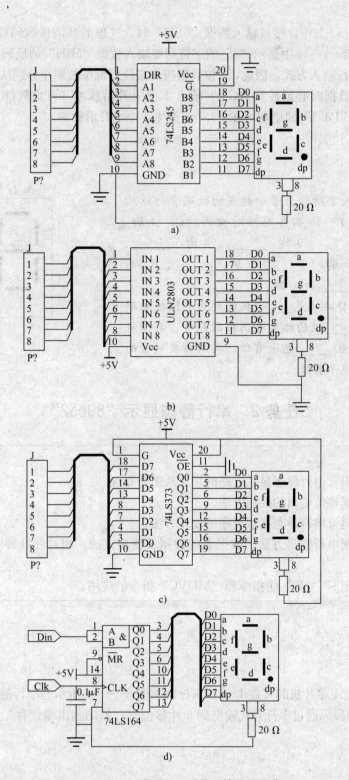

图 3—1—4　常见的 4 种数码管接口电路

a) 74LS245 驱动的共阴极数码管并行接口　b) ULN2803 驱动的共阴极数码管并行接口

c) 74LS373 驱动的共阳极数码管并行接口　d) 74LS164 驱动的共阴极数码管串行接口

在图 3—1—4a、b 中，接口输入数据"5BH"时，这里的共阴极数码管将显示"2"的字符；但要在图 3—1—4c 中显示"2"的字符则要输入数据"5BH"的反码"0A4H"；在图 3—1—4d 中是串行输入方式，因此，8 位数据按先高位后低位的顺序分别从"Din"口输入，而且每输入 1 位数据时必须控制"Clk"输入 1 个上升沿脉冲（可由软件产生，如"CLR P3.1"和"SETB P3.1"两语句可在 P3.1 口产生 1 个上升沿脉冲）。

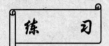

1. 如题图 3—1 所示为带小数点的数码管的结构图，请说明图中 1～10 脚各自所对应的功能：1 脚：_____、2 脚：_____、3 脚：_____、4 脚：_____、5 脚：_____、6 脚：_____、7 脚：_____、8 脚：_____、9 脚：_____、10 脚：_____。

2. 数码管中公共端是_____极的称为共阳极数码管，公共端是_____极的称为共阴极数码管。共阳极数码管的控制端为_____电平有效；共阴极数码管的控制端为_____电平有效。

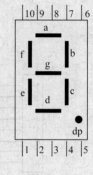

题图 3—1

任务 2　串行静态显示"89c52"

学习目标

1. 了解数码管串行静态显示电路的组成及工作原理。
2. 熟悉数据移位输出的控制方法。
3. 掌握数码管串行静态显示程序的设计方法。
4. 掌握数据串行输出方法、数据表的编制及使用方法、相对寻址和间接寻址的应用。
5. 掌握"BIT""DB"伪指令和"MOVC"指令的应用。

工作任务

采用 AT89C51 单片机的 2 位 I/O 口来控制如图 3—1—5 所示的串行静态显示电路，将 5 位"89C52"的段码通过串行方式输出到 5 片移位寄存器的输出端锁存，并由 5 位数码管显示。

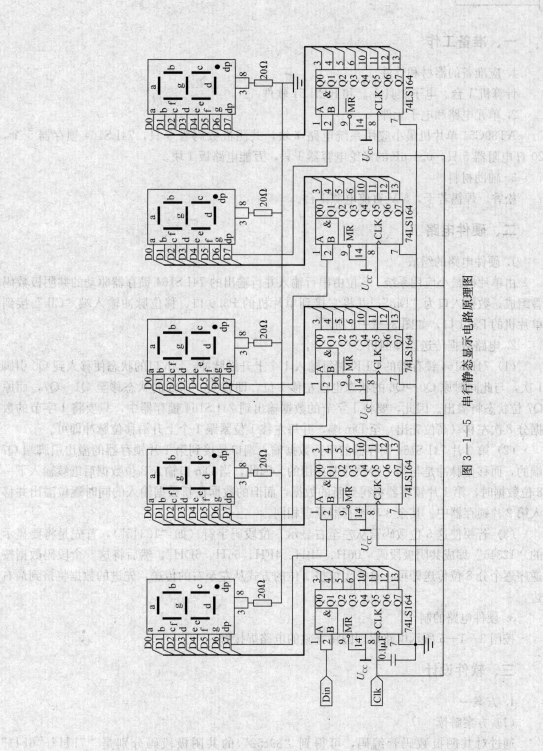

图 3—1—5 串行静态显示电路原理图

一、准备工作

1. 应准备的器材和软件

计算机 1 台、电子工具 1 套和 KEIL51 软件。

2. 单元电路和电子元件

AT89C51 单片机最小应用系统电路 1 块，共阴极数码管 5 只，74LS164 锁存器 5 个，20 Ω 电阻器 5 只，0.1 μF 的涤纶电容器 1 只，万能电路板 1 块。

3. 辅助材料

松香、焊锡若干，5 V 直流电源 1 台。

二、硬件电路

1. 硬件电路的组成

由单片机最小应用系统、5 位由串行输入并行输出的 74LS164 锁存器驱动的共阴极数码管组成。数据入口为"Din"，并将它接到单片机的 P3.0 口，移位脉冲输入端"Clk"接到单片机的 P3.1 口，如图 3—1—5 所示。

2. 电路数据传送原理剖析

（1）74LS164 锁存器的 CLK 端每输入 1 个上升沿脉冲，Din 口的状态便移入到 Q0 引脚 1 次，与此同时原 Q0～Q6 的状态也往左移 1 位，即将 Q0～Q6 的状态移至 Q1～Q7，而原 Q7 位状态将溢出。因此，要将 1 字节的数据输出到 74LS164 锁存器中，只要将 1 字节的数据分 8 次左移（高位先出）至 Din 端，并每左移 1 位紧跟 1 个上升沿移位脉冲即可。

（2）第 2 片 74LS164 锁存器的串行数据输入端口是接到第 1 片锁存器的溢出引脚端 Q7 端的，而移位脉冲是与第 1 片锁存器共用的。因此，当 Din 口输入 8 位数据后继续输入下一 8 位数据时，第 1 片锁存器将得到新的数据，而旧的数据在新数据输入的同时逐位溢出并移入第 2 片锁存器中。其余 3 片锁存器原理相同。

（3）若要使这 5 位数码管从左至右显示 5 位段码字符（如"12345"），首先是将要显示的"12345"编成共阴极段码"06H、5BH、4FH、66H、6DH"，然后将这 5 个段码数据按逆序逐个分 8 位传送即可。这样 1 位挤 1 位的方式从左至右的传送，先进的数据将挤到最右边。

3. 硬件电路的制作

按图 3—1—5 所示电路原理图将完整的电路焊接好。

三、软件设计

1. 方案一

（1）方案解读

通过对共阴极数码管编码，可得到"89c52"的共阴极段码分别是"7FH""6FH""58H""6DH"和"5BH"，然后分别将这 5 位共阴极段码存放在寄存器 RAM 的 44H～

40H 中，最后将寄存器 RAM 的 40H～44H 中的段码数据用串行方式逐位移入到串行静态显示电路的锁存器中。

（2）参考源程序

```
DIN BIT 0B0H          ; 置 P3.0 为位码输出端
CLK BIT 0B1H          ; 置 P3.1 为移位脉冲输出端
ORG 0000H
MOV 40H, #5BH         ; "2" 的段码存入存储区 44H
MOV 41H, #6DH         ; "5" 的段码存入存储区 43H
MOV 42H, #58H         ; "c" 的段码存入存储区 42H
MOV 43H, #6FH         ; "9" 的段码存入存储区 41H
MOV 44H, #7FH         ; "8" 的段码存入存储区 40H
LCALL DISP           ; 调用串行输出子程序
SJMP $               ; 串行输送完 40 位数据后停下

DISP:                ; 串行输出子程序
    MOV R0, #40H     ; 将存储区首地址存入 R0
    MOV R1, #5       ; 5 位段码
DP0:
    MOV R2, #08H     ; 每位段码的移位次数置 R2 中
    MOV A, @R0       ; 间接寻址将存储区段码放入 ACC 中
DP1:
    RLC A            ; 将段码逐位移出到 CY 中
    MOV DIN, C       ; 将移出来的一位位码送 "Din"
    CLR CLK          ; 产生一个上升沿移位脉冲送 "CLK"
    SETB CLK
    DJNZ R2, DP1     ; 每位段码 8 次移位次数控制
    INC R0           ; 调整指针取下一个段码
    DJNZ R1, DP0     ; 5 位段码输出完毕控制
    RET
    END
```

2. 方案二

（1）方案解读

编制常规数码字符段码表，并将这些可能用得上的段码表连同程序代码一并写入程序存储器 ROM 中，如在程序中需要用到某个段码，可通过指令 "MOVC" 访问 ROM 并将对应用到的段码取出。

用 "DB" 伪指令将 "0～F" "空显示" 和 "—" 等常规的单字节数码管段码通过编程的方式写入程序存储器 ROM 中：

```
SEGTAB:                                ; 段码表
DB 3FH, 06H, 5BH, 4FH, 66H, 6DH        ; 0, 1, 2, 3, 4, 5
DB 7DH, 07H, 7FH, 6FH, 77H, 7CH        ; 6, 7, 8, 9, A, b
DB 58H, 5EH, 79H, 71H, 00H, 40H        ; c, d, E, F, 空, —
```

（2）控制流程

5 位数码管串行静态显示控制流程图如图 3—1—6 所示。

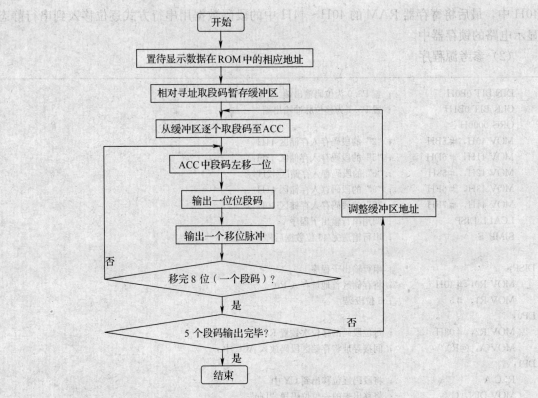

图 3—1—6 5 位数码管串行静态显示控制流程图

（3）参考源程序

```
    DBUF EQU 30H          ; 置段码相对偏移量存储区首地址
    TEMP EQU 40H          ; 置段码暂存区（缓冲区）首地址
    DIN BIT 0B0H          ; 置P3.0为位码输出端
    CLK BIT 0B1H          ; 置P3.1为移位脉冲输出端
    ORG 0000H
    LCALL CRSJ            ; 在存储区（30H～34H）存入待取段码在"SEGTAB"的相对偏移量
    LCALL QDM             ; 根据相对偏移量取段码并暂存缓冲区（40H～44H）
    LCALL DISP            ; 调用串行输出子程序（与方案一同）
    SJMP $
CRSJ：                    ; 将待取段码的相对偏移量存入存储区
    MOV 30H，#02H
    MOV 31H，#05H
    MOV 32H，#0CH
    MOV 33H，#09H
    MOV 34H，#08H
    RET

QDM：                     ; 取段码子程序
    MOV R0，#DBUF         ; 将存储区首地址存入间址寄存器R0中
    MOV R1，#TEMP         ; 将缓冲区首地址存入间址寄存器R1中
    MOV R2，#05H          ; 5位显示器控制数至R2中
QDM1：
    MOV DPTR，#SEGTAB     ; 置段码表首地址
    MOV A，@R0            ; 将段码的相对位置码（偏移量）放入ACC
```

```
MOVC A，@A＋DPTR          ；相对寻址查表取段码
MOV @R1，A               ；取出段码存入缓冲区
INC R1                   ；调整指针取下一个段码
INC R0
DJNZ R2，QDM1            ；5 位段码是否取完控制
RET
END
```

注：方案二源程序中完整的程序应将方案一中的"DISP"子程序和段码表"SEGTAB"加至本源程序的"END"前。

四、程序仿真调试

5 位数码管串行静态显示调试画面如图 3—1—7 所示。

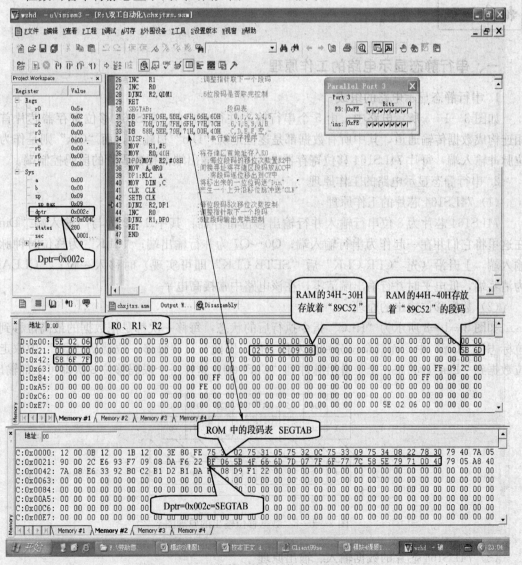

图 3—1—7 5 位数码管串行静态显示调试画面

程序输入到 KEIL51（uVision3）界面并编译源程序文件，并在"Output Window"窗口中显示"creating hex file from"sd"…"和""sd"—0 Error（s），3 Warning（s）."分别示意已创建＊.HEX 文件和编译无误。

启动调试，在内存视窗的地址栏中输入"D：00"打开 RAM 监控窗口，在内存视窗的地址栏输入"00"打开 ROM 监控窗口，打开外围设备的 P3 监控窗口和中断监控窗口，分别使用不同的运行方式进行调试，并认真留意程序中各寄存器数据的变化。如图 3—1—7 所示，调试画面中的 RAM 窗口中反映程序执行至当前步时各寄存器的状态。

五、烧写芯片

与模块 1 课题 1 的方法相同。

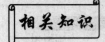

一、串行静态显示电路的工作原理

1. 串行静态显示电路的组成

如图 3—1—5 所示电路中，由 5 个串行输入并行输出的 74LS164 移位寄存器芯片首尾相连构成数据传输通道，其中所有数据都是逐位地从"Din"口输入，而"Clk"则是作为移位脉冲输入端，每片 74LS164 移位寄存器芯片的并行输出端都接数码管的段码控制端。

2. 串行静态显示电路的工作原理

（1）74LS164 芯片的工作原理

74LS164 芯片为 8 位串行输入并行输出移位寄存器：其中 1、2 为与门输入端"Din"，在这里将它们并在一起作为串行输入端；Q0～Q7 为并行输出端；"CLK"为移位时钟脉冲输入端，上升沿（先"CLR CLK"后"SETB CLK"即可实现）时移入一位；"CLEAR"为清零端，低电平时并行输出端清零，在该电路中常接高电平。

（2）数据移位输出的原理

如图 3—1—8 所示为"RLC"指令执行后的状态，每移一次都是把数据的最高位移到进位标志位"CY"中，而其余位分别向左移一位，因此，只要每移一位就从"CY"中取走一位数据到"Din"，并跟一个上升沿脉冲到"Clk"端，这样一个段码移位 8 次即可全部输出。

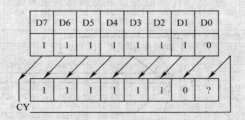

图 3—1—8　数据移位输出的原理图

（3）74LS164 芯片的数据输入、输出原理

电路中当"Clk"端出现一个移位脉冲时即将"Din"端的状态移入到 Q0，而原来 Q0

的状态将"挤"到 Q1，从"Din"输入的状态就逐位从 Q0 挤到 Q7，这样移位 8 次后靠左位的 74LS164 芯片的 Q0～Q7 的状态与单片机输出的数据状态是一致的，因此，靠左边第一位数码管将显示从单片机输出的段码所对应的字符。如果再继续输入段码数据，左边第一位移位芯片的数据将从 Q7（dp）位"挤"到下一位芯片的 1、2 脚输入到第二位芯片中去，其工作原理与第一块芯片一样。如此移位 5×8 次即可将 5 位段码完整地输出到 5 位数码管显示。

二、汇编知识

1. 新指令剖析

（1）BIT 伪指令

格式：名字　BIT　内部数据存储器的位地址

例如：CLK　BIT　P1.0

BIT 伪指令用来给单片机的内部数据存储器的位存储单元定义一个名字。

（2）制表指令 DB

制表指令"DB"是伪指令，它的作用是在将程序写入单片机的程序存储器（ROM）时，在 ROM 中开辟一空间存储一些程序运行时所需要的常数。这些常数都是单字节常数，因此，在 AT89C51 里每个常数刚好占用一个 ROM 地址空间。例如，写入如下程序后：

SEGTAB:　　　　　　　　　　　 ；段码表

DB 3FH，06H，5BH，4FH，66H，6DH；0，1，2，3，4，5

DB 7DH，07H，7FH，6FH，77H，7CH；6，7，8，9，A，B

DB 58H，5EH，79H，71H，00H，40H ；C，D，E，F，空，一

结果见表 3—1—3。

表 3—1—3　　　　　　　　　　　　　　段码表

ROM 地址	SEGTAB+0	SEGTAB+1	SEGTAB+2	SEGTAB+3	SEGTAB+4	SEGTAB+5	SEGTAB+6	SEGTAB+7
所存数据	3FH	06H	5BH	4FH	66H	6DH	7DH	07H
ROM 地址	SEGTAB+8	SEGTAB+9	SEGTAB+10	SEGTAB+11	SEGTAB+12	SEGTAB+13	SEGTAB+14	SEGTAB+15
所存数据	7FH	6FH	77H	7CH	58H	5EH	79H	71H
ROM 地址	SEGTAB+16	SEGTAB+17						
所存数据	00H	40H						

即在 ROM 中"SEGTAB"标记所在的地址开始第"0"位存放数据"3FH"，即字符"0"的共阴极段码，第"1"位存放数据"06H"，即字符"1"的共阴极段码，以此类推，第"17"位存放数据"40H"，即字符"一"的共阴极段码。这里的地址码是以"SEGTAB"作为首地址，它里面存放的数据就是第一个"DB"指令跟着的首个参数，汇编语言里习惯以"0"为首，这里的第"1"实际上是次位。以上程序中的单字节常数在程序写入 ROM 时自动按顺序排列在以"SEGTAB"为首地址的后面的有限空间中。

（3）ROM 常数表中查表指令 MOVC

若要把以上制表指令在 ROM 中产生的常数取出，需要使用"MOVC"指令和借用数据指针寄存器"DPTR"。例如，执行"MOV DPTR，♯SEGTAB"后即将表头地址存放到数据指针寄存器里，执行"MOV A，♯8"和"MOVC A，@A＋DPTR"后即将 ROM 中"SEGTAB＋8"地址里的数据取出并存放在累加器 ACC 里［也就是说，执行完后的结果是

（A）＝7FH]。

（4）增1指令 INC

INC A   ; A← （A）＋1

INC Rn ; Rn← （Rn）＋1

INC direct   ; direct← （direct）＋1

INC @Ri ; （Ri）← （（Ri））＋1

INC DPTR   ; DPTR← （DPTR）＋1

这组指令的功能是将操作数所指定的单元内容加1。

2. 本任务程序解读

（1）数据存储空间（RAM）的分配

通过"DBUF EQU 30H"语句，开辟了 RAM 中用来存储所要显示段码在段码表（SEGTAB）中的相对位置（间接地址）的存储区首地址为"DBUF"（即 30H），而通过"TEMP EQU 40H"语句，开辟了用来存放从 ROM 常数表里取出来的常数缓冲区首地址为"TEMP"（即 40H）。

（2）间接寻址取段码

工作寄存器中"R0"和"R1"是可以实现间接寻址的较为特殊的两个工作寄存器。例如，执行"MOV R0，♯DBUF"和"MOV R1，♯TEMP"的结果分别是（R0）＝30H 和（R1）＝40H，又因前面已经使（30H）＝8，因此，执行"MOV A，@R0"的结果是（A）＝8，即将 R0 里面所存放数据作为地址的数据取出放在 ACC 里，然后执行"MOVC A，@A＋DPTR"，即将 ROM 中"SEGTAB＋8"地址里的数据取出并存放在累加器 ACC 里［也就是说，执行完后的结果是（A）＝7FH]，再执行"MOV @R1，A"后令（40H）＝7FH，这样就将 ROM 中地址为"SEGTAB＋8"的常数"7FH"取出暂时存放在 RAM 的40H 里面，而刚好在 ROM 中地址为"SEGTAB＋8"存放的是字符"8"的段码。程序跟着执行"INC R0"和"INC R1"后分别将间接地址调整为（R0）＝31H 和（R1）＝41H，之后执行"DJNZ R2，QDM1"后程序又回到"QDM1"处重复执行上述取段码程序，因（R2）＝5，因此，一共取出 5 个段码存放在缓冲区里面：（40H）＝7FH、（41H）＝6FH、（42H）＝58H、（43H）＝6DH、（44H）＝5BH，即从 40H～44H 的缓冲区里分别存放着8、9、c、5、2 的段码。

（3）缓冲区段码的输出

将上述取出的段码送出并让数码管显示从右至左为"89c52"的字符，本电路的输出口只采用了 P3 口的 P3.0 和 P3.1 两位来输出，而真正的数据输出只是靠 P3.0 输出的，P3.1是用做移位脉冲输出端的，即采用了逐位"挤"出的串行输出方式，每位段码为 1 Byte＝8 bit，即分 8 次输出，在此采用了"RLC C"语句，每次都将字节的 D7 位移至"CY"中，然后再用指令"MOV DIN，C"将位状态输出到"DIN（P3.0）"，同时跟随一个上升沿脉冲（"CLR CLK"和"SETB CLK"）。程序先从缓冲区 40H 取出第一个段码并分 8 次输出，即将字符"8"的段码送至左边第一个移位寄存器中，并让左边的第一位数码管显示"8"的字符；跟着将指针指向缓冲区的下一位地址 41H，取出第二个段码并用同样的方式将字符"9"的段码输出，让左边第一位数码管显示"9"的字符，同时也把字符"8"挤到第二个移位寄存器中；就这样，程序是将 5 个段码逐个"挤"出，最后在图 3—1—5 所示电路中从左至右显示"25c98"字样，即最先输出的"8"被"挤"到最右边去了。

（4）"静态"程序流程

从程序流程图和源程序可知，程序是先按存储区（DBUF）所存数据从 ROM 常数表取出要显示的 5 位段码并暂存于缓冲区（TEMP）里，再从缓冲区里将所取段码以串行方式逐位输出到移位寄存器，移位寄存器接收到 5 位段码后分别从各自的并行口输出到 5 位数码管，同时移位寄存器将这 5 位数据状态锁存起来，即程序在执行完 5 位段码输出后可以停下来（SJMP $），而 5 位移位寄存器将保持原来的状态不变，因此称为"静态"。

由此可见，若要使这 5 位数码管显示自己所需显示的字符码，首先要把需显示字符的段码存入 ROM 的常数表中，然后将所要显示字符段码在常数表中的相对位置逐个存入存储区（DBUF），其余程序同上即可。例如，要显示"HAPPY"字样的做法是：先将字符"H""P""Y"的段码放在上述常数表的第 17 位后面的 3 个地址里，即第 18、19、20 位，然后将"MOV 30H，#02H""MOV 31H，#05H""MOV 32H，#0CH""MOV 33H，#09H""MOV 34H，#08H"改为"MOV 30H，#20""MOV 31H，#19""MOV 32H，#19""MOV 33H，#10""MOV 34H，#18"或"MOV 30H，#14H""MOV 31H，#13H""MOV 32H，#13H""MOV 33H，#0AH""MOV 34H，#12H"，其余程序与上述相同。

知识拓展

LED 显示器显示接口按驱动方式可分成静态显示和动态显示两种，动态显示的扫描可由单片机软件或专门的硬件完成；按 CPU 向显示器接口传送数据的方式则可分成并行传送和串行传送两种数据传送方式。静态显示时，除变更显示数据期间，各显示器均处于通电显示状态，每个显示器通电占空比为 100%。静态显示的优点是显示稳定、亮度高；缺点是占用硬件资源（如 I/O 口、驱动器等）多。动态显示时，N 个显示器共占用一个显示数据驱动器，每个显示器通电占空比时间为 1/N。动态显示的优点是节省硬件资源（如 I/O 口、驱动器等）；缺点是采用软件扫描时占用 CPU 时间多，与软件扫描相比，采用硬件扫描时将增加硬件成本。除此之外，动态显示位数较多时，显示器亮度将受到影响。并行传送接口在传送显示数据时以并行方式进行，它的传送速度快，但占用 I/O 接口多。串行传送接口在传送显示数据时以串行方式进行，优点是占用 I/O 接口少，接线简单；缺点是传送速度慢。

练习

1. 在应用系统设计中，参考源程序的"DIN BIT 0B0H"和"CLK BIT 0B1H"的含义分别是什么？

2. 串行静态显示的优点是什么？

3. 在串行静态显示任务中是如何实现一个上升沿移位脉冲的？

4. 简述 74LS164 芯片的工作原理。

5. 试编程显示画面 APPLE。

任务 3 串行静态跳变显示"000~255"

学习目标
1. 了解数据在寄存器中的形式，BIN 码与 BCD 码的格式及它们各自的特点。
2. 熟悉 BIN 码—BCD 码的转换。
3. 熟悉堆栈以及堆栈操作方法。
4. 掌握刷新串行静态显示的方法与技巧。
5. 掌握"DIV""PUSH"和"POP"指令的应用。

工作任务

采用单片机最小应用系统控制如图 3—1—5 所示的串行静态显示电路显示"000~255"的十进制整数，即从"000"开始逐一递增至"255"后循环。

实践操作

一、软件设计

1. BIN 码—BCD 码的转换

数据在寄存器里是以二进制的格式（BIN 码）存放的，每 4 bit（1/2 Byte）刚好可以存放十六进制的 1 位数据（0~F），而作为十进制（BCD 码）的 1 位（0~9）也要占用 4 bit 的空间。即十六进制的 0~F 的二进制表示形式是 0000~1111，而十进制的 0~9 的二进制表示形式是 0000~1001，十六进制中的 1010~1111 在十进制中作为无效码。因此，当 BIN 码转换为 BCD 码后每 4 bit 就不存在 1010~1111 的数据了。

如图 3—1—9 所示，AT89C51 单片机中每位寄存器都是 1 Byte 的（即 8 bit），可以存放 00H~FFH（即 0~255）范围的数据，而经 BIN 码—BCD 码转换后每位寄存器只存放 1 位 0~9 的十进制的数据。因此，其转换方法为：先将 0~255 的数据除以 100，得商为 BCD 码的百位并存入百位寄存器；余数再除以 10，得商为 BCD 码的十位并存入十位寄存器；第

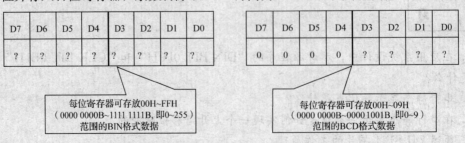

图 3—1—9 寄存器数据状态图

二次除法运算的余数就是数据的个位并将它存入个位寄存器。这样就完成了一个字节的 BIN 码—BCD 码的转换。

2. BIN 码—BCD 码转换源程序

```
        RESULT EQU 60H          ；定义转换后 BCD 码的存储空间
        ORG 0000H
START：
        MOV A，#253             ；将待转换数据存放于 ACC
        LCALL BIN _ BCD
        SJMP $
BIN _ BCD：                      ；BIN 码—BCD 码转换子程序
        MOV B，#100
        DIV AB
        MOV RESULT，A           ；除以 100 得百位数
        MOV A，B
        MOV B，#10
        DIV AB
        MOV RESULT+1，A         ；余数除以 10 得十位数
        MOV RESULT+2，B         ；第二次除法的余数为个位数
        RET
        END
```

3. "000～255" 循环串行静态显示源程序

```
        RESULT EQU 60H          ；定义转换后 BCD 码的存储空间
        DBUF EQU 30H            ；置段码相对偏移量存储区首地址
        TEMP EQU 40H            ；置段码暂存区（缓冲区）首地址
        DIN BIT 0B0H            ；置 P3.0 为位码输出端
        CLK BIT 0B1H            ；置 P3.1 为移位脉冲输出端
        ORG 0000H
        MOV A，#0               ；将待转换初始数据存放于 ACC
START：
        PUSH ACC                ；将累加器 ACC 的数据入栈保护
        LCALL BIN _ BCD         ；调用转换子程序（参见本任务）
        LCALL CRSJ              ；装入待显示数据
        LCALL QDM               ；取段码（参见本课题任务 2）
        LCALL DISP              ；段码输出（参见本课题任务 2）
        LCALL DELAY             ；调用延时子程序（请在模块 2 中选择约 1 s 的延时子程序）
        POP ACC                 ；恢复 ACC 数据
        INC A                   ；显示数据加 1
        SJMP START
；………装入待显示数据子程序
CRSJ：
        MOV 30H，62H            ；装入个位
        MOV 31H，61H            ；装入十位
        MOV 32H，60H            ；装入百位
        MOV 33H，#10H           ；千位不显示
        MOV 34H，#10H           ；万位不显示
        RET
```

注：本程序在正式使用时需把主程序中所调用的子程序（BIN _ BCD、QDM、DISP、DELAY）和段码表（SEG-TAB）按要求加入到本程序的后面，以便调用。串行静态显示的特点是数据传输通道只有一位，因此，刷新显示的速度不能太快，即这里的延时子程序时间不能太短，否则会出现"满屏红"的现象。

二、软件仿真调试与芯片烧写

与本课题任务 2 的方法相似。但当使用单步运行仿真时需留意 RAM 的 60H～62H 中数据的变化。

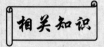
相关知识

MCS-51 单片机的堆栈操作

堆栈是一种数据结构，堆栈指针 SP 是一个 8 位寄存器，它指示堆栈顶部在内部 RAM 中的位置。系统复位后，SP 的初始值为 07H，使得堆栈实际上是从 08H 开始的。但从 RAM 的结构分布中可知，08H～1FH 属 1～3 工作寄存器区，若编程时需要用到这些数据单元，必须对堆栈指针 SP 进行初始化，原则上设在任何一个区域均可，但一般设在 30H～7FH 之间较为适宜。

数据的写入堆栈称为入栈（PUSH），从堆栈中取出数据称为出栈（POP），堆栈的最主要特征是"后进先出"规则，也即最先入栈的数据放在堆栈的最底部，而最后入栈的数据放在堆栈的顶部，因此，最后入栈的数据出栈时则是最先的。

那么堆栈有何用途呢？堆栈的设立是为了在执行中断操作和调用子程序时保存数据，即常说的断点保护和现场保护。微处理器在执行完子程序和中断服务程序后，还是要回到主程序中来，因此，在转入子程序和中断服务程序前，必须先将现场的数据保存起来，否则返回时，CPU 并不知道原来的程序执行到了哪一步，原来的中间结果如何？所以在转入执行其他子程序前，应先将需要保存的数据压入堆栈中保存。以备返回时，复原当时的数据，供主程序继续执行。

转入中断服务程序或子程序时，需要保存的数据可能有若干个，均需要一一地保留。如果微处理器进行多重子程序或中断服务程序嵌套，那么需保存的数据就更多，这就要求堆栈有相当的容量，否则会造成堆栈溢出，丢失应备份的数据。轻者使运算和执行结果错误，重则使整个程序紊乱。

MCS-51 的堆栈是在 RAM 中开辟的，即堆栈要占据一定的 RAM 存储单元。同时 MCS-51 的堆栈可以由用户设置，SP 的初始值不同，堆栈的位置则不同；不同的设计人员，使用的堆栈区也不同；不同的应用要求，堆栈要求的容量也有所不同。堆栈的操作只有两种，即进栈和出栈，但不管是向堆栈写入数据还是从堆栈中读出数据，都是针对栈顶单元的，SP 的作用就是即时指示出栈顶的位置（即地址）。在子程序调用和中断服务程序响应的开始和结束期间，CPU 都是根据 SP 指示的地址与相应的 RAM 存储单元交换数据的。

堆栈的操作有两种方法：其一是自动方式，即在中断服务程序响应或子程序调用时，返回地址自动进栈。当需要返回执行主程序时，返回的地址自动交给 PC，以保证程序从断点处继续执行，这种方式是不需要编程人员干预的。第二种方式是人工指令方式，使用专有的堆栈操作指令进行进出栈操作，有两条指令：进栈用 PUSH 指令，在中断服务程序或子程序调用时作为现场保护；出栈用 POP 指令，在子程序完成时，为主程序恢复现场。

简单地说，堆栈是在内部 RAM 中按"先进后出，后进先出"的规则组织的一片存储

区，如图 3—1—10 所示。此区的一端固定，称为栈底；另一端
是活动的，称为栈顶。栈顶的位置（地址）由栈指针 SP 指示
（即 SP 的内容为栈顶的地址）。

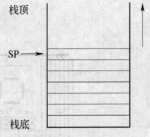

图 3—1—10　堆栈结构图

栈操作指令的格式如下：

进栈：PUSH direct　　；SP← (SP) ＋1, (SP) ← (direct)

出栈：POP direct　　 ；direct← ((SP)), SP← (SP) －1

例：若（SP）＝30H，(40H) ＝88H，则执行指令 PUSH
40H 后，(SP) ＝31H，(31H) ＝88H。

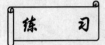

1. 简述堆栈概念及其存取原则。

2. 写出以下程序的运行结果

MOV 30H，＃12　　　　　　　；运行结果＿＿＿＿＿＿＿。

MOV 31H，＃23　　　　　　　；运行结果＿＿＿＿＿＿＿。

PUSH 30H　　　　　　　　　；运行结果＿＿＿＿＿＿＿。

PUSH 31H　　　　　　　　　；运行结果＿＿＿＿＿＿＿。

POP 30H　　　　　　　　　 ；运行结果＿＿＿＿＿＿＿。

POP 31H　　　　　　　　　 ；运行结果＿＿＿＿＿＿＿。

课题 2　6 位数码管的动态扫描显示接口控制

任务 1　动态扫描显示 "bJ2008"

学习目标

1. 了解数码管动态扫描显示电路的组成及工作原理。

2. 熟悉数据动态扫描输出原理及控制方法。

3. 掌握数码管动态扫描显示程序设计方法。

4. 掌握合理设置扫描停滞时间的处理方法。

工作任务

用工作于最小应用系统的 AT89C51 单片机的 P1 口来控制如图 3—2—1 所示动态扫描
显示电路中的段码接口，P0 口来控制动态扫描显示电路中的位码接口，让 6 位数码管显示
"bJ2008" 字符。

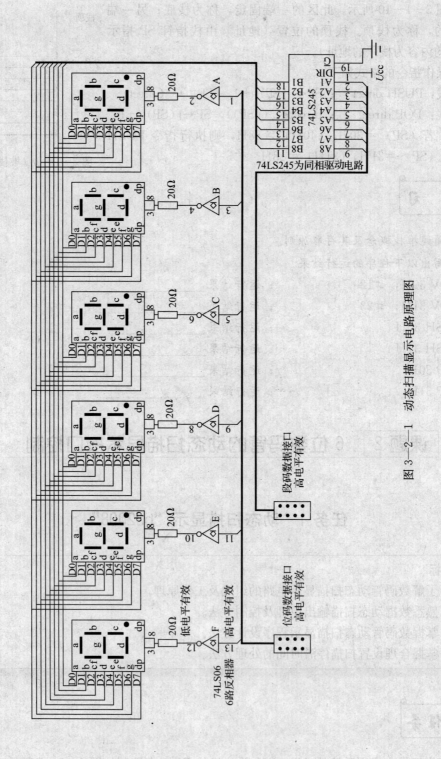

图 3—2—1 动态扫描显示电路原理图

实践操作

一、准备工作

1. 应准备的器材和软件

计算机 1 台、电子工具 1 套和 KEIL51 软件。

2. 单元电路和电子元件

AT89C51 单片机最小应用系统电路 1 块，共阴极数码管 6 只，74LS06 非门芯片 1 个，74LS245 锁存器 1 个，20 Ω 电阻器 6 只，万能电路板 1 块。

3. 辅助材料

松香、焊锡若干，5 V 直流电源 1 台。

二、硬件电路

1. 硬件电路的组成

如图 3—2—1 所示，电路中 6 位共阴极数码管的 a～dp 八位控制端并联起来，由 74LS245 同相驱动，而 74LS245 的输入端由单片机的 I/O 口控制并引出控制端口构成段码控制接口；6 位数码管的 6 个 "COM" 端分别由 74LS06 反相驱动，而 74LS06 的输入端由单片机的 I/O 口控制并引出控制端口构成位码控制接口。

2. 硬件电路的制作

按图 3—2—1 所示电路原理图将完整的电路焊接好。

三、软件设计

1. 控制流程

如图 3—2—2 所示为动态扫描显示控制流程图。

2. 参考源程序

```
        DBUF EQU 30H
        TEMP EQU 40H
; ············主程序
        ORG 0000H
        LCALL CRSJ              ；调用存入数据子程序
        LCALL QDM               ；调用取段码子程序
LOOP:
        LCALL DISP              ；调用动态显示子程序
        SJMP LOOP
; ············存入数据子程序
CRSJ:
        MOV 30H，＃8            ；存入数据（8 的段码在表的 8 位）
        MOV 31H，＃0            ；"0" 的段码在表的 0 位
        MOV 32H，＃0            ；"0" 的段码在表的 0 位
```

```
    MOV 33H, #2              ; "2"的段码在表的 2 位
    MOV 34H, #18             ; "J"的段码在表的 18 位
    MOV 35H, #11             ; "b"的段码在表的 11 位
    RET
; ………取段码子程序
QDM:
    MOV R0, #DBUF            ; 装入间接地址
    MOV R1, #TEMP
    MOV R2, #06H             ; 6 位显示器
    MOV DPTR, #SEGTAB        ; 置段码表首地址
DP00:
    MOV A, @R0               ; 将段码存入缓冲区
    MOVC A, @A+DPTR          ; 查表取段码
    MOV @R1, A               ; 存入暂存器
    INC R1                   ; 缓冲区地址指针加一
    INC R0                   ; 存储区地址指针加一
    DJNZ R2, DP00            ; 判断是否取完 6 位段码
    RET
; ………动态扫描显示子程序
DISP:
    MOV R0, #TEMP            ; 置缓冲区首地址为间接地址
    MOV R1, #06H             ; 扫描次数 6 次
    MOV R2, #01H             ; 决定数据动态显示方向（首位位码）
DP01:
    MOV A, @R0
    MOV P0, A                ; 段码输出
    MOV A, R2                ; 取位码
    MOV P1, A                ; 位码输出
    ACALL DELAY             ; 调用延时
    RL A                    ; 位码左移准备显示下一位
    MOV R2, A
    INC R0                   ; 缓冲区地址指针加一
    DJNZ R1, DP01            ; 判断是否扫完 6 次
    RET
; ………延时子程序（约 1 ms）
DELAY:
    MOV R4, #02H
AA1:
    MOV R5, #250
AA:
    DJNZ R5, AA
    DJNZ R4, AA1
    RET
; ………段码表
SEGTAB:
    DB 3FH, 06H, 5BH, 4FH, 66H, 6DH    ; 0, 1, 2, 3, 4, 5
    DB 7DH, 07H, 7FH, 6FH, 77H, 7CH    ; 6, 7, 8, 9, A, B
    DB 58H, 5EH, 79H, 71H, 00H, 40H    ; C, D, E, F, 空, -
    DB 1EH                             ; J
```

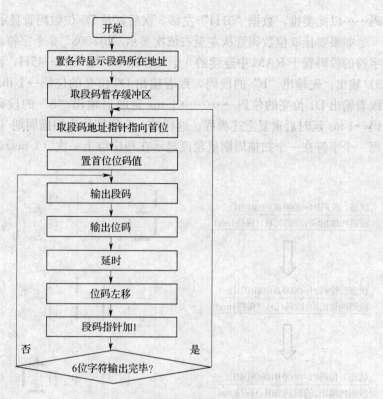

图 3—2—2　动态扫描显示控制流程图

以上子程序模块通用性很强，要使动态扫描电路显示不同的字符或不同的效果只要对主程序结构、存入数据子程序和段码表进行修改即可。

四、软件仿真调试与芯片烧写

与本模块课题 1 任务 2 的方法相似。

一、电路数据传送原理剖析

AT89C51 单片机的最小应用系统分时地给段码接口 6 位段码，因为 6 位数码管的 8 个控制端是并联的，因此，6 位数码管在任何时候都是同时得到同样的段码，但是要让共阴极数码管发光除了相应段控制端为高电平外，其公共端也要为低电平。因此，在每输出一位段码后也要跟着输出一位位码，例如，要让图 3—2—1 左边第一位数码管显示"6"的字符的做法是先输出"6"的段码到段码接口，紧跟着输出左边第一位控制引脚（74LS06 的⑬脚）为高电平（反相）、其余位为低电平的位码到位码接口即可。

在该电路中，位码引脚⑬、⑪、⑨、⑤、③、①（从左至右）分别接到位码数据接口的 D0、D1、D2、D3、D4、D5 端，位码数据接口的 D6、D7 位悬空。因此，要让 D0 位（左边首位）数码管显示的位码是"01H"，数据"01H"左移 1 次后就是 D1 位数码管显示的位码……以此类推，数据"01H"左移 5 次后就是 D5 位数码管显示的位码。

如果要让 6 位数码管从左至右依次显示"bJ2008"6 个字符，其具体做法是先将这 6 个字符的段码置于 RAM 中连续的 6 个寄存器中，如 40H～45H，再按如下流程（见图 3—2—3）输出：先输出"b"的段码，跟着输出 D0 位亮的位码→1 ms 延时后输出"J"的段码，跟着输出 D1 位的位码→……→1 ms 延时后输出"8"的段码，跟着输出 D5 位亮的位码→1 ms 延时后重复上述流程。这样的一个周期称为扫描周期（约 6 ms），这 6 个字符中的每一个字符在一个扫描周期里轮流显示在相应位上一次（1 ms），如此不断地扫描输出，每

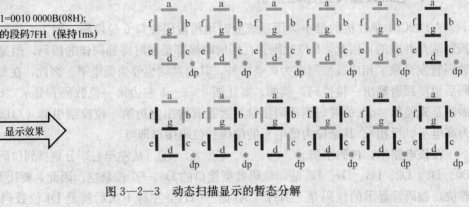

状态1: 位码P1=0000 0001B(01H);
段码P0输出b的段码7CH （保持1ms）

状态2: 位码P1=0000 0010B(02H);
段码P0输出J的段码1EH （保持1ms）

状态3: 位码P1=0000 0100B(04H);
段码P0输出2的段码5BH （保持1ms）

状态4: 位码P1=0000 1000B(08H);
段码P0输出0的段码3FH （保持1ms）

状态5: 位码P1=0001 0000B(10H);
段码P0输出0的段码3FH （保持1ms）

状态6: 位码P1=0010 0000B(08H);
段码P0输出8的段码7FH （保持1ms）

显示效果

图 3—2—3 动态扫描显示的暂态分解

一个字符都是闪烁地显示在相应位上，不过因为人眼视觉惰性的缘故，一般看不到这些字符的闪烁，而是看到 6 个字符静止显示在 6 位数码管上。

二、动态扫描技术根源——人的视觉惰性

人的眼睛之所以能在有可见光的情况下看到东西，是因为物体反射回来的光投射到人的眼睛的视网膜上而成像。而每一幅投射到人眼中的图像不会马上消失，而是会短暂保持，这个时间约为 0.02 s，这种现象称为人的视觉惰性。电影技术和电视技术正是利用了人的这种特性。

练 习

1. 动态扫描显示控制中，数码管的显示状态是否工作在闪烁状态？其显示图案表面是静态的，为什么？

2. 在动态扫描显示控制中，待显示数码的段码是取一个输出一个，还是先将待显示数码的段码全部取出存放于缓冲区，再不断循环扫描输出？

任务 2　动态扫描花样显示

学习目标

1. 进一步熟悉数据动态扫描输出特性及控制方法。
2. 掌握数码管动态扫描显示内容的刷新方法。
3. 掌握每幅画面保持时间的程序控制方法。

工作任务

用工作于最小应用系统的 AT89C51 单片机的 P1 口控制如图 3—2—1 所示的动态扫描显示电路中的段码接口，P0 口控制动态扫描显示电路中的位码接口，让 6 位数码管显示"bJ2008""HAPPY""PLAY"（靠左对齐）和"boy"（靠右对齐）字符，并以 0.5 Hz 频率循环交替出现。

实践操作

一、软件设计

1. 编制段码表

本项目需要编出段码表，最简单的做法是只把本项目所需要的字符段码按一定顺序列表：

```
SEGTAB:
    DB 3FH, 5BH, 7FH, 77H, 7CH, 00H    ; 0, 2, 8, A, b, "空"
    DB 76H, 1EH, 38H, 5CH, 73H, 6EH    ; H, J, L, O, P, y
```

该段码表中包括 12 个字符：0、2、8、A、b、"空"、H、J、L、O、P、y，它们的相对地址分别是 0、1、2、3、4、5、6、7、8、9、10、11。因此，若要调出 "P" 字符让右边起第二个数码管显示，只要修改 "存入数据子程序" 中的第二句为 "MOV 31H，♯10" 即可。

2. 编制存入数据子程序

根据上述新编的段码表分别对 6 位数码管所要显示的 4 幅画面 "bJ2008" "HAPPY" "PLAY"（靠左对齐）和 "boy"（靠右对齐）编制存入数据子程序：

```
; ………… "bJ2008" 子程序
bJ2008:
    MOV 30H，♯2          ; "8" 的段码在表的 2 位
    MOV 31H，♯0          ; "0" 的段码在表的 0 位
    MOV 32H，♯0          ; "0" 的段码在表的 0 位
    MOV 33H，♯1          ; "2" 的段码在表的 1 位
    MOV 34H，♯7          ; "J" 的段码在表的 7 位
    MOV 35H，♯4          ; "b" 的段码在表的 4 位
    RET
; ………… "HAPPY" 子程序
HAPPY:
    MOV 30H，♯5          ; "空" 的段码在表的 5 位
    MOV 31H，♯11         ; "Y" 的段码在表的 11 位
    MOV 32H，♯10         ; "P" 的段码在表的 10 位
    MOV 33H，♯10         ; "P" 的段码在表的 10 位
    MOV 34H，♯3          ; "A" 的段码在表的 3 位
    MOV 35H，♯6          ; "H" 的段码在表的 6 位
    RET
; ………… "PLAY" 子程序
PLAY:
    MOV 30H，♯5          ; "空" 的段码在表的 5 位
    MOV 31H，♯5          ; "空" 的段码在表的 5 位
    MOV 32H，♯11         ; "Y" 的段码在表的 11 位
    MOV 33H，♯3          ; "A" 的段码在表的 3 位
    MOV 34H，♯8          ; "L" 的段码在表的 8 位
    MOV 35H，♯10         ; "P" 的段码在表的 10 位
    RET
; ………… "boy" 子程序
boy:
    MOV 30H，♯11         ; "y" 的段码在表的 11 位
    MOV 31H，♯9          ; "o" 的段码在表的 9 位
    MOV 32H，♯4          ; "b" 的段码在表的 4 位
```

```
    MOV 33H，＃5         ；"空"的段码在表的5位
    MOV 34H，＃5         ；"空"的段码在表的5位
    MOV 35H，＃5         ；"空"的段码在表的5位
    RET
```

3. 编制主程序

根据新编的段码表和 4 个存入数据子程序以及显示要求编制主程序：

```
;————主程序
    ORG 0000H
START：
    LCALL bJ2008            ；调用存入 "bJ2008" 数据子程序
    LCALL XH＿DISP          ；画面送显示
    LCALL HAPPY             ；调用存入 "HAPPY" 数据子程序
    LCALL XH＿DISP          ；画面送显示
    LCALL PLAY              ；调用存入 "PLAY" 数据子程序
    LCALL XH＿DISP          ；画面送显示
    LCALL boy               ；调用存入 "boy" 数据子程序
    LCALL XH＿DISP          ；画面送显示
    LJMP START
XH＿DISP：
    MOV R4，＃100
    LCALL QDM               ；调用取段码子程序（参见本课题任务 1）
LOOP：
    LCALL DISP              ；调用动态显示子程序（参见本课题任务 1）
    DJNZ R4，LOOP
    RET
```

上述主程序中的 "QDM" 和 "DISP" 子程序与本课题任务 1 相同，与本课题任务 1 不同的是段码表和存入数据子程序。在此应该注意的是 "MOV R4，＃100" 语句到 "DJNZ R4，LOOP" 语句间调用了多个子程序，在调用的子程序中难免会用到 R4 这个寄存器，因此要特别注意。如果遇到这种情况，R4 的值将在调用子程序时发生改变，有可能使程序无法正常动作。

从以上任务可以看出，动态扫描显示电路控制的关键在于段码和位码的控制，而显示不同字符的关键在于段码表包含的段码和取的是哪位段码（存入什么数据）。对于编程的方法主要还是采用模块化编程的方法。

二、软件仿真调试与芯片烧写

与本模块课题 1 任务 2 的方法相似。

每幅画面显示时间的计算

如图 3—2—3 所示的每个状态的执行时间约为 1 ms，调用一次"DISP"程序共有 6 个状态，约 6 ms，而 R4 的数据是用来控制调用"DISP"程序次数的，在本任务的程序中"R4=100"，因此，每幅画面显示的时间为 100 个 6 ms，即 0.6 s。

练 习

1. 程序是如何实现每幅画面保持时间的控制的？

2. 编制用动态扫描显示电路显示如下两幅画面的源程序：第一幅画面是"234 μs"；第二幅画面是"0.000 2 s"，实现轮流循环显示。

模块 4

中断与定时器/计数器的应用

课题 1　外中断应用

任务　由外中断控制的信号灯

学习目标
1. 了解 CPU 中断源的组成、中断设置的基本方法和注意事项以及外中断的应用。
2. 熟悉中断程序的响应过程。
3. 掌握外中断控制程序设计方法。

工作任务

准备好如图 4—1—1 所示外中断控制电路或单片机应用开发平台一套。使图 4—1—1 中的 8 位灯以 P1＝0AAH 的初始状态运行，按一次按钮使 P1 口的状态翻转一次，即使 P1＝0AAH 变为 P1＝55H，再按一次按钮使 P1 口的状态再翻转一次，即使 P1＝55H 又变为 P1＝0AAH，就这样触发一次，使 P1 口状态翻转一次。

实践操作

一、硬件电路

1. 硬件电路组成

如图 4—1—1 所示电路原理图中，最小应用系统的单片机的 $\overline{INT0}$（P3.2）引脚与地之间接上一个按钮作为外中断的触发信号，P1 口控制由 74LS373 驱动的 8 位发光二极管。

2. 硬件制作

按照图 4—1—1 所示电路进行硬件制作，可以采用万能电路板、面包电路板进行硬件电

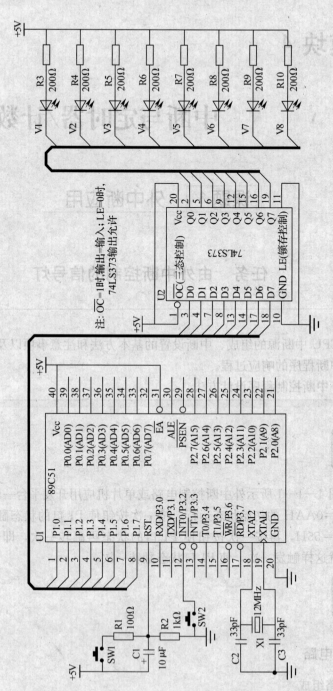

图 4—1—1 外中断控制电路原理图

路的制作，或直接使用实验电路板进行实验。

二、软件设计

1. 控制流程

如图 4—1—2 所示为外部中断控制项目的主程序和中断子程序的控制流程图。从主程序流程中可以看出：主程序先把输出口的初始状态、外部触发方式（TCON 的 ITX 位）设置好后把中断打开，然后等待中断；当 CPU 接收到外部中断触发信号后，立即将主程序暂停，PC 指针马上指向相应的入口去执行中断服务子程序，执行完中断服务子程序后再返回到主程序的断点处继续等待。

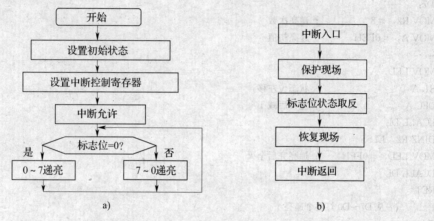

图 4—1—2 外部中断程序流程图

a）主程序流程 b）外部中断子程序流程

2. 参考源程序

```
;·············ROM 空间分配（程序模块引导区）
LED EQU P1              ;定义输出口
BIAOZHI BIT 00H         ;定义标志位
ORG 0000H               ;指针指向 ROM 首地址
LJMP START              ;跳至主程序
ORG 0003H               ;外中断 0 入口地址
LJMP INTETRPUT          ;跳至中断服务子程序
;·············主程序
ORG 0030H               ;常规程序存放区
START:
MOV TCON,＃01H           ;定义触发方式为跳变触发
MOV IE,＃81H             ;"8"开 CPU 中断，"1"开外中断 0
LOOP:
JB BIAOZHI,DL7_0        ;标志位为 1 跳转
LCALL D0_D7
LJMP LOOP
DL7_0:
LCALL D7_D0
```

```
        LJMP LOOP
        ;…………中断服务子程序
INTETRPUT：
        PUSH PSW                ；现场保护
        PUSH ACC
        CPL BIAOZHI             ；标志位取反
        POP ACC
        POP PSW                 ；恢复现场
        RETI
        ;…………从 D0~D7 灯逐个递亮
D0 _ D7：
        MOV R2，#8              ；递亮次数
        MOV A，#0FEH            ；递亮初值
LLSS：
        MOV LED，A
        RL A                    ；状态位左移
        DEC A                   ；左移后减 1
        LCALL DL
        DJNZ R2，LLSS
        MOV LED，#0FFH          ；递亮完后全灭
        LCALL DL
        RET
        ;…………从 D7~D0 灯逐个递亮
D7 _ D0：
        MOV R2，#8              ；递亮次数
        MOV A，#07FH            ；递亮初值
RRSS：
        MOV LED，A
        RR A                    ；状态位右移
        CLR C                   ；清借位标志
        SUBB A，#80H            ；清除 D7 位的"1"
        LCALL DL
        DJNZ R2，RRSS
        MOV LED，#0FFH          ；递亮完后全灭
        LCALL DL
        RET
;…………延时子程序
DL：
        MOV R7，#0
DL1：
        MOV R6，#0
DL2：
        MOV R5，#2
        DJNZ R5，$
        DJNZ R6，DL2
        DJNZ R7，DL1
        RET
```

三、程序仿真调试

1. 将程序输入到 KEIL51（uVision3）界面并编译源程序文件

如图 2—1—4 所示，将程序输入到 KEIL51（uVision3）界面并编译源程序文件，在 "Output Window" 窗口中显示 "creating hex file from"sd"…" 和 ""sd"—0 Error（s），3 Warning（s）."，分别示意已创建 *.HEX 文件和编译无误。

2. 仿真调试训练

启动调试，在内存视窗的地址栏中输入 "D：00" 打开 RAM 监控窗口，打开外围设备的 P1 监控窗口和中断监控窗口，分别使用各种运行方式进行调试，并认真留意程序中各寄存器数据的变化。如图 4—1—3 所示，调试画面中的 RAM 窗口反映程序执行至当前步时各寄存器的状态。

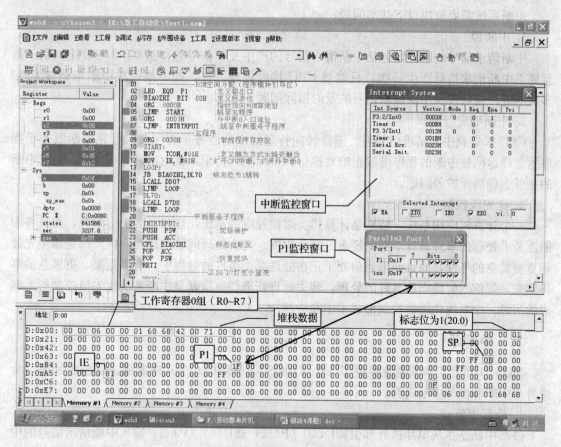

图 4—1—3 外中断控制的信号灯调试画面

四、芯片烧写

方法与模块 2 课题 1 任务 1 相同。

一、中断的基本概念

所谓中断是指 CPU 对系统中或系统外发生的某个事件的一种响应过程，即 CPU 暂时停止现行程序的执行，而自动转去执行预先安排好的处理该事件的服务子程序。当处理结束后，再返回到被暂停程序的断点处，继续执行原来的程序。实现这种中断功能的硬件系统和软件系统称为中断系统。

中断系统是计算机的重要组成部分。实时控制、故障自动处理时往往会用到中断系统，计算机与外围设备间传送数据及实现人机联系也常常采用中断方式。

中断系统需要解决以下基本问题：

1. 中断源

中断请求信号的来源，包括中断请求信号的产生及该信号怎样被 CPU 有效地识别。而且要求中断请求信号产生一次，只能被 CPU 接收处理一次，即不能一次中断申请被 CPU 多次响应。这就涉及中断请求信号的及时撤除问题。

2. 中断响应与返回

CPU 采集到中断请求信号后，怎样转向特定的中断服务子程序及执行完中断服务子程序后怎样返回被中断的程序继续正确地执行。中断响应与返回的过程中涉及 CPU 响应中断的条件、现场保护等问题。

3. 优先级控制

一个计算机应用系统，特别是计算机实时监控应用系统，往往有多个中断源，而且各中断源要求处理的事件具有不同的轻重、缓急程度。与人处理问题的思路一样，都是希望先处理重要紧急的事件，而且如果当前处于正在处理某个事件的过程中，有更重要、更紧急的事件到来，就应当暂停当前事件的处理，转去处理新事件。这就是中断系统优先级控制所要解决的问题。中断优先级的控制形成了中断嵌套。

二、中断源

MCS-51 单片机中断系统提供了 5 个（MCS-52 单片机 6 个）中断源。这些中断源可分成外部中断和内部中断两类。

1. 外部中断

外部中断是指从单片机外部引脚 $\overline{INT0}$（P3.2）或 $\overline{INT1}$（P3.3）输入中断请求信号的中断，即外部中断源有两个。输入/输出的中断请求、实时事件的中断请求、掉电和设备故障的中断请求都可以作为外部中断源，从引脚 $\overline{INT0}$（P3.2）或 $\overline{INT1}$（P3.3）输入。

外部中断请求 $\overline{INT0}$、$\overline{INT1}$ 输入有两种触发方式：电平触发及跳变（边沿）触发。这两种触发方式可以通过对特殊功能寄存器 TCON 编程来选择。下面给出 TCON 的位定义格式，并对与中断有关的定义位予以说明。

	D7	D6	D5	D4	D3	D2	D1	D0	
TCON	TF1	TR1	TF0	TR0	IE1	IT1	IE0	IT0	字节地址 88H

IT0（IT1）为外部中断 0（或 1）触发方式控制位。若 IT0（或 IT1）被设置为 0，则选择外部中断为电平触发方式；若 IT0（或 IT1）被设置为 1，则选择外部中断为跳变触发方式。

IE0（IE1）为外部中断 0（或 1）的中断请求标志位。当 IT0（或 IT1）＝0，即电平触发方式时，CPU 在每个机器周期的 S5P2 采样 $\overline{\text{INTX}}$（X＝0，1）。若 $\overline{\text{INTX}}$ 引脚为低电平，将直接触发外部中断。当 IT0（或 IT1）＝1，即跳变触发方式时，若第一个机器周期采样到 $\overline{\text{INTX}}$ 引脚为高电平，第二个机器周期采样到 $\overline{\text{INTX}}$ 引脚为低电平，则由硬件置位 IE0（或 IE1），并以此 $\overline{\text{INTX}}$ 向 CPU 请求中断。当 CPU 响应中断转向中断服务程序时由硬件将 IE0（或 IE1）清零。

若把外部中断设置为跳变触发方式，则 CPU 在每个机器周期都采样 $\overline{\text{INTX}}$。为了保证检测到负跳变，输入到 $\overline{\text{INTX}}$ 引脚上的高电平与低电平至少应保持 1 个机器周期。对于电平触发的外部中断，由于 CPU 对 $\overline{\text{INTX}}$ 引脚没有控制作用，也没有相应的中断请求标志位，因此，需要外接电路来撤除中断请求信号。如图 4—1—4 所示为一种可行的参考方案。外部中断请求信号通过 D 触发器加到单片机 $\overline{\text{INTX}}$ 引脚上。当外部中断请求信号使 D 触发器的 CLK 端发生正跳变时，由于 D 端接地，Q 端输出 0，向单片机发出中断请求。CPU 响应中断后，利用一根口线，如 P1.0 做应答线，在中断服务程序中用如下两条指令来撤除中断请求：

```
ANL P1，＃0FEH
ORL P1，＃01H
```

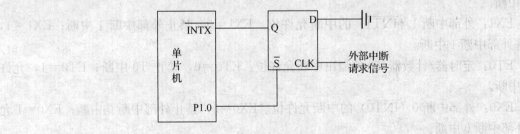

图 4—1—4　撤除外部中断请求的电路

第一条指令使 P1.0 为 0，而 P1 口其他各位的状态不变。由于 P1.0 与直接置 1 端 $\overline{\text{S}}$ 相连，故 D 触发器 Q＝1，撤除了中断请求信号。第二条指令将 P1.0 变成 1，从而 $\overline{\text{S}}$＝1，使以后产生的新的外部中断请求信号又能向单片机申请中断。

2. 内部中断

内部中断是单片机芯片内部产生的中断。MCS-51 单片机（含 MCS-51 子系列）的内部中断有定时器/计数器 T0、T1 的溢出中断，串行口的发送/接收中断。当定时器/计数器 T0、T1 计数溢出时，由硬件自动置位 TCON 的 TF0 或 TF1，向 CPU 申请中断。CPU 响应中断而转向中断服务程序时，由硬件自动将 TF0 或 TF1 清零，即 CPU 响应中断后能自动撤除中断请求信号。当串行口发送完或接收完一帧信息后，由接口硬件自动置位 SCON 的 TI 或 RI，以此向 CPU 申请中断，CPU 响应中断后，接口硬件不能自动将 TI 或 RI 清零，即 CPU 响应中断后不能自动撤除中断请求信号，需用户采用软件方法将 TI 或 RI 清零，来撤除中断请求信号。

三、中断控制

MCS-51 单片机中断系统中有两个特殊功能寄存器：中断允许寄存器 IE 和中断优先级寄存器 IP。用户通过对这两个特殊功能寄存器的编程设置，可灵活地控制每个中断源的中断允许或禁止以及中断优先级。

1. 中断允许控制

MCS-51 单片机中没有专设的打开中断和关闭中断的指令，对各中断源的中断开放或关闭是由内部的中断允许寄存器 IE 的各位来控制的。IE 各位的定义如下：

	D7	D6	D5	D4	D3	D2	D1	D0	
IE	EA		ET2	ES	ET1	EX1	ET0	EX0	字节地址 A8H

EA：中断允许总控位。EA＝0，则屏蔽所有的中断请求；EA＝1，则开放中断。EA 的作用是使中断允许形成两级控制。即各中断源首先受 EA 位的控制，其次还要受各中断源自己的中断允许总控位控制。

ET2：定时器/计数器 T2 的溢出中断允许位，只用于 MCS-52 子系列，MCS-51 子系列无此位。ET2＝0，禁止 T2 中断；ET2＝1，允许 T2 中断。

ES：串行口中断允许位。ES＝0，禁止串行口中断；ES＝1 允许串行口中断。

ET1：定时器/计数器 T1 的溢出中断允许位。ET1＝0，禁止 T1 中断；ET1＝0，允许 T1 中断。

EX1：外部中断 1（$\overline{INT1}$）的中断允许位。EX1＝0，禁止外部中断 1 中断；EX1＝1，允许外部中断 1 中断。

ET0：定时器/计数器 T0 的溢出中断允许位。ET0＝0，禁止 T0 中断；ET0＝1，允许 T0 中断。

EX0：外部中断 0（$\overline{INT0}$）的中断允许位。EX0＝0，禁止外部中断 0 中断；EX0＝1 允许外部中断 0 中断。

2. 中断优先级控制

MCS-51 单片机的中断源有两个用户可控的中断优先级，从而可实现二级中断嵌套。中断系统遵循以下 3 条规则：

（1）正在进行的中断过程不能被新的同级或低优先级的中断请求所中断，一直到该中断服务程序结束，返回主程序且执行了主程序中的一条指令后，CPU 才响应新的中断请求。

（2）正在进行的低优先级中断服务程序能被高优先级中断请求所中断，实现两级中断嵌套。

（3）CPU 同时接收到几个中断请求时，首先响应优先级最高的中断请求。

上述前两条规则的实现是靠中断系统中的两个用户不可寻址的优先级状态触发器来保证的。其中一个触发器用来指示 CPU 是否正在执行高优先级的中断服务程序，另一个则指示 CPU 是否正在执行低优先级的中断服务程序。当某个中断得到响应时，由硬件根据其优先级自动将相应的一个优先级状态触发器置 1。若高优先级的状态触发器为 1，则屏蔽所有后来的中断请求；若低优先级的状态触发器为 1，则屏蔽后来的同一优先级的中断请求。当中断响应结束时，对应优先级的状态触发器被硬件自动清零。

每个中断源的优先级可通过中断优先级寄存器 IP 进行设置并管理。IP 各位的定义如下：

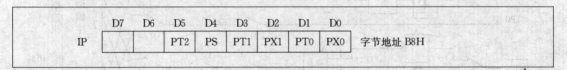

PT2：定时器/计数器 T2 的中断优先级控制位，只用于 MCS-52 子系列。

PS：串行口的中断优先级控制位。

PT1：定时器/计数器 T1 的中断优先级控制位。

PX1：外部中断 $\overline{\text{INT1}}$ 的中断优先级控制位。

PT0：定时器/计数器 T0 的中断优先级控制位。

PX0：外部中断 $\overline{\text{INT0}}$ 的中断优先级控制位。

若以上某一控制位被置 1，则相应的中断源被设定为高优先级中断；若某一控制位被置 0，则相应的中断源被设定为低优先级中断。

由于 MCS-51 单片机有多个中断源，但却只有两个优先级，因此，必然会有若干中断源处于同一中断优先级。那么，若同时接收到几个同一优先级的中断请求，CPU 又该如何响应中断呢？在这种情况下，响应的优先顺序由中断系统的硬件决定，用户无法决定。该中断优先级顺序见表 4—1—1。

表 4—1—1　　　　　　　　　　　　　　中断优先级顺序

中断源（入口地址）	同级的中断优先级
外部中断 0（0003H）	最高
定时器/计数器中断 0（000BH）	
外部中断 1（0013H）	
定时器/计数器中断 1（001BH）	↓
串行口中断（0023H）	
定时器/计数器中断 2（002BH）	最低

中断源和相关的特殊功能寄存器以及内部硬件构成了 MCS-51 单片机的中断系统。其逻辑结构如图 4—1—5 所示。

四、中断响应的条件、过程与时间

1. 中断响应的条件

单片机响应中断的条件为中断源有请求（中断允许寄存器 IE 相应位置 1），且 CPU 打开中断（即 EA=1）。这样，在每个机器周期的 S5P2 期间，对所有中断源按用户设置的优先级和内部规定的优先级进行顺序检测，并可在 S6 期间找到所有有效的中断请求。如有中断请求，且满足下列条件，则在下一个机器周期的 S1 期间响应中断，否则将丢弃中断采样的结果。

（1）无同级或高优先级中断正在处理。

（2）现行指令执行到最后 1 个机器周期且已结束。

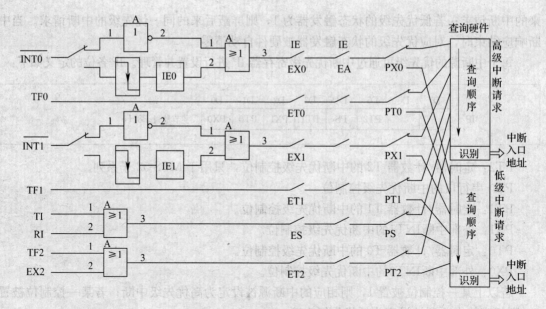

图 4—1—5　中断系统的逻辑结构

（3）当现行指令为 RETI 或访问 IE、IP 的指令时，执行完该指令且紧随其后的另一条指令也已执行完毕。

2. 中断响应过程

CPU 响应中断后，由硬件自动执行如下的功能操作：

（1）根据中断请求源的优先级高低，对相应的优先级状态触发器置 1。

（2）保护断点，即把程序计数器 PC 的内容压入堆栈保存。

（3）清内部硬件可清除的中断请求标志位（IE0、IE1、TF0、TF1）。

（4）把被响应的中断服务程序入口地址送入 PC，从而转入相应的中断服务程序并执行。各中断服务程序的入口地址见表 4—1—1。

中断服务程序的最后一条指令必须是中断返回指令 RETI。CPU 执行该指令时，先将相应的优先级状态触发器清零，然后从堆栈中弹出栈顶的两个字节到 PC，从而返回到断点处。

由以上过程可知，MCS-51 单片机响应中断后，只保护断点而不保护现场信息 [如累加器 A、工作寄存器 Rn（$n=0$，1，…，7）、程序状态字 PSW 等]，且不能清除串行口中断标志 TI 和 RI，也无法清除电平触发的外部中断请求信号。这些工作，都需要用户在编制中断服务程序时予以考虑。

3. 中断响应时间

所谓中断响应时间，是指 CPU 检测到中断请求信号到转入中断服务程序入口所需要的机器周期数。了解中断响应时间对设计实时测控应用系统有重要指导意义。

MCS-51 单片机响应中断的最短时间为 3 个机器周期。若 CPU 检测到中断请求信号的时间正好是一条指令的最后一个机器周期，则不需等待就可以立即响应。所谓响应中断就是由内部硬件执行一条长调用指令，需要 2 个机器周期，加上检测需要的 1 个机器周期，一共需要 3 个机器周期才能开始执行中断服务程序。

中断响应的最长时间由下列情况所决定：中断检测时正在执行 RETI 或访问 IE 或 IP 指

令的第一个机器周期，这样包括检测在内需要2个机器周期（以上3条指令均需2个机器周期）；紧接着要执行的指令恰好是执行时间最长的乘除法指令，其执行时间均为4个机器周期；再用2个机器周期执行一条长调用指令才转入中断服务程序。这样，总共需要8个机器周期。其他情况下的中断响应时间一般为3~8个机器周期。

了解中断响应时间，对实时控制系统设计是十分重要的。

五、设计中断服务子程序的关键

1. 设置好中断入口地址的引导。

2. 因中断入口的 ROM 资源有限，因此，不要把中断服务子程序直接放到中断入口地址后面的空间处，以免占用其他中断入口地址而导致其他中断程序执行紊乱。

3. 执行中断服务子程序前要对 RAM 的重要数据进行保护。如 ACC、PSW 或其他寄存器在中断服务子程序执行前装有重要数据供中断服务子程序执行后使用，而在中断服务子程序执行过程中又要使用以上这些寄存器。因此，在中断服务子程序执行前要先将这些数据暂时压入栈内保存，这种做法叫现场保护；而中断服务子程序执行完后，又要将这些数据弹出到原寄存器中，再返回到主程序的断点处继续执行主程序，这种做法叫做恢复现场。

4. 中断步骤大致是：主程序执行→中断请求→响应中断→指向中断入口→跳至中断服务子程序区→现场保护→执行任务→恢复现场→返回主程序断点处继续执行主程序。

练 习

1. 中断系统需要解决的基本问题是_____、_____、_____。

2. AT89C51 单片机的中断源有_____、_____、_____、_____、_____。它们在 ROM 中所对应的入口地址分别是_____、_____、_____、_____、_____。

3. 外部中断信号输入端有_____和_____，其输入信号分为_____和_____两种，这两种信号的定义是由 TCON 的_____和_____来设置的。

4. 任何一种中断的打开除了打开本中断外，都必须打开 IE 中的_____，中断才能被真正打开。

5. 特殊功能寄存器 TCON 在 RAM 中的地址是_____，寻址方式是_____；IE 在 RAM 中的地址是_____，寻址方式是_____。

6. 中断的优先级控制由_____寄存器控制，该寄存器_____（可或不可）位寻址。中断优先级默认的由高到低的顺序是_____。

7. 中断服务子程序的返回标志是_____，而返回位置是_____，因此，在执行中断服务子程序前要对一些重要数据进行入栈暂存，这个过程称为_____；而在中断服务子程序执行完后，又要将栈里的这些数据取出到原寄存器，这个过程称为_____。

8. 响应中断后，产生长调用指令 LCALL，执行该指令的过程包括：首先把_____的内容压入堆栈，以进行断点保护，然后把长调用指令的16位地址送_____，使程序执行转向_____中的中断地址区。

9. 什么是中断优先级？中断优先处理的原则是什么？

10. 试编写一段对中断系统初始化的程序，使之允许$\overline{INT0}$、$\overline{INT1}$、T0，且使 T0 中断为高优先级中断。

课题 2　定时器/计数器应用

任务 1　计数器的控制

> **学习目标**
> 1. 了解计数器的作用、硬件电路组成及单片机定时器/计数器内部电路结构。
> 2. 熟悉计数单元数据变化规律。
> 3. 掌握计数器程序设计方法和定时器/计数器内部电路的控制方法。

工作任务

准备好如图 4—2—1 所示的简易计数器硬件电路或单片机应用开发平台。由与 P3.4 相连的按钮输入计数脉冲并将设计数值串行输出到由 5 位数码管组成的串行静态显示电路进行显示。

实践操作

一、硬件电路

如图 4—2—1 所示，简易计数器主要由单片机最小应用系统、计数输入回路和串行静态显示电路组成。其中，计数输入回路由一位简易按钮构成，按钮的一端接到 T0 的计数脉冲输入端 (P3.4)，另一端接地，使得按一下按钮就形成一个负脉冲作为计数脉冲。

二、软件设计

1. 设计思路

使按钮每按下一次就形成一个负脉冲，作为计数脉冲从 T0 的计数脉冲输入端 (P3.4) 输入，从而使计数单元 TL0 加 1；使计数器 T0 工作于方式 1，即由 TH0 和 TL0 构成 16 位的计数单元，计数范围为 1~65 536；用 5 位数码管右 4 位来分别显示 TH0 的高 4 位和低 4 位、TL0 的高 4 位和低 4 位，显示格式为十六进制；要求在有计数脉冲输入时才刷新显示，无计数脉冲输入时，显示保持 74LS164 锁存器的状态。

2. 控制流程

简易计数器程序流程图如图 4—2—2 所示。

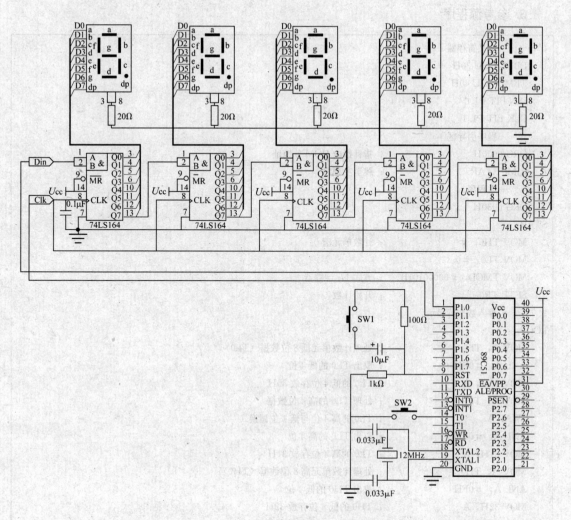

图 4—2—1　简易计数器硬件电路的组成

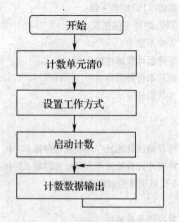

图 4—2—2　简易计数器程序流程图

3. 参考源程序

```
; ··········定义寄存器
    DBUF EQU 30H
    TEMP EQU 40H
    DIN BIT P1.0
    CLK BIT P1.1
; ··········程序引导区
    ORG 0000H              ; 指针指向 ROM 首地址
    LJMP START             ; 跳至主程序
; ··········主程序
    ORG 0030H
START:
    MOV TH0, #0            ; 计数单元清 0
    MOV TL0, #0
    MOV TMOD, #00000101B   ; 方式 1，计数器
    SETB TR0               ; 开始计数
; ··········存入数据待显示
LOOP:
    MOV A, TL0             ; 处理计数单元低 8 位数据（TL0）
    ANL A, #0FH            ; 取出 TL0 的低 4 位
    MOV 30H, A             ; TL0 的低 4 位存放 30H
    MOV A, TL0             ; 处理 TL0 的高 4 位数据
    SWAP A                 ; TL0 的高 4 位与低 4 位调换
    ANL A, #0FH            ; 取出 TL0 的高 4 位
    MOV 31H, A             ; TL0 的高 4 位存放 31H
    MOV A, TH0             ; 处理计数单元高 8 位数据（TH0）
    ANL A, #0FH            ; 取出 TH0 的低 4 位
    MOV 32H, A             ; TH0 的低 4 位存放 32H
    MOV A, TH0             ; 处理 TH0 的高 4 位数据
    SWAP A                 ; TH0 的高 4 位与低 4 位调换
    ANL A, #0FH            ; 取出 TH0 的高 4 位
    MOV 33H, A             ; TH0 的高 4 位存放 33H
    MOV 34H, #10H          ; 首位不显示
    JB P3.4, $             ; 等待新计数脉冲输入
    LCALL DISP             ; 调用串行静态显示
    LJMP LOOP              ; 重新刷新显示内容
; ··········显示子程序
DISP:
    MOV R0, #DBUF          ; 将存储区首地址存入间址寄存器 R0 中
    MOV R1, #TEMP          ; 将缓冲区首地址存入间址寄存器 R1 中
    MOV R2, #05H           ; 5 位显示器控制数置 R2 中
DP10:
    MOV DPTR, #SEGTAB      ; 置段码表首地址
    MOV A, @R0            ; 将段码的相对位置码（偏移量）放入 ACC
    MOVC A, @A+DPTR       ; 相对寻址查表取段码
```

```
        MOV @R1，A                          ；取出段码存入缓冲区
        INC R1                              ；调整指针取下一个段码
        INC R0
        DJNZ R2，DP10                       ；5 位段码是否取完控制
        MOV R0，＃TEMP                      ；将缓冲区首地址存入 R0 开始输出段码
        MOV R1，＃05H                       ；5 位段码控制数置 R1 中
DP12：
        MOV R2，＃08H                       ；每位段码的移位次数置 R2 中
        MOV A，@R0                          ；间接寻址将缓冲区段码放 ACC 中
DP13：
        RLC A                               ；将段码逐位移出到 CY 中
        MOV DIN，C                          ；将移出来的一位码送 "Din"
        CLR CLK                             ；产生一个上升沿移位脉冲送 "CLK"
        SETB CLK
        DJNZ R2，DP13                       ；每位段码 8 次移位次数控制
        INC R0                              ；调整指针取下一个段码
        DJNZ R1，DP12                       ；5 位段码输出完毕控制
        RET
SEGTAB：                                    ；段码表
        DB 3FH，06H，5BH，4FH，66H，6DH     ；0，1，2，3，4，5
        DB 7DH，07H，7FH，6FH，77H，7CH     ；6，7，8，9，A，B
        DB 58H，5EH，79H，71H，00H，40H     ；C，D，E，F，空，—
        END
```

三、软件仿真与调试

1. 将程序输入到 KEIL51（uVision3）界面并编译源程序文件

如图 2—1—4 所示，将程序输入到 KEIL51（uVision3）界面并编译源程序文件，在 "Output Window" 窗口中显示 "creating hex file from"sd"..." 和 ""sd"—0 Error（s），3 Warning（s）."，分别示意已创建 ＊.HEX 文件和编译无误。

2. 仿真调试训练

启动调试，输入 "D：00" 打开 RAM 监控窗口，打开外围设备的 T0 监控窗口和 P3 监控窗口，采用全速运行时单击 "T0 pin"，输入计数脉冲，并认真留意程序中各寄存器数据的变化。如图 4—2—3 所示，调试画面中的 RAM 窗口反映程序执行至当前步时各寄存器的状态以及 ROM 窗口代码数据与源程序的关系。

四、烧写芯片

方法与模块 2 课题 1 任务 1 相同。

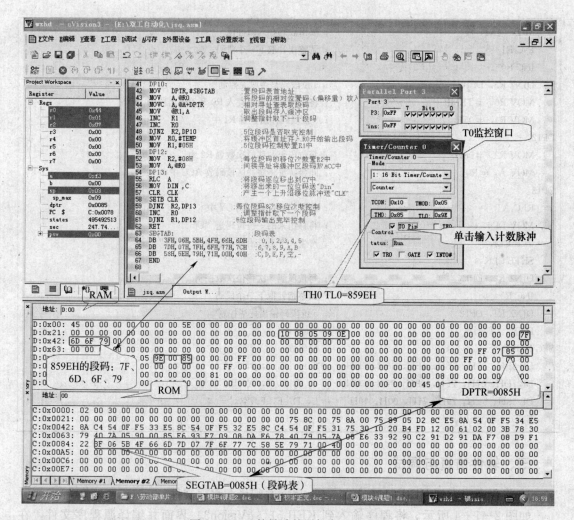

图 4—2—3　简易计数器仿真调试画面

相关知识

一、定时器/计数器 T0、T1 的结构

1. 16 位加法计数器

定时器/计数器的核心是 16 位加法计数器，如图 4—2—4 所示，用特殊功能寄存器 TH0、TL0 及 TH1、TL1 表示。TH0、TL0 是定时器/计数器 0 加法计数器的高 8 位和低 8 位，TH1、TL1 是定时器/计数器 1 加法计数器的高 8 位和低 8 位。

做计数器用时，加法计数器对芯片引脚 T0（P3.4）或 T1（P3.5）上的输入脉冲计数。每输入一个脉冲，加法计数器增加 1。加法计数溢出时可向 CPU 发出中断请求信号。

做定时器用时，加法计数器对内部机器周期脉冲 T_{cy} 计数。由于机器周期是定值，所以对 T_{cy} 的计数就是定时，如 $T_{cy}=1\ \mu s$，计数值为 100，相当于定时 100 μs。

加法计数器的初值可以由程序设定，设置的初值不同，计数值或定时时间就不同。在定

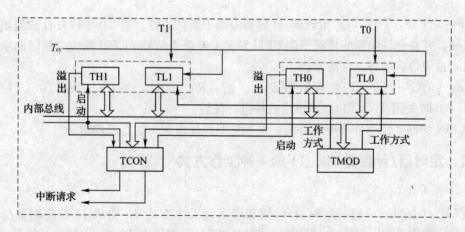

图 4—2—4　定时器/计数器 T0、T1 的结构框图

时器/计数器的工作过程中，加法计数器的内容可用程序读回 CPU。

2. 定时器/计数器方式控制寄存器 TMOD

定时器/计数器 T0、T1 都有 4 种工作方式，可通过程序对 TMOD 设置来选择。TMOD 的低 4 位用于控制定时器/计数器 T0，高 4 位用于控制定时器/计数器 T1。其位定义如下：

	D7	D6	D5	D4	D3	D2	D1	D0	
TMOD	CATE	C/$\overline{\text{T}}$	M1	M0	GATE	C/$\overline{\text{T}}$	M1	M0	字节地址 89H
	高 4 位控制 T1				低 4 位控制 T0				

C/$\overline{\text{T}}$：定时或计数功能选择位，当 C/$\overline{\text{T}}$=1 时为计数方式；当 C/$\overline{\text{T}}$=0 时为定时方式。

M1、M0：定时器/计数器工作方式选择位，其值与工作方式的对应关系见表 4—2—1。

表 4—2—1　　　　　　　　　　　　　　定时器/计数器工作方式

M1	M0	工作方式	方式说明
0	0	0	13 位定时器/计数器
0	1	1	16 位定时器/计数器
1	0	2	具有自动重装初值功能的 8 位定时器/计数器
1	1	3	T0 分成两个 8 位定时器/计数器

GATE：门控位，用于控制定时器/计数器的启动是否受外部中断请求信号的影响。如果 GATE=1，定时器/计数器 0 的启动受芯片引脚$\overline{\text{INT0}}$（P3.2）控制，定时器/计数器 1 的启动受芯片引脚$\overline{\text{INT1}}$（P3.3）控制；如果 GATE=0，定时器/计数器的启动与引脚$\overline{\text{INT0}}$、$\overline{\text{INT1}}$无关。一般情况下，GATE=0。

3. 定时器/计数器控制寄存器 TCON

TCON 控制寄存器各位定义如下：

	D7	D6	D5	D4	D3	D2	D1	D0	
TCON	TF1	TR1	TF0	TR0	IE1	IT1	IE0	IT0	字节地址 88H

TF0（TF1）：T0（T1）定时器/计数器溢出中断标志位。当 T0（T1）计数溢出时，由硬件置位，并在允许中断的情况下向 CPU 发出中断请求信号，CPU 响应中断转向中断服务程序时，由硬件自动将该位清零。

TR0（TR1）：T0（T1）运行控制位。当 TR0（TR1）＝1 时启动 T0（T1）；TR0（TR1）＝0 时关闭 T0（T1）。该位由软件进行设置。

TCON 的低 4 位与外部中断有关，可参见本模块课题 1 的有关内容。

二、定时器/计数器 T0、T1 的 4 种工作方式

1. 工作方式 0

当 M1＝0、M0＝0 时，定时器/计数器设定为工作方式 0，构成 13 位定时器/计数器。其逻辑结构如图 4—2—5 所示（图中 C/$\overline{\text{T}}$ 取 0 或 1，分别代表 T0 或 T1 的有关信号）。THX 是高 8 位加法计数器，TLX 是低 5 位加法计数器，TLX 的高 3 位未用。TLX 加法计数溢出时向 THX 进位，THX 加法计数溢出时置 TFX＝1，最大计数值为 2^{13}。

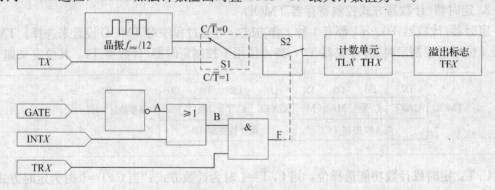

图 4—2—5　定时器/计数器工作方式 0 的逻辑结构

可用程序将 0～8 191（$2^{13}-1$）的某一数送入 THX、TLX 作为初值。THX、TLX 从初值开始加法计数，直至溢出。所以初值不同，定时时间或计数值也不同。必须注意的是：加法计数器 THX 溢出后，必须用程序重新对 THX、TLX 设置初值，否则下一次 THX、TLX 将从 0 开始计数。

（1）C/$\overline{\text{T}}$＝1 时为计数器方式，图 4—2—5 中开关 S1 自动地接在下面，定时器/计数器工作在计数状态，加法计数器对 TX 引脚上的外部脉冲计数。计数值由下式确定：

$$N=2^{13}-X=8\ 192-X$$

式中，N 为计数值，X 是 THX、TLX 的初值。$X＝8\ 191$ 时为最小计数值 1，$X＝0$ 时为最大计数值 8 192，即计数范围为 1～8 192。

定时器/计数器在每个机器周期的 S5P2 期间采样 TX 脚输入信号，若一个机器周期的采样值为 1，下一个机器周期的采样值为 0，则计数器加 1。由于识别一个高电平到低电平的跳变需两个机器周期，所以对外部计数脉冲的频率应小于 $\dfrac{f_{osc}}{24}$，且高电平与低电平的延续时间均不得小于 1 个机器周期。

（2）C/$\overline{\text{T}}$＝0 时为定时器方式，开关 S1 自动地接在上面，加法计数器对机器周期脉冲 T_{cy} 计数，每个机器周期 TLX 加 1。定时时间由下式确定：

$$T = N \times T_{cy} = (8\ 192 - X)\ T_{cy}$$

式中，T_{cy} 为单片机的机器周期。如果振荡频率 $f_{osc} = 12\ MHz$，则 $T_{cy} = 1\ \mu s$，定时范围为 $1 \sim 8\ 192\ \mu s$。

定时器/计数器的启动或停止由 TRX 控制。当 GATE＝0 时，只要用软件置 TRX＝1，开关 S2 即闭合，定时器/计数器开始工作；置 TRX＝0 时，S2 打开，定时器/计数器停止工作。

（3）GATE＝1 为门控方式。此时，仅当 TRX＝1 且 $\overline{INTX}$ 引脚上出现高电平（即无外部中断请求信号）时，S2 才闭合，定时器/计数器开始工作。如果 $\overline{INTX}$ 引脚上出现低电平（即有外部中断请求信号），则停止工作。所以，门控方式下，定时器/计数器的启动受外部中断请求的影响，可用来测量 $\overline{INTX}$ 引脚上出现正脉冲的宽度。

2. 工作方式 1

当 M1＝0、M0＝1 时，定时器/计数器设定为工作方式 1，构成 16 位定时器/计数器。此时，THX、TLX 都是 8 位加法计数器。其他与工作方式 0 相同。

在方式 1 时，计数器的计数值由下式确定：

$$N = 2^{16} - X = 65\ 536 - X$$

计数范围为 $1 \sim 65\ 536$。

定时器的定时时间由下式确定：

$$T = N \times T_{cy} = (65\ 536 - X)\ T_{cy}$$

如果 $f_{osc} = 12\ MHz$，则 $T_{cy} = 1\ \mu s$，定时范围为 $1 \sim 65\ 536\ \mu s$。

3. 工作方式 2

当 M1＝1、M0＝0 时，定时器/计数器设定为工作方式 2，构成自动重装初值的 8 位定时器/计数器。其逻辑结构如图 4—2—6 所示。TLX 作为 8 位加法计数器使用，THX 作为初值寄存器用。THX、TLX 的初值都由软件设置。TLX 计数溢出时，不仅置位 TFX，而且发出重装载信号，使三态门打开，将 THX 中的初值自动送入 TLX，并从初值开始重新计数。重装初值后，THX 的内容保持不变。

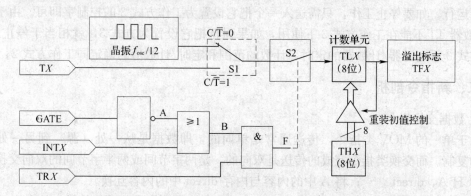

图 4—2—6　定时器/计数器工作方式 2 的逻辑结构

在工作方式 2 时，计数器的计数值由下式确定：

$$N = 2^8 - X = 256 - X$$

计数范围为 $1 \sim 256$。

定时器的定时值由下式确定：

$$T = N \times T_{cy} = (256 - X)\ T_{cy}$$

如果 $f_{osc} = 12\ \text{MHz}$，则 $T_{cy} = 1\ \mu\text{s}$，定时范围为 $1 \sim 256\ \mu\text{s}$。

4. 工作方式 3

当 M1＝1、M0＝1 时，定时器/计数器设定为工作方式 3，其逻辑结构如图 4—2—7 所示。

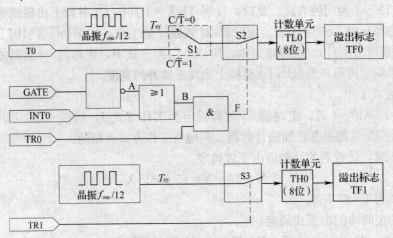

图 4—2—7　定时器/计数器工作方式 3 的逻辑结构

工作方式 3 只适用于定时器/计数器 T0。当 T0 工作在方式 3 时，TH0 和 TL0 被分成两个独立的 8 位计数器。这时，TL0 既可作为定时器用，也可作为计数器使用，而 TH0 只能作为定时器用，并且占用了定时器/计数器 T1 的两个控制信号 TR1 和 TF1。在这种情况下，定时器/计数器 T1 虽仍可用于工作方式 0、1、2，但不能使用中断方式。通常是将定时器/计数器 T1 用做串行口的波特率发生器，由于已没有计数溢出标志位 TF1 可供使用，因此只能把计数溢出直接送给串行口。当作为波特率发生器使用时，只需设置好工作方式，便可自行运行。如要停止工作，只需送入一个把它设置为工作方式 3 的控制字即可。由于定时器/计数器 T1 不能在工作方式 3 下使用，如果强行把它设置为方式 3，就相当于停止工作。工作方式 3 下定时器/计数器的定时、计数的范围和定时/计数值的确定同工作方式 2。

三、新指令剖析

1. 数据交换指令

对于单一的 MOV 类指令，传送通常是单向的，即数据是从一处（源）到另一处（目的）的复制。而交换类指令完成的传送是双向的，是两字节间或两半字节间的双向交换。

XCH A，direct　　　　；将 A 中的内容与内存 direct 中的内容互换。

XCH A，@Ri　　　　；将 A 中的内容与以 Ri 中的内容作为地址的单元中的内容互换。

XCH A，Rn　　　　　；将 A 中的内容与 Rn 中的值互换。

XCHD A，@Ri　　　；将 A 中的内容的低 4 位与以 Ri 中的内容作为地址的单元中的内容的低 4 位互换。

SWAP A　　　　　　；将 A 中的内容的高 4 位与低 4 位互换。

例如：

若（R0）=86H，（A）=25H。执行指令 XCH A，R0 后，（A）=86H，（R0）=25H。

若（R0）=30H，（30H）=28H，（A）=64H。执行指令 XCHD A，@R0 指令后，（30H）=24H，（A）=68H。

若（A）=30H，执行指令 SWAP A 后，（A）=03H。

2. 逻辑"与"运算指令 ANL

格式：ANL　操作数 1，操作数 2；操用数 1 只有 A 与 direct 两种

ANL direct，A　　　　；将 A 中的内容与内存 direct 单元中的内容相与，结果存入内存 direct 单元

ANL direct，#data　；将立即数 data 与内存 direct 单元中的内容相与，结果存入内存 direct 单元

ANL A，#data　　　；将立即数 data 与 A 中的内容相与，结果存入内存 A 中

ANL A，direct　　　；将内存 direct 单元中的内容与 A 中的内容相与，结果存入 A 中

ANL A，@Ri　　　；将以 Ri 中的内容作为地址的单元中的内容与 A 中的内容相与，结果存入 A 中

ANL A，Rn　　　　；将 Rn 中的内容与 A 中的内容相与，结果存入 A 中

例如：（A）=E6H=1110 0110B，（R1）=0F0H=1111 0000B

执行指令：ANL A，R1　　　；（A）←1110 0110∧1111 0000

结果为：（A）=1110 0000B=0EQH。

注：逻辑"与"ANL 指令常用于屏蔽（置 0）字节中的某些位。若清除某位，则用"0"和该位相与；若保留某位，则用"1"和该位相与。若直接地址正好是单片机的输入/输出口，则为"读—改—写"操作。

1. AT89C51 单片机内部有_____个定时中断源，它们都有_____种工作方式，工作方式的设置由_____寄存器的_____设置 T0，由_____寄存器的_____设置 T1。

2. 定时器/计数器的应用程序是先设置_____方式和计数单元的_____，再启动计数，然后查询计数的溢出情况或等待定时器/计数器的_____来处理事件。在再次使用定时器/计数器前除了方式 2 外还需_____。

3. 定时器/计数器工作于定时和计数方式时有何异同点？

4. 定时器/计数器的 4 种工作方式各有何特点？

5. 当定时器/计数器 T0 工作于方式 3 时，定时器/计数器 T1 可以工作在何种方式下？如何控制 T1 的开启和关闭？

任务2 1 s 定时器的制作

学习目标

1. 了解定时器的作用和内部电路结构。
2. 熟悉定时中断程序流程的设计。
3. 掌握 16 位（双字节）数据的处理方法。
4. 掌握"JZ"指令的应用技巧。

工作任务

如图 4—1—1 所示电路中，单片机内部定时器定时为 1 s。本任务运用定时中断方式，实现每一秒钟输出状态发生一次反转，即发光二极管每隔 1 s 亮一次（每次持续亮 1 s）。注意本项目设计中只针对 P1.0 所控制的灯，其余（P1.1～P1.7）悬空，为高电平（灯灭）。

实践操作

一、软件设计

1. 技术要点分析

（1）内部计数器用做定时器时，是对机器周期计数。每个机器周期的长度是 12 个振荡器周期。假如单片机最小应用系统的晶振频率是 12 MHz，则定时计数脉冲的周期为 1 μs。从定时器/计数器的 4 种工作方式得知每溢出一次的计数范围最大的是方式 1，其计数范围是 1～65 536，也就是说最大的定时长度是 65 536 μs，不能达到控制要求的 1 s 的定时。

因此，本工程设计需要借助"软件计数器"来对一定时间长度的定时中断进行计数来实现 1 s 的定时。

因为系统的晶振频率是 12 MHz，本程序工作于方式 2，即 8 位自动重装方式定时器，定时器每 100 μs 中断一次，所以定时常数的设置可按以下方法计算：

$$机器周期＝12÷12\ MHz＝1\ \mu s$$

$$（256－定时常数）×1\ \mu s＝100\ \mu s$$

故定时初值为 156。

（2）100 μs 中断定时常数的设置对中断程序的运行起到关键作用，所以在置数前要先关对应的中断，置数完之后再打开相应的中断。

（3）1 s 定时是通过"软件计数器"对"100 μs"的定时中断进行 10 000 次的计数来实现的：1 s＝100 μs×10 000。

（4）"软件计数器"的实现是先将所要计数的值"10 000"存放到寄存器中，开始计时后每定时中断一次，该寄存器数据减 1，直至减到为 0，表示"100 μs"的定时中断执行了

10 000 次，即达到了 1 s 的时间长度。

（5）这里的"10 000"很明显是大于 8 位（十进制 255）的数据，如何将其存放到 1 Byte 的寄存器中去呢？需借助 2 个寄存器来分别存放数据的高 8 位和低 8 位。

2. 控制流程

1 s 定时器程序流程图如图 4—2—8 所示。

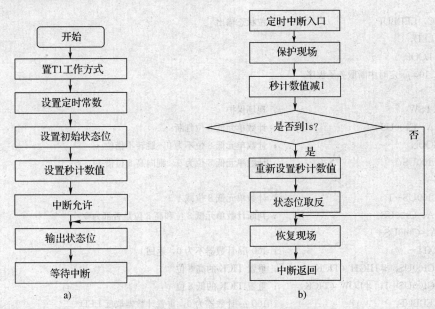

图 4—2—8　1 s 定时器程序流程图

a）主程序流程　b）100 μs 定时中断服务子程序流程

3. 参考源程序

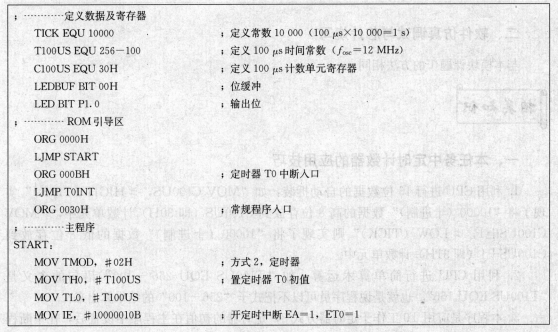

```
; ··········定义数据及寄存器
    TICK EQU 10000              ; 定义常数 10 000（100 μs×10 000＝1 s）
    T100US EQU 256－100         ; 定义 100 μs 时间常数（f_osc＝12 MHz）
    C100US EQU 30H             ; 定义 100 μs 计数单元寄存器
    LEDBUF BIT 00H             ; 位缓冲
    LED BIT P1.0              ; 输出位
; ··········ROM 引导区
    ORG 0000H
    LJMP START
    ORG 000BH                 ; 定时器 T0 中断入口
    LJMP T0INT
    ORG 0030H                 ; 常规程序入口
; ··········主程序
START：
    MOV TMOD，#02H            ; 方式 2，定时器
    MOV TH0，#T100US          ; 置定时器 T0 初值
    MOV TL0，#T100US
    MOV IE，#10000010B         ; 开定时中断 EA＝1，ET0＝1
```

```
        SETB TR0                            ；开始定时
        CLR LEDBUF                          ；置初始状态
        CLR LED
        MOV C100US, #HIGH (TICK)            ；置 TICK 的高 8 位
        MOV C100US+1, #LOW (TICK)           ；置 TICK 的低 8 位
LOOP:
        MOV C, LEDBUF                       ；位状态输出
        MOV LED, C
        LJMP LOOP
；··········· 100 μs 定时中断服务子程序
T0INT:
        PUSH PSW                            ；现场保护
        MOV A, C100US+1                     ；计数单元低 8 位判断
        JNZ GOON                            ；计数单元低 8 位不为 0，跳转不借位
        DEC C100US                          ；计数单元低 8 位为 0，则向高 8 位借 1
GOON:
        DEC C100US+1                        ；计数单元低 8 位减 1
        MOV A, C100US                       ；判断计数单元低 8 位和高 8 位是否都为 0
        ORL A, C100US+1
        JNZ EXIT                            ；100 μs 计数器不为 0，返回
        MOV C100US, #HIGH (TICK)            ；重置 TICK 的高 8 位
        MOV C100US+1, #LOW (TICK)           ；重置 TICK 的低 8 位
        CPL LEDBUF                          ；100 μs 计数器为 0，重置计数器取反 LED
EXIT:
        POP PSW
        RETI
        END
```

二、软件仿真调试与芯片烧写

与本模块课题 1 的方法相同。

相关知识

一、本任务中定时计数器的应用技巧

1. 利用 CPU 进行 16 位数据的自动拆装：如 "MOV C100US，#HIGH（TICK）" 实现了将 "10000（十进制）" 数据的高 8 位存放到 C100US（即 30H）计数单元中，"MOV C100US+1，#LOW（TICK）" 则实现了将 "10000（十进制）" 数据的低 8 位存放到 C100US+1（即 31H）计数单元中。

2. 利用 CPU 进行简单算术运算：如 "T100US EQU 256−100" 语句的含义是 "T100US EQU 156"。也就是说程序员可以不把式子 "256−100" 的结果算出来。

3. 本程序是应用 T0 工作于定时器方式 2，定时器的初值在主程序中设置后，在中断程

序中不需要再重置此初值，因为方式 2 有自动重装初值功能。

4. 当计数器的 16 位计数单元都减到为 0 时，表示 100 μs 的定时中断达到 10 000 次，即 1 s 时间到，此时除了完成输出状态翻转以外，还要对计数器的 16 位计数单元重置数字，否则下次计数是从 0（即 65 536）开始减数，也就是说从第一个 1 s 状态翻转后的翻转时间是 6.553 6 s，而不再是 1 s。

5. 本程序的计数方法是减计数法，其具体方法是每 100 μs 定时中断 1 次，中断服务程序的具体流程是：判断计数单元的低 8 位 "C100US＋1" 是否为 0，为 0 则向高 8 位 "C100US" 借位（即 "DEC C100US"）后低 8 位减 1，不为 0 则直接将低 8 位减 1；减 1 程序完成后再次对计数单元的 16 位进行判断，如为 0 说明 1 s 已到，执行中断任务和计数单元数据重置，如不为 0 则为 1 s 未到直接返回。

二、新指令剖析

累加器判零转移指令

JZ rel   ；若（A）＝0，则 PC← （PC） ＋2＋rel
            若（A）≠0，则 PC← （PC） ＋2
JNZ rel   ；若（A）≠0，则 PC← （PC） ＋2＋rel
            若（A）＝0，则 PC← （PC） ＋2

该组指令的功能是对累加器 A 的内容是否为 0 进行检测并转移。当不满足各自的条件时，程序继续往下执行。当各自的条件满足时，程序转向指定的目标地址。例如，执行 "JNZ EXIT" 的结果是：当（A）≠0 时，PC 将跳至 "EXIT" 的位置执行程序；当（A）＝0 时，执行下一步。

【 练 习 】

1. AT89C51 单片机有几个中断源？各中断标志是如何产生的，又是如何清零的？CPU 响应中断时，中断入口地址各是多少？

2. 利用定时器/计数器从 P1.0 输出周期为 1 s，脉宽为 20 ms 的正脉冲信号，晶振频率为 6 MHz。试编写程序。

3. 设计单片机通过 P1 口输出 2 个开关量控制 LED 灯的电路，使 2 个 LED 灯轮流显示，间隔 1 s，编写相应的程序。要求采用定时器中断实现时间控制。

4. 设 AT89C51 单片机的 f_{osc}＝12 MHz，要求用 T0 定时 150 μs，分别计算采用方式 0、方式 1、方式 2 时的定时初值。

5. 设 AT89C51 单片机的 f_{osc}＝6 MHz，问定时器处于不同工作方式时，其最大定时范围各是多少？

6. 设 AT89C51 单片机的 f_{osc}＝12 MHz，定时器 T0 的有关程序如下：

AJMP MAIN
ORG 000BH
MOV TH0，＃0DH
MOV TL0，＃0D0H

```
          ⋮
    RETI
MAIN：
    MOV TH0，#0DH
    MOV TL0，#0D0H
    MOV TMOD，#1
    SETB TR0
          ⋮
```

请问该定时器工作于什么方式？相应的定时时间或计数值是多少？为什么在中断服务程序中要重置计数初值？

7. 定时器 T0 已预置为 156，且选用方式 2 的计数方式，现在 T0 端输入周期为 1 ms 的脉冲，问：此时定时器 T0 的实际用途是什么？在什么情况下计数器 T0 溢出？

8. 设 AT89C51 单片机的 $f_{osc}=6$ MHz，请利用定时器 T0 定时中断的方法，使 P1.0 输出 $f=1$ kHz、占空比为 75% 的矩形脉冲。

模块 5

键盘接口的控制

课题 1　8 位简易键盘控制

任务 1　简易键盘输入及键码的串行静态显示

学习目标

1. 了解简易键盘电路的组成、工作原理、键值和键码的概念。
2. 熟悉键值表的编制。
3. 掌握键值与键码的关系。
4. 掌握键码的串行静态显示输出方法与要领。

工作任务

采用串行静态显示电路的 5 位数码管中的其中一位，来显示单片机从 8 位简易键盘输入数据后转换成的键码，即当按下 "KEY1～KEY8" 中的其中一位时，显示电路显示相应的 "0～7" 的字符。

实践操作

一、硬件电路分析

1. 硬件电路的组成

由 8 位简易键盘控制单片机最小应用系统 P1 口的静态显示电路原理图如图 5—1—1 所示。

2. 硬件制作

按照图 5—1—1 所示电路进行硬件制作，可以采用万能电路板、面包电路板进行硬件电路的制作，或直接使用实验电路板进行实验。

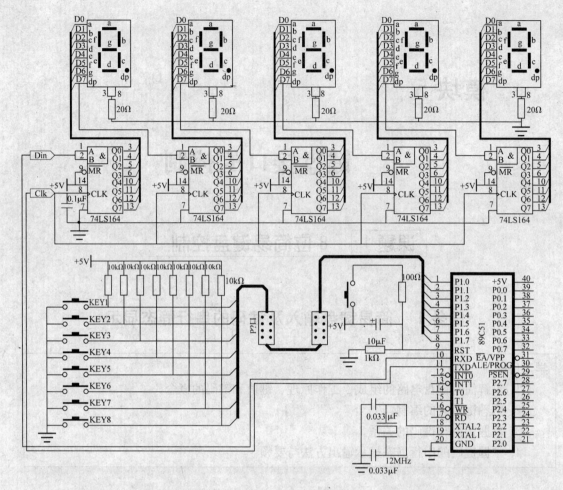

图 5—1—1 由 8 位简易键盘控制单片机最小应用系统 P1 口的静态显示电路原理图

3. 电路测试

（1）将安装好的电路接上 5 V 直流电源（可采用干电池、计算机 USB 接口电源等方法获取）。

（2）测量每个按键按下前后的电压，并在表 5—1—1 中做好记录。

表 5—1—1　　　　　　　　　　　　　　　　电路测试　　　　　　　　　　　　　　　　V

按键	KEY8 (D7)	KEY7 (D6)	KEY6 (D5)	KEY5 (D4)	KEY4 (D3)	KEY3 (D2)	KEY2 (D1)	KEY1 (D0)
按下前的电压								
按下后的电压								

二、软件设计

1. 控制流程

如图 5—1—2 所示为简易键盘键码显示控制主程序流程图，如图 5—1—3 所示为简易键盘查询式控制流程图。

2. 参考源程序

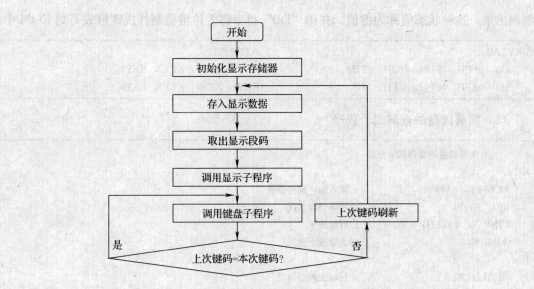

图 5—1—2 简易键盘键码显示控制主程序流程图

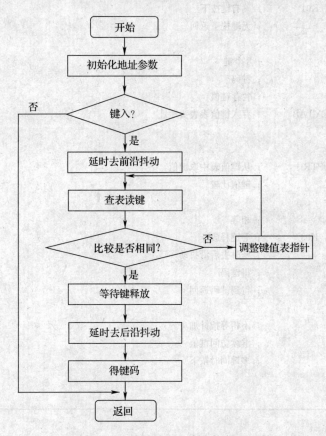

图 5—1—3 简易键盘查询式控制流程图

（1）键值表

由表 5—1—1 可知键盘接口电路中被按下的键所对应的位呈低电平状态，而其余位呈高电平状态，因此，根据这种逻辑关系，可将其中单独 1 位按下时所对应的 8 位键组合状态值编制出来，这种状态值称为键值。并用"DB"指令将 8 位键值制作成键值表写到 ROM 中。

```
KEYTAB：                                    ; 八位键值表
    DB   0FEH，0FDH，0FBH，0F7H            ; KEY1，KEY2，KEY3，KEY4
    DB   0EFH，0DFH，0BFH，7FH             ; KEY5，KEY6，KEY7，KEY8
```

（2）简易键盘的查询式子程序

```
; …………简易键盘的查询式子程序
KEY：
        MOV P1，＃0FFH              ; 输入前，锁存器置"1"
        MOV A，P1                   ; 读取键盘状况
        CJNE A，＃0FFH，K00          ; 有键按下
        AJMP K05                    ; 无键按下返回
K00：
        ACALL DELAY                 ; 延时去前沿抖动
        MOV A，P1                   ; 再次读取键盘状况
        CJNE A，＃0FFH，K01          ; 确有键按下
        AJMP K05                    ; 无键按下返回
K01：
        MOV R3，＃08H               ; 8 个键
        MOV R2，＃0                 ; 键码
        MOV B，A                    ; 暂存键值
        MOV DPTR，＃KEYTAB          ; 存入键值表表头地址
K02：
        MOV A，R2
        MOVC A，@A＋DPTR            ; 从键值表中取键值
        CJNE A，B，K04              ; 键值比较
K03：
        MOV A，P1                   ; 相等
        CJNE A，＃0FFH，K03          ; 等键释放
        ACALL DELAY                 ; 延时去后沿抖动
        MOV BCJM，R2                ; 得键码
        AJMP K05                    ; 得到键码返回
K04：
        INC R2                      ; 不相等指针加 1
        DJNZ R3，K02                ; 继续访问键值
        MOV A，＃0FFH               ; 多键同时按下
K05：
        RET
```

（3）主程序

```
; …………主程序
    DBUF EQU 30H                    ; 置段码相对偏移量存储区首地址
    TEMP EQU 40H                    ; 置段码暂存区（缓冲区）首地址
```

```
    SCJM EQU 48H                      ; 上次键码寄存器
    BCJM EQU 49H                      ; 本次键码寄存器
    DIN BIT 0B0H                      ; 置 P3.0 为位码输出端
    CLK BIT 0B1H
    ORG 0000H
    MOV SCJM, #10H                    ; 初始显示空字符
    MOV BCJM, #10H                    ; 初始显示空字符
START:
    ACALL CRSJ                        ; 将键码作为待显示数据装入存储区
    ACALL QDM                         ; 调用模块 3 课题 1 任务 2 的取段码子程序
    ACALL DISP                        ; 调用模块 3 课题 1 任务 2 的段码输出子程序
CHAXUN:
    ACALL KEY                         ; 调用键盘子程序
    MOV A, BCJM                       ; 比较本次键码与上次键码
    CJNE A, SCJM, SHUAXIN
    AJMP CHAXUN
SHUAXIN:
    MOV SCJM, BCJM                    ; 刷新键码数据
    AJMP START
```

注：在输入程序时请在"END"前加上"KEY""CRSJ""QDM""DISP""DELAY"（10 ms）"SEGTAB""KEYTAB"模块，无须按顺序排列。

（4）存入子程序和 10 ms 延时子程序

```
;············键码装入存储区子程序
CRSJ:
    MOV DBUF, SCJM         ; 存入键码
    MOV DBUF+1, #10H       ; 存入空字符码
    MOV DBUF+2, #10H
    MOV DBUF+3, #10H
    MOV DBUF+4, #10H
    RET
DELAY:
    MOV R4, #20
DEL1:
    MOV R5, #250
    DJNZ R5, $
    DJNZ R4, DEL1
    RET
```

三、软件仿真调试

1. 将程序输入到 KEIL51（uVision3）界面并编译源程序文件

将程序输入到 KEIL51（uVision3）界面并编译源程序文件，在"Output Window"窗口中显示"creating hex file from"sd" ..."和""sd" —0 Error（s），3 Warning（s）."分

别示意已创建＊.HEX文件和编译无误。

2. 仿真调试训练

启动调试，在内存视窗的地址栏中输入"D：00"打开RAM监控窗口，在内存视窗的地址栏中输入"00"打开ROM监控窗口，打开外围设备的P1和P3监控窗口，如图5—1—4所示。

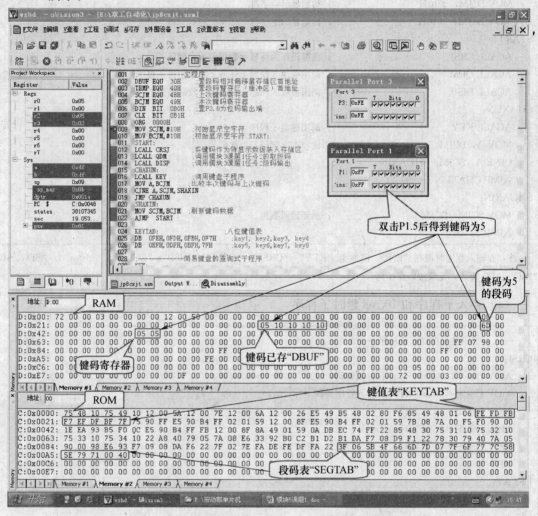

图5—1—4 简易键盘查询式串行静态显示程序仿真调试画面

（1）全速运行调试方法

单击"全速运行"按钮，然后双击P1口任意一位输入键盘信号，留意"BCJM""SCJM""DBUF""TEMP"等寄存器的数据变化。

（2）单步运行调试方法

单击"单步运行"按钮运行至"LCALL KEY"处，再单击"跟踪运行"按钮，进入"KEY"子程序，并单击一下P1口任意一位（如P1.5）使该位为低电平，然后连续单击"单步运行"按钮直至"K03"处兜圈，再次单击刚才单击的输入位，使该位恢复为高电平，继续单击"单步运行"按钮，留意观察程序流程以及各主要寄存器数据的变化情况。

四、芯片烧写

与模块 2 课题 1 任务 1 的方法相同。

一、独立式键盘工作原理解读

1. 独立式键盘电路及工作原理

独立式键盘是一组相互独立的按键，这些按键可直接与单片机的 I/O 口连接，即每个按键独占一条口线，接口简单。独立式键盘因占用单片机的硬件资源较多，只适合按键较少的场合。如图 5—1—5 所示为 1 位简易键盘电路的原理图，电路由一个 10 kΩ 电阻器与按键开关构成。其控制端接至单片机的 I/O 口，通过按下按键来改变控制端的状态从而控制 I/O 口的状态。在按键处于常态时，控制端为高电平，当按下按键时，控制端接地为低电平。因此，按键从按下至放松理论上产生了一个负脉冲。

2. 独立键盘的抖动现象及其解决措施

上文谈到"按键从按下至放松理论上产生了一个负脉冲"，这里的"理论上"是指按一下按键实际上产生不只一个脉冲，而且脉冲数量不定。因为在按键接通或断开的瞬间出现了接触不良的过程，这个过程大概会持续 10 ms，因为 CPU 的反应速度很快，因此，CPU 会把这个接触不良的过程当做是产生了许多脉冲来处理，而且每次按下按键所产生的脉冲数量不一定相同，这种现象叫做键盘的抖动现象。抖动分为前沿抖动和后沿抖动，如图 5—1—6 所示。

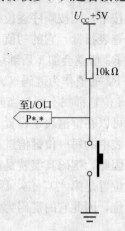

图 5—1—5　1 位简易键盘电路的原理图

消除抖动的措施有两种：硬件消抖和软件消抖。

（1）硬件消抖可采用简单的 R−S 触发器或单稳态电路来实现，如图 5—1—7 所示。

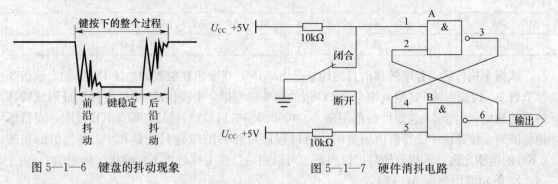

图 5—1—6　键盘的抖动现象　　　　图 5—1—7　硬件消抖电路

（2）软件消抖的方法是采用延时程序（通过执行一段大于 10 ms 的延时程序）来躲过抖动的暂态过程，一般流程是：查询到键盘按下→延时 10 ms 消前沿抖动→读取键状态→等键释放→延时 10 ms 消后沿抖动→处理事件。

3. 8 位简易键盘的键值

键盘对单片机的控制原理是通过不断地读取控制口（P1）的当前状态，并将当前状态与预先设置好的键值逐一比较，通过比较可知是哪一位键被按下，最后程序会根据被按下的键执行该键对应的事件。

那么键值表又是根据什么编制出来的呢？根据原理图可知，任何一位键按下都会使该控制位钳位为低电平，也就是说，每一位键按下，P1 口都有相应的一个数值与它对应。例如，当"KEY1"按下时令 P1.0 置"0"，而 P1.1～P1.7 为"1"，因此"KEY1"的键值就是"FEH"，同理"KEY2～KEY8"的键值分别为"FDH、FBH、F7H、EFH、DFH、BFH、7FH"。因此，可以通过"DB"伪指令编制出 8 位简易键盘的 8 位键值表。

4. 简易键盘查询式子程序剖析

键盘查询式子程序中每次执行时，都是先确认有无键按下，如无键按下则直接返回。如有键按下，则按顺序逐位查键值表，看接口状态是否与键值表中某位键值相同，其中 R2 的值为查表指针，它的初值为 0，意味着查表是从首位开始的，并且每比较完一位不相等时，指针 R2 值就会加 1 后继续往后查，当查到当前值与表中某位键值相等时，则停止查表并将当前 R2 的值作为键码（0～7 其中一位）暂存到 BCJM 中后返回；如果查完键值表中所有键值（8 位）都找不到与当前值相等的键值，说明是多键同时按下，当做无效处理而返回。当然也可以在键值表中设置具有特殊意义的多键值。就这样通过查询输入状态并与预先编好的键值表中的每一位键值进行比较，从而得知是哪位键按下，这种程序称为查询式程序。

因此，键码其实就是键值在键值表中的相对位置。例如：键值"0FEH"在键值表中的相对位置是第"0"位，因此它的键码为"0"；键值"0BFH"在键值表中的相对位置是第"6"位，因此它的键码为"6"。

三、新指令剖析

1. 绝对转移指令 AJMP

AJMP addr11 ；PC←（PC）+2，PC 10～0←addr11

该指令是双字节指令，它的机器代码是由 11 位直接地址 addr11 和指令特有的操作码 00001 按下列分布组成的。转移范围可达 $2^{11} = 2$ KB。

A10	A9	A8	0	0	0	0	1	A7	A6	A5	A4	A3	A2	A1	A0
地址高 3 位			操作码					地址低 8 位							

该指令执行后，程序转移的目的地址是由 AJMP 指令所在位置的地址 PC 值加上该指令字节数 2，构成当前 PC 值。取当前 PC 值的高 5 位与指令中提供的 11 位直接地址形成转移的目的地址，由于 11 位地址的范围是 00000000000～11111111111，即 2 KB 范围，而目标地址的高 5 位是由 PC 当前值固定的，所以程序可转移的位置只能是和 PC 当前值同在的 2 KB 的范围之内。本指令转移可以向前也可以向后，指令执行后不影响状态标志位。

2. 绝对调用指令 ACALL

ACALL addr11 ；PC←（PC）+2

   ；SP←（SP）+1，（（SP））←（PC 7～0）

   ；SP←（SP）+1，（（SP））←（PC 15～8）

; PC 10~0← addr11

ACALL 与 AJMP 一样提供 11 位目的地址。由于该指令为两字节指令，所以执行该指令时（PC）+2→PC 以获得下一条指令的地址，并把该地址压入堆栈作为返回地址。该指令可寻址 2 KB，且只能在与 PC 同一 2 KB 的范围内调用子程序。

3. 比较不相等转移指令 CJNE

其功能为比较两个字节中的值，若两个字节中的值不相等，则转移。

CJNE A，#data，rel

CJNE A，direct，rel

CJNE @Ri，#data，rel

CJNE Rn，#data，rel

该类指令具有比较和判断双重功能，比较的本质是做减法运算，用第一操作数内容减去第二操作数内容，但差值不回存。转移目的地址为（PC）+3+rel。

若第一操作数内容小于第二操作数内容，则（C）=1，否则（C）=0。

该类指令可产生 3 个分支程序：即相等分支、大于分支、小于分支。

练　习

1. 什么是键盘的抖动现象？抖动时间约多久？可采用哪些方法来消除抖动现象？

2. 何谓查询式子程序？

3. 什么是键值？什么是键码？键码有何作用？

4. 在 MCS-51 中，查表时的数据表格是存放在_____存储器中的。

5. 用于查表的指令有_____和_____两条指令。

6. 抖动可分为_____抖动和_____抖动。

7. 消除抖动的措施有_____和_____两种。

8. 假定累加器 A 的内容为 60H，执行指令"1000H：MOVC A，@A+PC"后，是将程序存储器_____单元的内容送累加器 A 中。

9. 设 DPTR 的内容为 6260H，累加器 A 的内容为 80H，执行指令"MOVC A，@A+DPTR"后，送入 A 的是程序存储器_____单元的内容。

任务 2　简易键盘输入及键码的动态扫描显示

学习目标

1. 进一步熟悉简易键盘电路的组成、工作原理、键值和键码的概念。

2. 掌握键码的动态扫描显示输出方法与要领。

工作任务

采用动态显示电路的 6 位数码管中的其中一位来显示单片机从 8 位简易键盘输入数据而

转换成的键码，即当按下"KEY0～KEY7"中的其中一位时，显示电路将显示相应的"0～7"的字符。

实践操作

一、硬件电路

在本课题任务 1 图 5—1—1 的基础上增加动态显示电路，如图 5—1—8 所示。

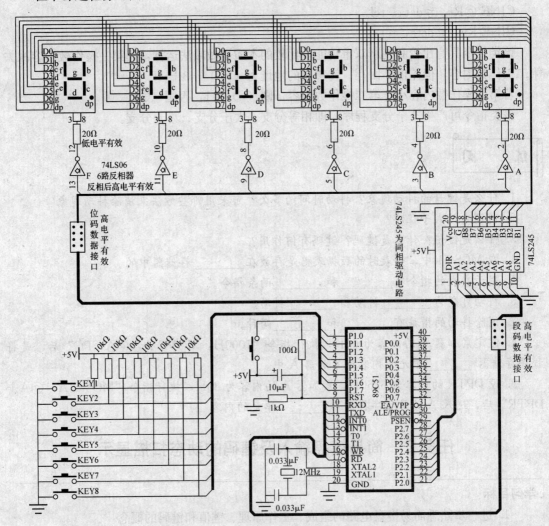

图 5—1—8　由 8 位简易键盘控制单片机最小应用系统 P1 口的动态显示电路原理图

二、软件设计

1. 控制流程图

如图 5—1—9 所示为简易键盘键码动态扫描显示控制主程序流程图。

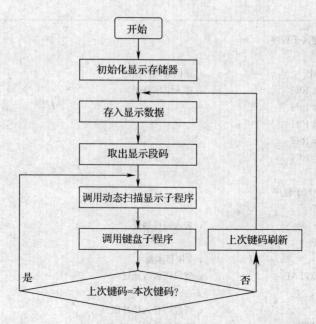

图 5—1—9 简易键盘键码动态扫描显示控制主程序流程图

2. 参考源程序

(1) 主程序

```
; ---------- 主程序
      DBUF EQU 30H              ; 置段码相对偏移量存储区首地址
      TEMP EQU 40H              ; 置段码暂存区（缓冲区）首地址
      SCJM EQU 48H              ; 上次键码寄存器
      BCJM EQU 49H              ; 本次键码寄存器
      DIN BIT 0B0H              ; 置 P3.0 为位码输出端
      CLK BIT 0B1H
      ORG 0000H
      MOV SCJM, #10H            ; 初始显示空字符
      MOV BCJM, #10H            ; 初始显示空字符
START:
      ACALL CRSJ                ; 将键码作为待显示数据装入存储区
      ACALL QDM                 ; 调用取段码子程序
CHAXUN:                        ; 此位置与串行静态显示不同
      ACALL DISP                ; 调用动态扫描显示段码输出子程序
      ACALL KEY                 ; 调用键盘子程序
      MOV A, BCJM               ; 比较本次键码与上次键码
      CJNE A, SCJM, SHUAXIN
      AJMP CHAXUN
SHUAXIN:
      MOV SCJM, BCJM            ; 刷新键码数据
      AJMP START
```

(2) 部分子程序

```
;·········键码装入存储区子程序
CRSJ：
    MOV DBUF，SCJM                      ;键码装入存储区
    MOV DBUF＋1，＃10H                  ;存入空字符码
    MOV DBUF＋2，＃10H
    MOV DBUF＋3，＃10H
    MOV DBUF＋4，＃10H
    MOV DBUF＋5，＃10H
    RET
;·········取段码（6个）子程序
QDM：
    MOV R0，＃DBUF                      ;装入间接地址
    MOV R1，＃TEMP
    MOV R2，＃06H                       ;6位显示器
    MOV DPTR，＃SEGTAB                  ;置段码表首地址
QDM1：
    MOV A，@R0                          ;将段码存入缓冲区
    MOVC A，@A＋DPTR                    ;查表取段码
    MOV @R1，A                          ;存入暂存器
    INC R1                             ;缓冲区地址指针加1
    INC R0                             ;存储区地址指针加1
    DJNZ R2，QDM1                       ;判断是否取完6位段码
    RET
;·········动态扫描显示子程序
DISP：
    MOV R0，＃TEMP                      ;置缓冲区首地址为间接地址
    MOV R1，＃06H                       ;扫描次数6次
    MOV R2，＃01H                       ;决定数据动态显示方向（首位位码）
DP01：
    MOV A，@R0
    MOV P3，A                           ;段码P3口输出
    MOV A，R2                           ;取位码
    MOV P2，A                           ;位码P2口输出
    ACALL DELAY1ms                     ;调用延时（1 ms）
    MOV R2，A
    RL A                               ;位码左移准备显示下一位
    MOV R2，A                           ;保存新位码
    INC R0                             ;缓冲区地址指针加1
    DJNZ R1，DP01                       ;判断是否扫完6次
    RET
;·········延时子程序及段码表略
```

注：在输入程序时请在"END"前加上"KEY""CRSJ""QDM""DISP""DELAY（10ms）""DELAY1ms""SEG-TAB""KEYTAB"模块，无须按顺序排列。

三、软件仿真调试

1. 将程序输入到 KEIL51（uVision3）界面并编译源程序文件

将程序输入到 KEIL51（uVision3）界面并编译源程序文件，在"Output Window"窗口中显示"creating hex file from"sd" ..."和""sd" —0 Error（s），3 Warning（s）."分别示意已创建＊.HEX 文件和编译无误。

2. 仿真调试训练

启动调试，在内存视窗的地址栏中输入"D：00"打开 RAM 监控窗口，在内存视窗的地址栏中输入"00"打开 ROM 监控窗口，打开外围设备的 P1、P2 和 P3 监控窗口，如图 5—1—10 所示。

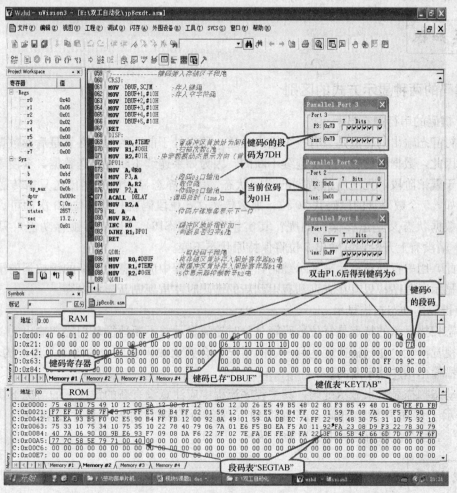

图 5—1—10　简易键盘查询式动态扫描显示程序仿真调试画面

（1）全速运行调试方法

单击"全速运行"按钮，然后双击 P1 口任意一位输入键盘信号，留意"BCJM""SCJM""DBUF""TEMP"等寄存器的数据以及动态扫描显示的位码输出口 P2 和段码输出口 P3 数据的变化。

（2）单步运行调试方法

单击"单步运行"按钮运行至"LCALL KEY"处，再单击"跟踪运行"按钮进入"KEY"子程序并单击一下 P1 口的任意一位（如 P1.6）使该位为低电平，然后连续单击

"单步运行"按钮直至"K03"处兜圈，再次单击一下刚才单击的输入位使该位恢复为高电平，继续单击"单步运行"按钮，留意观察程序流程以及各主要寄存器数据的变化情况。

按照同样的方法进入"DISP"动态扫描子程序中单步运行，并认真观察其关键数据的变化情况。

四、芯片烧写

方法与模块 2 课题 1 任务 1 相同。

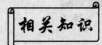

键码的两种显示方式的区别

1. 键码的串行静态显示

串行静态输出的特点是只有一个输出通道，所以处于前面的通道必然是后面数据的必经之路。因此，数据的传输是不能连续不断的，因为如果连续不断地传送数据，会使串行通道一直处于繁忙阶段，无法看清数据的瞬间状态。串行静态显示的数据传送只需传送一次即可，例如，5 个数码管的段码共 40 位，那么传送这 5 位段码就只需移位 40 次即可。而已经输出的数据状态又是怎样保持的呢？其实锁存器 74LS164 芯片就有锁存功能，只要它的"CLK"端没有上升沿，其输出 8 位将保持原状态不变。

因此，用串行静态显示来显示键码，其主程序流程中应注意没有新的键按下的情况下不要执行显示子程序；只有在查询到有得到新的键码时才重新刷新显示内容。

2. 键码的动态扫描显示

动态扫描显示的特点是每位数码管是分时轮流显示并不断地循环扫描式输出的，由于人眼睛的视觉惰性，在扫描速度达到一定的情况下会感觉数码管显示的图像是连续的。因此，动态扫描输出是连续不断的。

用动态扫描显示来显示键码，其主程序流程中应注意没有新的键按下的情况下要不停地执行显示子程序并输出键码；当查询到有得到新的键码输入时程序重新执行"CRSJ""QDM"子程序，刷新显示内容后循环执行"DISP"。

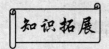

中断式键盘

键盘查询式工作方式是利用 CPU 在完成其他工作的空余，调用键盘扫描子程序来响应输入要求的，也就是说在执行其他功能程序时，CPU 不响应输入要求，这样可能导致 CPU 不能及时地处理键盘事务，因此，这种方式不合适，必须采用中断方式。中断方式即只有在键按下时，CPU 才执行键盘扫描，执行该键功能程序，它的电路是在行（或列）扫描键盘的基础上，每一列（或行）经过与门后，再送到 CPU 外部中断输入端 INT0（或 INT1）。中断式键盘如图 5—1—11 所示。

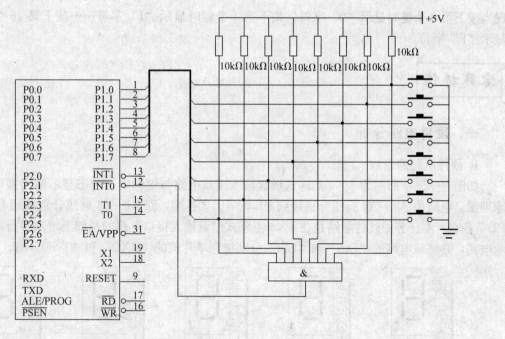

图 5—1—11　中断式键盘

1. 键码的动态扫描显示程序流程与串行静态显示程序流程有何区别？
2. 如何让 8 位键码由"0～7"变为"1～8"输出显示？（多种方法）

课题 2　4×4 点阵式键盘控制

任务 1　点阵式键盘输入及"0～F"键码的串行静态显示

学习目标

1. 了解简易键盘占用单片机 I/O 端口的缺点及点阵键盘的优越性。
2. 了解点阵键盘接口电路的组成及工作原理。
3. 掌握点阵键盘键码的读取方法，学会分析点阵键盘子程序。

工作任务

采用 4×4 点阵式键盘的 16 个键按从左至右、自上而下的顺序，由串行静态显示电路实

现当按下第 0 个键时显示"0"字符、按下第 1 个键时显示"1"字符……按下第 16 个键时
显示"F"字符。

实践操作

一、硬件电路分析

1. 硬件电路的组成

如图 5—2—1 所示为 4×4 点阵式键盘输入接口电路与键码串行静态显示输出接口电路
原理图。电路中 A1～A4 行线分别接到 P1.0～P1.3 各端，而 B1～B4 列线分别接到 P1.4～
P1.7 各端。本任务的硬件电路是在 4×4 点阵式键盘输入接口电路的基础上增加串行静态显
示电路，并将该电路的"Din"和"Clk"分别接到单片机的"RXD"和"TXD"端。

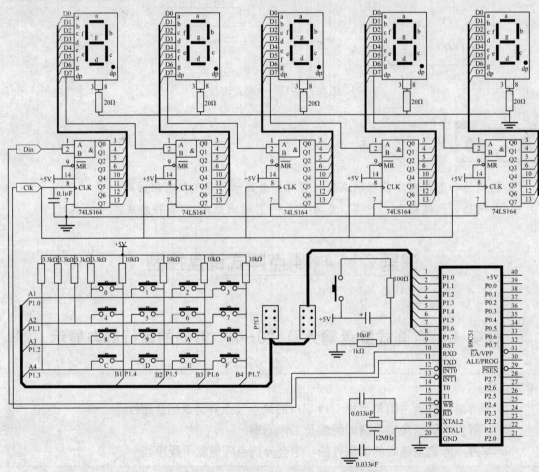

图 5—2—1　4×4 点阵式键盘输入接口电路与键码串行静态显示输出接口电路原理图

2. 硬件制作

按照图 5—2—1 所示电路进行硬件制作，可以采用万能电路板、面包电路板进行硬件电
路的制作，或直接使用实验电路板进行实验。

二、软件设计

1. 控制流程

如图 5—2—2 所示为 4×4 点阵式键盘程序控制流程图。

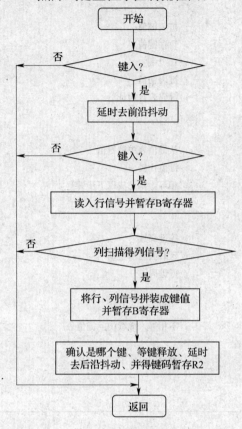

图 5—2—2　4×4 点阵式键盘程序控制流程图

2. 参考源程序

（1）键盘子程序（目的是要知道哪位键被按下）

```
; ┄┄┄┄┄ 4×4 点阵式键盘子程序
KEY:
    MOV P1, #0FH            ; A1～A4 输出"1"，B1～B4 输出"0"
    MOV A, P1
    CJNE A, #0FH, K11       ; 有键按下
K10:
    AJMP K16               ; 无键按下
K11:
    ACALL DELAY            ; 延时去前沿抖动
    MOV P1, #0FH
    MOV A, P1             ; 再读键盘状况
    CJNE A, #0FH, K12      ; 确有键按下
```

```
        SJMP K10
K12:
        MOV B, A                        ; 存行值
        MOV P1, ♯0F0H                   ; A1~A4 输出 "0", B1~B4 输出 "1"
        MOV A, P1
        ORL A, B                        ; 拼装键值
        MOV B, A                        ; 暂存键值
        MOV R1, ♯10H                    ; 16 个键
        MOV R2, ♯00H                    ; 键码初值
        MOV DPTR, ♯KEYTAB               ; 键码表首地址
K13:
        MOV A, R2
        MOVC A, @A+DPTR                 ; 从键值表中取键值
        CJNE A, B, K15                  ; 键值比较
        MOV P1, ♯0FH                    ; 相等, 则完成以下步骤
K14:
        MOV A, P1
        CJNE A, ♯0FH, K14               ; 等键释放
        ACALL DELAY                     ; 延时去后沿抖动
        MOV BCJM, R2                    ; 得键码
        AJMP K16
K15:
        INC R2                          ; 不相等, 继续访问键值表
        DJNZ R1, K13
        NOP                             ; 多键同时按下
K16:
        RET
```

（2）其余源程序

主程序以及在"END"前应加上的"CRSJ""QDM""DISP""DELAY（10 ms）""SEGTAB"子程序模块与本模块课题 1 任务 1 的相同。"KEY""KEYTAB"模块采用本任务提供的程序。

三、软件仿真调试

调试的方法与本模块课题 1 任务 1 相同，但因 4×4 点阵式键盘在 KEIL51 画面上很难实现行与列短路的效果，因此在调试过程中，可结合使用单步运行和跟踪运行并灵活地在关键步输入正确的键状态，从而实现键值输入。例如：在"KEY"子程序中执行完第一步后，在 P1 监控窗口单击一下 P1.2 使该位为"0"，再往后执行将得行码"0BH（1011B）"；当执行完暂存行码后的"MOV P1, ♯0F0H"时，在 P1 监控窗口单击一下 P1.5 使该位为"0"，再往后执行将得列码"0D0H（1101B）"；跟着将会得键码"0DBH"并进入"K14"处等键释放，此时将 P1 口所有位置"1"后程序将返回主程序。

四、芯片烧写

方法与模块2课题1任务1相同。

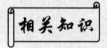

一、4×4点阵式键盘状态输入方法

1. 判断是哪列的键被按下

要知道是哪列的键被按下的方法是输出数据"0F0H"，让键盘的4列为高电平，4行为低电平，因为按键将被按下的行和列短路，迫使被按下列为低电平（0）。如图5—2—3a所示为第3列的键被按下，此时再读取P1口的状态字就不再等于"0F0H"，而是等于"0B0H（1011B）"。同理，若是第1、2、4列的键被按下，读取P1口的状态字就分别等于"0E0H（1110B）""0D0H（1101B）""70H（0111B）"，因此，这里键被按下时读取P1口的状态字"0E0H""0D0H""0B0H""70H"分别代表第1～4列键被按下的值，定义它为列值。

2. 判断是哪行的键被按下

要知道是哪行的键被按下的方法与判断哪列键被按下的方法类似。输出数据"0FH"让键盘的4列为低电平，4行为高电平，因为按键将被按下的行和列短路，迫使被按下行为低电平（0）。如图5—2—3b所示为第3行的键被按下，此时再读取P1口的状态字就不再等于"0FH"，而是等于"0BH"。因此，这里键被按下时读取P1口的状态字"0EH""0DH""0BH""07H"分别代表第1～4行键被按下的值，定义它为行值。

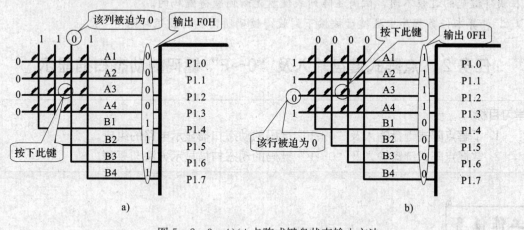

图5—2—3　4×4点阵式键盘状态输入方法

a）判断是哪列的键被按下　b）判断是哪行的键被按下

二、4×4点阵式键盘键值表编制

知道是哪行哪列的键被按下也就知道了具体是哪位被按下。将按图5—2—3所示方法定义的列码和行码拼装成代表键所在位置的数据——键值（见图5—2—4，为16位键所对应的键值），并将它们按照一定的顺序（从左至右，自上而下）排列在ROM中，就完成了键盘值表的编制。

```
KEYTAB:
DB 0EEH, 0DEH, 0BEH, 7EH
DB 0EDH, 0DDH, 0BDH, 7DH
DB 0EBH, 0DBH, 0BBH, 7BH
DB 0E7H, 0D7H, 0B7H, 77H
```

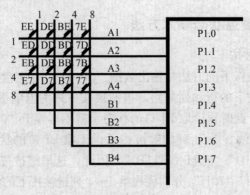

图5—2—4　4×4点阵式键盘的16位键值

1. 阵列式键盘与简易式键盘在硬件方面有何区别？已知它们在软件方面的区别主要体现在获得键码的过程不同，试简述阵列式键盘是如何获得键码的。

2. 计算本任务程序中从键盘被按下到获得键码所需要的最短时间？

任务2　点阵式键盘输入及"0～F"键码的动态扫描显示

学习目标

1. 了解点阵式键盘输入及"0～F"键码的动态扫描显示电路的组成。
2. 掌握点阵式键盘输入及"0～F"键码的动态扫描显示方法与要领。

工作任务

采用4×4点阵式键盘的16个键按从左至右、自上而下的顺序，由动态扫描显示电路实现当按下第0个键时显示"0"字符、按下第1个键时显示"1"字符……按下第16个键时显示"F"字符。

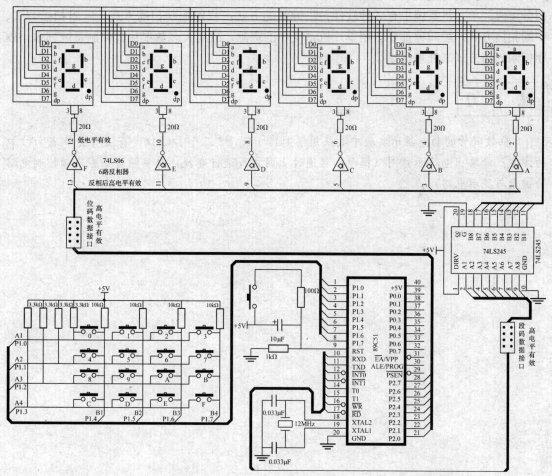

实践操作

一、硬件电路

如图 5—2—5 所示为 4×4 点阵式键盘输入接口电路与键码动态扫描显示输出接口电路原理图。电路中 A1～A4 行线分别接到 P1.0～P1.3 各端，而 B1～B4 列线分别接到 P1.4～P1.7 各端。键盘接口占用 P1 口，动态扫描显示输出的位码接口占用 P2 口，段码接口占用 P3 口。

图 5—2—5   4×4 点阵式键盘输入接口电路与键码动态扫描显示输出接口电路原理图

二、软件设计

本任务的主程序、存入数据子程序、显示子程序、去抖动延时子程序与本模块课题 1 任务 2 中的对应程序相同，只是键值表、段码表、键盘子程序有所不同，请读者自行编制。

其调试方法也与本模块课题 1 任务 2 一样，在此不再叙述。

　　键盘是由若干个按键组成的开关矩阵，它是最简单的单片机输入设备，通过键盘输入数据或命令，可实现简单的人机对话。在各种数字控制系统中，大多数都是用键盘和 LED 作为人机交互界面。键盘一般分为编码和非编码两种。编码方式的键盘要使用专门的硬件来识别按键系统，比较复杂且占用较多的硬件资源。实际应用中编码方式的键盘使用得越来越少，大多数系统都采用非编码键盘，并用软件的方式对键盘进行扫描处理。如 IBM 系列个人微型计算机的键盘就属于非编码类型。微机键盘主要由单片机、译码器和键开关矩阵三大部分组成。单片机系统中有 3 种软件扫描键盘的方法：程序控制扫描方式、定时扫描方式、中断扫描方式。后两种都要占用单片机系统中的资源，故而大多数单片机控制系统都采用程序控制扫描方式来处理键盘。

练　习

　　6 位数码管的动态显示实验中共采用了 P0、P1、P2 三个 I/O 口，有没有更节省 I/O 口的方案？请给出电路示意图（提示：可通过上网方式进行查找，并参照诸如密码锁控制电路的键盘与显示电路）。

模块 6

综合应用

课题 1 | 音乐播放控制

任务 1 单一音频输出控制

学习目标

1. 了解单片机控制的两种简易型音频电路（扬声器输出电路和蜂鸣器输出电路）的组成以及音频规律。

2. 熟悉 AT89C2051 单片机最小应用系统的组成。

3. 掌握基于单片机输出音频信号的控制方法。

工作任务

控制如图 6—1—1 所示的音乐播放电路中的 P3.7 的状态不断地按音频频率（20 Hz～20 kHz）轮流输出高电平和低电平（或取反），即可驱动蜂鸣器发出单一频率的声音。

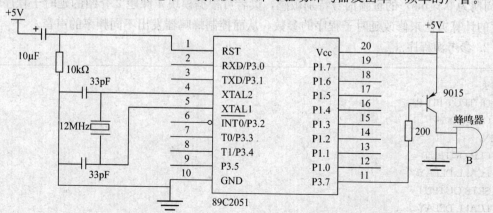

图 6—1—1 由 AT89C2051 单片机控制的音乐播放电路

一、准备工作

1. 器材和软件

计算机1台、电子工具1套和 KEIL51 软件。

2. 单元电路和电子元件

AT89C2051 单片机最小应用系统模板1块，9015 三极管1只，200 Ω 电阻器1只，1 W 蜂鸣器1只，万能电路板1块。

3. 辅助材料

松香、焊锡若干，5 V 直流电源1个。

二、硬件电路

1. 硬件电路的组成

如图 6—1—1 所示为由 AT89C2051 单片机控制的音乐播放电路。因本任务只需要1位 I/O，故选用了 I/O 较少的 AT89C2051 单片机作为控制核心，电路较为简单，只需将 AT89C2051 单片机接成最小应用系统，输出电路由三极管 9013 驱动1个1 W 的交流蜂鸣器（注：切勿当成小扬声器）。

2. 硬件电路的制作

按图 6—1—1 所示电路将完整的电路焊接好。

三、软件设计

1. 控制方法

要实现单一音频输出，关键是通过控制延时子程序"DELAY"的时间长度来实现频率的控制。必须要注意的是这个时间长度是音频信号的半周期（25 μs～25 ms），可通过计算该时间长度来控制音频信号的范围，只有这样蜂鸣器才能发出声音。其实人的耳朵对 1 kHz（半周期为 0.5 ms）的音频信号特别敏感，读者可根据模块4课题2介绍的延时子程序时间长度的计算方法来修改延时子程序的参数，从而控制蜂鸣器发出不同频率的声音。

2. 参考源程序

```
;方法一
    OUTPUT BIT P3.7
    ORG 0000H
MAIN:
    CLR OUTPUT
    LCALL DELAY
    SETB OUTPUT
    LCALL DELAY
    LJMP MAIN
```

```
DELAY:                        ; 0.5 ms 子程序（当 f_osc=12 MHz 时输出 1 kHz 音频）
    MOV R6, #10
A1:
    MOV R7, #25
    DJNZ R7, $
    DJNZ R6, A1
    RET
    END
; 方法二
    OUTPUT BIT P3.7
    ORG 0000H
MAIN:
    CPL OUTPUT
    LCALL DELAY
    LJMP MAIN
    DELAY:                    ; 同方法一
    ……
    END
```

四、调试与芯片烧写

调试方法与模块 2 课题 1 的方法相同；芯片烧写方法与模块 2 课题 1 的方法相似，不同之处为本任务所用单片机为 AT89C2051，因此，在烧写前必须先了解清楚烧录器的正确使用方法，其次是在烧写窗口中单片机型号选择为 AT89C2051。

真正的效果还需将烧写好的单片机安装到电路中并通电才能体现出来。

相关知识

一、AT89C2051 单片机简介

AT89C2051 单片机是与 MCS-51 系列兼容的一种高性能单片机。它只有 20 只引脚（其中 I/O 引脚只有 15 只）、具有 2 KB 的片内 ROM、128 字节的片内 RAM 和 8 个辅助寄存器。在不附加任何外围电路的情况下就能实现大部分复杂的逻辑控制功能。对于 I/O 端口数不多、程序容量较小的项目，使用 AT89C2051 单片机是高性价比的选择。

二、蜂鸣器与扬声器的区别

1. 蜂鸣器

蜂鸣器（buzzer）顾名思义，能够发出像蜂鸣一样的声音。它是一个电声转换器件，是将电信号转换成声信号的一种电路元件，被广泛应用在各种电气设备中充当提示的作用。例如，洗衣机洗完衣服或微波炉加热完食物后会发出"嘀嘀"的声音，这就是蜂鸣器发出的。蜂鸣器有 3 V、6 V、12 V 等多种规格，它的工作方式很简单，只要在两根引脚上接上工作电压即可发出具有一定频率的"嘀嘀"声。两根引脚有正负之分，一般工作电流为 25 mA，蜂鸣器有不同的尺寸，其内部是一个振荡器（一般频率在 400 Hz～3 kHz）。蜂鸣器的图形符号如图 6—1—1 中所示。

2. 扬声器

扬声器（speaker）又称喇叭，是一种十分常用的电声转换器件，在出声的电子电路中都离不开扬声器。扬声器在电子元器件中是一个最薄弱的器件，而对于音响效果而言，它又是一个最重要的器件。扬声器的种类繁多，而且价格相差很大。音频电能通过电磁、压电或静电效应，使其纸盆或膜片振动周围空气而造成音响。按换能机理和结构不同，扬声器分为动圈式（电动式）、电容式（静电式）、压电式（晶体或陶瓷）、电磁式（压簧式）、电离子式和气动式等，电动式扬声器具有电声性能好、结构牢固、成本低等优点，应用广泛。扬声器按声辐射材料可分为纸盆式、号筒式和膜片式；按纸盆形状可分为圆形、椭圆形、双纸盆和橡皮折环；按工作频率可分为低音、中音、高音，有的还分成录音机专用、电视机专用、普通和高保真扬声器等；按音圈阻抗可分为低阻抗和高阻抗；按效果可分为直辐和环绕声等。

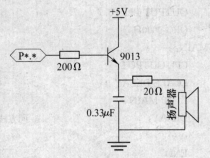

图 6—1—2　扬声器输出接口电路

本任务音频输出电路如采用扬声器输出电路可将电路中蜂鸣器输出电路改为如图 6—1—2 所示电路即可。

练　习

1. 单片机输出方波的原理是定时地对输出位状态_____，而这里的"定时"是通过_____程序来实现的。音频的频率范围是_____，因此"定时"的时间长度范围是_____。

2. 扬声器与蜂鸣器有何区别？

任务 2　音乐播放的控制

学习目标

1. 了解音调与节拍的基本知识。
2. 熟悉本任务中源程序的工作原理。
3. 掌握调拍表的编制方法并学会利用本任务程序实现任意曲谱的播放。

工作任务

任务 1 是驱动蜂鸣器发出单一频率的声音，而本任务的控制要求是控制音频电路播放音乐（如《紫竹调》等）。

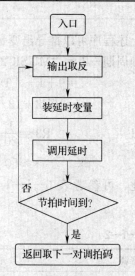

实践操作

一、软件设计

1. 程序设计方案

要实现音乐的播放，就是要定期输出不同频率的音频信号。"频率"就是音乐里的音调（见表6—1—1），而"定期"就是指每个音调所播放的时间长度，即节拍，本任务按500 ms/拍计算。

（1）音调控制

表6—1—1 音调与频率对照表

音调	1·	2·	3·	4·	5·	6·	7·
频率（Hz）	262	294	330	349	392	440	494
音调	1	2	3	4	5	6	7
频率（Hz）	523	587	659	698	784	880	988
音调	1·	2·	3·	4·	5·	6·	7·
频率（Hz）	1046	1175	1318	1397	1568	1760	1967

通过调用由工作寄存器控制的延时子程序，定时地取反输出端的状态，并在调用前采用调值表中取出的调值作为延时子程序中的其中一个变量值来实现。这样由表中取出不同的调值就可实现不同长度的延时，从而控制输出端输出不同频率的音频信号。

（2）节拍控制

首先是设置一个10 ms的定时中断来控制计数单元加1的任务，并从节拍值表中取出节拍值与计数单元的当前数值相比较，当计数单元还未增加到所取节拍值时，一直在循环执行原调值输出程序，直到计数单元增加到所取节拍值才跳出循环圈开始取下一个调值和节拍值。

（3）音调与节拍的控制程序

如图6—1—3所示为音调与节拍的控制流程图。

图6—1—3 音调与节拍的控制流程图

音调与节拍的控制方法是在调用该子程序前必须取出2个变量：音调变量和节拍变量（这里称之为调值和节拍值）。因此，该子程序的作用是控制以多少频率（音调）播放多长时间（节拍），每调用一次则播放1个调子。

音调与节拍控制的源程序如下：

```
；…………在执行该程序前，R6 和 R7 存放的分别是调值和节拍值
MUSIC：                          ；调值播放程序
```

```
        NOP
        CPL P3. 7                    ；输出位状态取反
        MOV A，R6
        MOV R3，A                    ；调值存入变量寄存器 R3
        LCALL DEL                    ；调用可变延时子程序
        MOV A，R7                    ；取出节拍值
        CJNE A，20H，MUSIC           ；节拍时间未到，则继续循环
        MOV 20H，＃00H               ；节拍时间到，则计数器清 0 后取下一代码
        INC DPTR                     ；指针加 1，取下一个调值
        RET
；…………可变延时子程序，调用前将从表中取出的调值放入 R3
DEL：                    机器周期数    执行时间（fosc＝12 MHz）
        NOP              ；   1              1 μs
DEL3：
        MOV R4，＃02H     ；   1              1 μs
DEL4：
        NOP              ；   1              1 μs
        DJNZ R4，DEL4    ；   2              2 μs
        NOP              ；   1              1 μs
        DJNZ R3，DEL3    ；   2              2 μs
        RET             ；   2              2 μs
```

从上述程序可以推导出变量 R3 的计算公式为：

音频周期$\div 2$＝"MUSIC2"子程序时间＋"DEL"子程序时间

$$=9+1+\ [1+1+\ (2+1)\ \times 2+2]\ \times R3+2\ (\mu s)$$

$$=10R3+12\ (\mu s)$$

所以 $\qquad R3=\dfrac{1}{20}\ (\dfrac{10^6}{f}-24)$

$$\approx 50\ 000\div f-1\ （注：此\ f\ 为音调对应频率）$$

因此，可参考表 6—1—1 中各音调的频率根据上式求得音调—调值对照表（见表 6—1—2）。

表 6—1—2 音调—调值对照表

音调	1 •	2 •	3 •	4 •	5 •	6 •	7 •
频率（Hz）	262	294	330	349	392	440	494
调值（R3）	190	169	151	143	127	113	100
音调	1	2	3	4	5	6	7
频率（Hz）	523	587	659	698	784	880	988
调值（R3）	95	84	75	71	63	56	50
音调	1̇	2̇	3̇	4̇	5̇	6̇	7̇
频率（Hz）	1 046	1 175	1 318	1 397	1 568	1 760	1 967
调值（R3）	47	42	37	35	31	28	25

（4）节拍值的确定

节拍实质是每个音调持续播放的时间。程序是通过"MOV A，R7""CJNE A，20H，MUSIC2"来控制的，其中 R7 中的内容是从节拍值表中取出的节拍值，而计数器 20H 是由 10 ms 定时中断控制的每中断一次自动加 1 的计数单元。因此，

$$节拍值＝节拍时间÷10 ms$$

例如：若每拍的时值（即节拍时间）为 500 ms，则 1 拍的节拍值＝50、1/2 拍的节拍值＝25、1/4 拍的节拍值＝13……

常规的歌谱时值计算法如图 6—1—4 所示。

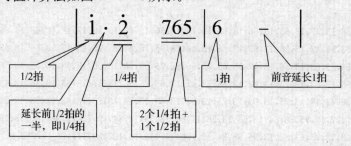

图 6—1—4　常规的歌谱时值计算法

（5）调拍表

本项目设计中每个调值后面紧跟本调的节拍值并按歌谱编制成调拍表，也就是说调值与节拍值是成对出现在调拍表中的。但有 2 个特殊码，一个是"00H"，它是音乐结束符，其作用是结束音乐进程并延时 1 s 后又从头开始；另一个是"0FFH"，它是休止符，在设计中每个"0FFH"可实现 100 ms 的休止，如要实现 1 拍的休止，就得连续摆放 4 个这样的休止符。下面是《紫竹调》的歌谱和根据本控制程序编制的调拍表（十进制）：

紫 竹 调

```
‖6561  5653 │6561  5653 │2351  6532 │1.      2 │3  i  65│

│3235  6561 │5.        6 │3. 5  6536 │5.     56 │165  3561│

│5.       61 │56  5  12 │6561  3532 │5235  6235 │1.     65│

│1. 2  5653 │2316  2 │351  6532 │1. 2  765 │6.  56│

│1612  5653 │2316  2 │351  6532 │1. 2  765 │6  —  :‖

│i. 2  765 │6  —  ‖
```

DAT1：		；《紫竹调》的调拍表
		；第 1 节
DB	**56**,13,63,13,56,13,47,13,63,13,56,13,63,13,75,13,**56**,13,63,13,56,13,47,13,63,13,56,13,63,13,75,13	

```
DB  84,13,75,13,63,13,47,13,56,13,63,13,75,13,84,13,95,75,84,25,75,25,47,50,56,13,63,13,75,13,84,13
DB  75,13,63,13,56,13,63,13,56,13,47,13,63,75,56,25,75,38,63,13,56,13,63,13,75,13,56,13,63,75,63,13
DB  56,13,47,25,56,13,63,13,75,13,63,13,56,13,47,13,63,75,56,13,47,13,63,13,56,13,63,50,47,13,42,13
DB  56,13,63,13,56,13,47,13,75,13,63,13,75,13,84,13,63,13,84,13,75,13,63,13,56,13,84,13,75,13,63,13
DB  95,75,113,13,127,13,95,38,84,13,63,13,56,13,63,13,75,13,84,13,75,13,95,13,113,13,84,50,75,25,63,13
DB  47,13,56,13,63,13,75,13,84,13,95,38,84,13,100,13,113,13,127,25,113,75 127,13,113,13,95,13,113,13,
DB  95,13,84,13,63,13,56,13,63,13,75,13,84,13,75,13,95,13,113,13,84,50,75,25,63,13,47,13,56,13,63,13
DB  75,13,84,13,95,38,84,13,100,13,113,13,127,25,113,100
DB  0FFH,0FFH,0FFH,0FFH,0FFH,0FFH,0FFH,0FFH,0FFH,0FFH     ;节间休止 1 s(每个"0FFH"＝100 ms)
                                                        ;第 2 节
DB  56,13,63,13,56,13,47,13,63,13,56,13,63,13,75,13,56,13,63,13,56,13,47,13,63,13,56,13,63,13,75,13
DB  84,13,75,13,63,13,47,13,56,13,63,13,75,13,84,13,95,75,84,25,75,25,47,50,56,13,63,13,75,13,84,13
DB  75,13,63,13,56,13,63,13,56,13,47,13,63,75,56,25,75,38,63,13,56,13,63,13,75,13,56,13,63,75,63,13
DB  56,13,47,25,56,13,63,13,75,13,63,13,56,13,47,13,63,75,56,13,47,13,63,13,56,13,63,50,47,13,42,13
DB  56,13,63,13,56,13,47,13,75,13,63,13,75,13,84,13,63,13,84,13,75,13,63,13,56,13,84,13,75,13,63,13
DB  95,75,113,13,127,13,95,38,84,13,63,13,56,13,63,13,75,13,84,13,75,13,95,13,113,13,84,50,75,25,63,13
DB  47,13,56,13,63,13,75,13,84,13,95,38,84,13,100,13,113,13,127,25,113,75 127,13,113,13,95,13,113,13
DB  95,13,84,13,63,13,56,13,63,13,75,13,84,13,75,13,95,13,113,13,84,50,75,25,63,13,47,13,56,13,63,13
DB, 75,13,84,13,47,38,42,13,50,13,56,13,63,25,56,100
DB  0FFH,0FFH,0FFH,0FFH,0FFH,0FFH,0FFH,0FFH,0FFH,0FFH
DB  00   ;音乐结束,暂停后重新播放
```

注意：休止符在歌谱中以"0""0̲""0̳"等形式，分别代表 1 拍、1/2 拍、1/4 拍的休止。当然也可以根据需要，在节与节间加适当的休止，每个"0FFH"在程序中可实现 100 ms 的休止，休止符"0FFH"后面无须跟节拍值。

2. 程序模块

（1）ROM 引导区与主程序

```
        ORG 0000H
        LJMP START              ; 跳至主程序区
        ORG 000BH               ; 定时中断 0 入口
        LJMP DSZD               ; 跳至定时中断服务程序区
        ORG 0030H               ; 常规程序存储区
START:
        MOV SP, #50H            ; 设置栈底指针
        MOV TH0, #0D8H          ; 10 ms 定时初值（55536＝D8F0H）
        MOV TL0, #0F0H
        MOV TMOD, #01H          ; 设置定时器 T0 方式 1
        MOV IE, #82H            ; 打开定时中断
LOOP:
        MOV DPTR, #DAT1         ;《紫竹调》表头地址送 DPTR
MUSIC0:
        NOP
        CLR A
```

```
        MOVC A，@A+DPTR              ；查表取代码（调值、休止符或结束符）
        JNZ MUSIC1                  ；是 00H，则结束
        LCALL END0                  ；调用结束子程序（1 s 后重播放）
        LJMP LOOP                   ；从头重播放
MUSIC1：
        CJNE A，#0FFH，MUSIC2        ；是否休止符？
        LCALL XZ100                 ；休止 100 ms
        LJMP MUSIC0                 ；取下一个代码
MUSIC2：
        NOP                         ；如 R6≠00 且 R6≠0FFH，继续取节拍码
        MOV R6，A
        INC DPTR
        CLR A
        MOVC A，@A+DPTR              ；取节拍代码
        MOV R7，A                   ；节拍码送 R7
        SETB TR0                    ；启动计数
        LCALL MUSIC                 ；调用调值播放程序
        LJMP MUSIC0                 ；继续取调值
```

如图 6—1—5 所示为音乐播放主程序流程图。

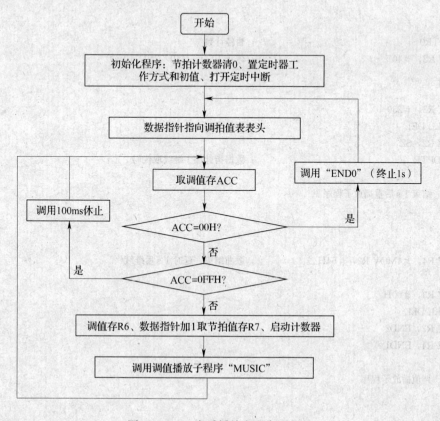

图 6—1—5　音乐播放主程序流程图

（2）子程序模块

如图 6—1—6 所示为 10 ms 定时中断服务子程序流程图。

图 6—1—6　10 ms 定时中断服务子程序流程图

```
; ………… 10 ms 定时中断子程序
DSZD：
    INC 20H                          ；中断服务，中断计数器加 1
    MOV TH0，#0D8H                    ；重置定时初值
    MOV TL0，#0F0H                    ；12 MHz 晶振，形成 10 ms 中断
    RETI
; ………… 100 ms 休止子程序
XZ100：
    NOP
    CLR TR0                          ；暂停计数
    MOV R2，#40                       ；休止 100 ms（40×250×10 μs）
SZ：
    NOP
    MOV R3，#250
    LCALL DEL                        ；10×R3（μs）
    DJNZ R2，SZ
    INC DPTR                         ；数据指针加 1 继续取代码
    RET
; ………… 结束 1 s 后重播放子程序
END0：
    NOP
END1：
    MOV R4，#4MOV R2，#64H            ；歌曲结束，延时 1 s 后继续
END2：
    MOV R3，#00H
    LCALL DEL
    DJNZ R2，END2
    DJNZ R4，END1
    RET
; ………… 调值播放子程序
MUSIC：
    NOP
    CPL P3.7                         ；输出位状态取反
```

```
        MOV A, R6
        MOV R3, A                       ;调值存入变量寄存器 R3
        LCALL DEL                       ;调用可变延时子程序
        MOV A, R7                       ;取出节拍值
        CJNE A, 20H, MUSIC              ;中断计数器（20H）=（R7）否? 不等，则继续循环
        MOV 20H, #00H                   ;等于，则计数器清 0 后取下一代码
        INC DPTR                        ;指针加 1
        LJMP MUSIC1                     ;取下一个调值
RET
        ;··········可变延时子程序
DEL:
        NOP
DEL3:
        MOV R4, #02H
DEL4:
        NOP
        DJNZ R4, DEL4
        NOP
        DJNZ R3, DEL3
        RET
```

注：本任务的程序模块包括主程序、10 ms 定时中断子程序、100 ms 休止子程序、结束 1 s 后重播放子程序、调值播放子程序、可变延时子程序、调拍表。在程序输入时应将这些程序模块全部写入。

本任务中所有程序的摆放顺序为：引导区→主程序→各子程序→调拍值表→END，这样即可构成一个完整的音乐播放程序。如要实现播放其他歌曲的要求，只需要根据调值和节拍值的编码原理，对歌谱进行重新编码后并按以上规律组成新的调拍值表，替代原调拍值表即可。

二、调试与芯片烧写

与本课题任务 1 相同。

相关知识

空操作指令 NOP

1. 指令功能

NOP   ;PC←（PC）+1

空操作指令是一条单字节单周期指令。它控制 CPU 不做任何操作，仅仅是消耗这条指令执行所需要的一个机器周期的时间，不影响任何标志，故称为空操作指令。

2. 指令作用

由于执行一次该指令需要一个机器周期，所以常在程序中加上几条 NOP 指令用于设计延时程序，拼凑精确延时时间或产生程序等待等。

同时，NOP 指令的使用也是指令冗余技术的一种重要方式。通常是在一些对程序流向控制起重要作用的指令前插入两条 NOP 指令，这些重要指令有 RET、RETI、ACALL、LCALL、SJMP、LJMP、AJMP、JB、JNB、JBC、JC、JZ、JNZ、DJNZ、CJNE 等。有时在对系统至关重要的指令（如 SETB EA 等）前插入两条 NOP 指令，以保证偏离的程序迅速纳入轨道，确保这些指令正确执行。

一、单片机应用系统电路和直流继电器的一些特点

1. 单片机应用系统的时钟信号是由外接时钟电路产生的，时钟电路中的晶振工作于高频状态，容易受干扰。

2. 输出端口的驱动负载能力较差，不适宜直接驱动有源或感性负载。

3. 直流继电器属于感性负载，它在通电和断电瞬间将伴随自感现象而产生干扰脉冲。

二、解决问题的对策

根据上述单片机容易受干扰和直流继电器的干扰性，可以采用电气隔离法将单片机应用系统电路与其所驱动的直流继电器回路隔离开来，通常是采用光电隔离法。如图 6—1—7 所示电路中采用光电耦合的方法将单片机应用系统电路与直流继电器控制电路在电气方面隔离开来，而控制信号是以电→光→电的方式来达到两级电路之间的耦合的。

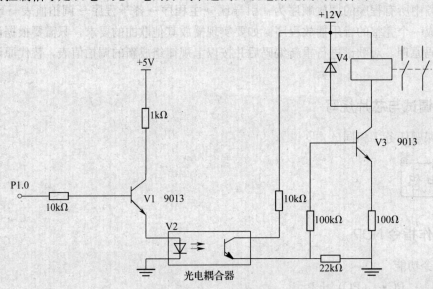

图 6—1—7　单片机对直流继电器的控制电路图

该电路的工作原理是：当单片机位输出口 P1.0 为高电平时→V1 将饱和导通→光电耦合器的发光二极管发光→V2 的输出光电三极管导通→V3 饱和导通→直流继电器吸合；当单片机位输出口 P1.0 为低电平时→V1 截止→光电耦合器的发光二极管不发光→V2 的输出光电三极管截止→V3 截止→直流继电器处于常态。

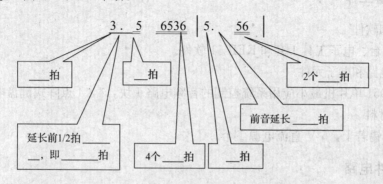

练 习

1. 在音乐播放程序中取出来的曲调值是在持续时间段反复使用的，因此，在音乐播放过程中_____（可或不可）直接对存放曲调值的寄存器操作，而是每次控制输出取反时，都要复制一下曲调值。

2. 在音乐播放程序的定时中断服务子程序中为什么没有重置定时初值的程序步？

3. 音乐播放程序的数据表的结构是每个调值后都跟着一个节拍值，即节拍值与调值是成对出现的，然而休止符"0FFH"和结束符"00H"是单独出现的，在程序中是如何处理的？

4. 单片机播放音乐的控制关键在于控制输出方波的频率和单一频率所持续的时间，这里所说的频率在歌谱里面称为_____，单一频率所持续的时间在歌谱里面称为_____。并在下图方框中填空：

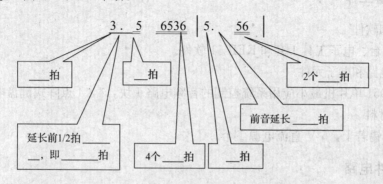

5. 用单片机控制直流继电器时，因直流继电器在通电和断电瞬间将产生_____，而单片机应用系统又是工作于_____状态下的，因此，单片机应用系统容易受到直流继电器的_____。故单片机应用系统对直流继电器控制时，常用的方法是_____。

课题2　基于单片机控制的电子琴

任务　基于单片机控制的 16 键电子琴

学习目标

1. 了解单片机控制的 16 键电子琴硬件电路的组成。
2. 熟悉键码与简谱码之间的关系。
3. 掌握基于单片机控制的 16 键电子琴控制源程序的编写。

如图 6—2—1 所示，16 个键按照自上而下、从左至右的顺序触发系统，输出 $\overset{3}{:}\sim\overset{\bullet}{\text{i}}$ 的 16 个音调的音频信号。键值由 P1 口输入，音频信号由 P3.7 输出。系统工作流程是：识别外部被按下键的键值→查询该键值在键值表中所在的相对位置（键码）→用相对位置从简谱表中取出相应的简谱码→用取出的简谱码去控制系统，输出相应的音频信号，直到键放松才停下来。

实践操作

一、准备工作

1. 器材和软件

计算机 1 台、电子工具 1 套和 KEIL51 软件。

2. 单元电路和电子元件

AT89C2051 单片机最小应用系统控制的音频电路 1 块，4×4 点阵式键盘电路 1 块。

3. 辅助材料

松香、焊锡若干，5 V 直流电源 1 个。

二、硬件电路

1. 硬件电路的组成

如图 6—2—1 所示为由 AT89C2051 单片机控制的 16 键电子琴控制电路，主要由单片机最小应用系统、4×4 点阵式键盘电路和音频输出电路组成。

2. 硬件电路的制作

按图 6—2—1 所示电路将完整的电路焊接好。

三、软件设计

1. 控制方法

（1）音频输出控制

音频输出是通过定时中断并每中断一次取反一次输出的方法来实现的，在此是采用控制 T0 工作于方式 1 来实现的。

（2）音调控制

当键盘子程序扫描到有键按下并得到 0～F 键码时，程序将取出一个与该键音调对应的 16 位数据作为定时器 T0 的计数初值，从而控制硬件电路输出相应音调的音频信号。

（3）简谱码的编制

本任务是利用定时器 T0 工作于方式 1（16 位计数器）的定时中断不断地对输出位取反而振荡产生音频信号。因此，中断的频率是音频频率的 1/2，从而可根据各音调的频率计算

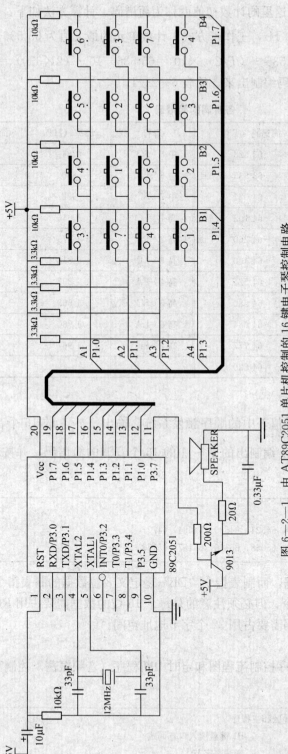

图 6—2—1 由 AT89C2051 单片机控制的 16 键电子琴控制电路

出 16 位（方式 1）计数初值，这里的计数初值就称为简谱码。计算方法如下：

已知"$\overset{\cdot}{3}$"的频率 $f＝330\ Hz$，工作于方式 1 计数单元的最大值为 65 536。则

简谱码（计数初值）$＝65\,536－（T/2）×10^6＝65\,536－10^6/（2×330）＝64\,021$

同理可将其他音调的简谱码编制出来，见表 6—2—1。

表 6—2—1　　　　　　　　　　各音调的简谱码

音符	频率（Hz）	简谱码（T 值）	音符	频率（Hz）	简谱码（T 值）
低 1　DO	262	63 628	中 5　SO	784	64 898
低 2　RE	294	63 835	中 6　LA	880	64 968
低 3　M	330	64 021	中 7　SI	988	65 030
低 4　FA	349	64 103	高 1　DO	1 046	65 058
低 5　SO	392	64 260	高 2　RE	1 175	65 110
低 6　LA	440	64 400	高 3　M	1 318	65 157
低 7　SI	494	64 524	高 4　FA	1 397	65 178
中 1　DO	523	64 580	高 5　SO	1 568	65 217
中 2　RE	587	64 684	高 6　LA	1 760	65 252
中 3　M	659	64 777	高 7　SI	1 967	65 283
中 4　FA	698	64 820			

（4）简谱码表的编制

根据 16 个键按照键值在键值表中的顺序触发系统，输出 $\overset{\cdot}{3}$ ～ $\underset{\cdot}{4}$ 的 16 个音调的音频信号的控制要求，以及表 6—2—1 编制出的 $\overset{\cdot}{3}$ ～ $\underset{\cdot}{4}$ 的 16 个音调的简谱码，并按 0～F 的顺序排列，即可得到简谱码表：

```
TONETABLE：
    DW 64021，64103，64260，64400，64524，64580，64684，64777
    DW 64820，64898，64968，65030，65058，65110，65157，65178
```

每个简谱码都是 16 位数据，而制表指令"DB"是定义 8 位数据的制表指令，若要对 16 位数据制表得使用"DW"指令，但必须注意的是每个 16 位的数据需要占用 ROM 的 2 个字节地址空间。因而 16 个简谱码需要占用 32 个字节地址空间。

2. 程序流程

如图 6—2—2 所示为主程序控制流程图和定时中断程序（音频振荡）控制流程图。

3. 源程序

```
; ············ RAM 分配定义、ROM 引导区和主程序
                         ; P1 键盘读入口查询式
TONEHIGH EQU 40H          ; 音调高字节
TONELOW EQU 41H           ; 音调低字节
SPEAKER BIT P3. 7         ; 输出口
ORG 0000H
```

```
        LJMP START
        ORG 000BH                           ; 定时器 T0 中断
        LJMP TIMER0INT
        ORG 0030H
START:                                      ; 主程序
        LCALL KEY                           ; 调用键盘子程序
        LCALL QTONEM                        ; 调用取简谱码子程序
        LCALL WAIT                          ; 等键释放
        LJMP START
; ············取简谱码子程序
QTONEM:                                     ; 根据键码取简谱码
        RL A                                ; 键码×2 为相对偏移量
        MOV B, A                            ; 键码×2 暂存 B
        MOV DPTR, #TONETABLE                ; 指针指向简谱码表头
        MOVC A, @A+DPTR                     ; 取出简谱码高字节
        MOV TONEHIGH, A                     ; 存简谱码高字节
        MOV TH0, A                          ; 简谱码高字节装入 TH0
        MOV A, B                            ; 再次取出键码×2 值
        INC A                               ; 键码×2 相对偏移量加 1
        MOVC A, @A+DPTR                     ; 取出简谱码低字节
        MOV TONELOW, A                      ; 存简谱码低字节
        MOV TL0, A                          ; 简谱码低字节装入 TL0
        SETB TR0                            ; 启动定时计数器 T0
        RET
TONETABLE:                                  ; 简谱码表
        DW 64021, 64103, 64260, 64400, 64524, 64580, 64684, 64777
        DW 64820, 64898, 64968, 65030, 65058, 65110, 65157, 65178
KEYTAB:
        DB 0EEH, 0DEH, 0BEH, 7EH
        DB 0EDH, 0DDH, 0BDH, 7DH
        DB 0EBH, 0DBH, 0BBH, 7BH
        DB 0E7H, 0D7H, 0B7H, 77H
; ············定时中断子程序
TIMER0INT:                                  ; 定时中断
        PUSH PSW                            ; 保护现场
        CLR TR0                             ; 暂时关闭 T0
        MOV TH0, TONEHIGH                   ; 重装计数初值
        MOV TL0, TONELOW
        SETB TR0                            ; 打开 T0
        CPL SPEAKER                         ; 取反输出
        POP PSW                             ; 恢复现场
        RETI
; ············等键释放子程序
WAIT:
        MOV P1, #0FH                        ; 相等, 则完成以下步骤
KEYUP:
```

```
    MOV A, P1
    CJNE A, #0FH, KEYUP                     ; 等键释放
    ACALL DELAY                             ; 延时去后沿抖动
    RET
; ……… 10 ms 延时子程序
DELAY:
    MOV R4, #20
DEL1:
    MOV R5, #250
    DJNZ R5, $
    DJNZ R4, DEL1
    RET
; ……… 4×4 点阵式键盘子程序
KEY:
    MOV P1, #0FH                            ; A1~A4 输出 "1"，B1~B4 输出 "0"
    MOV A, P1
    CJNE A, #0FH, K11                       ; 有键按下
K10:
    AJMP K16                                ; 无键按下
K11:
    ACALL DELAY                             ; 延时去前沿抖动
    MOV P1, #0FH
    MOV A, P1                               ; 再读键盘状况
    CJNE A, #0FH, K12                       ; 确有键按下
    SJMP K10
K12:
    MOV B, A                                ; 存行值
    MOV P1, #0F0H                           ; A1~A4 输出 "0"，B1~B4 输出 "1"
    MOV A, P1
    ORL A, B                                ; 拼装键值
    MOV B, A                                ; 暂存键值
    MOV R1, #10H                            ; 16 个键
    MOV R2, #00H                            ; 键码初值
    MOV DPTR, #KEYTAB                       ; 键码表首地址
K13:
    MOV A, R2
    MOVC A, @A+DPTR                         ; 从键值表中取键值
    CJNE A, B, K15                          ; 键值比较
    MOV P1, #0FH                            ; 相等，则完成以下步骤
K14:
    MOV A, P1
    CJNE A, #0FH, K14                       ; 等键释放
    ACALL DELAY                             ; 延时去后沿抖动
    MOV A, R2                               ; 得键码
    AJMP K16
K15:
```

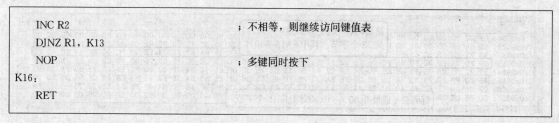

```
        INC R2                              ；不相等，则继续访问键值表
        DJNZ R1，K13
        NOP                                 ；多键同时按下
K16：
        RET
```

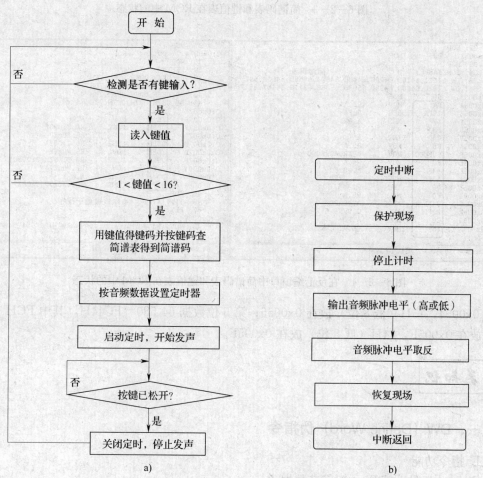

图 6—2—2　电子琴控制流程

a）主程序控制流程图　b）定时中断程序（音频振荡）控制流程图

四、调试与芯片烧写

该程序的调试方法与本模块课题 1 任务 1 的方法相同，真正的效果需要将烧写好的单片机安装到电路中并通电才能体现出来。

在使用 KEIL51 软件进行仿真调试时需认真留意简谱码表和键值表在 ROM 中的状态，如图 6—2—3 和图 6—2—4 所示，进一步理解 DB 指令和 DW 指令的作用。

从反汇编窗口中可明显地看出，DB 指令后的每个数据只占 1 字节空间，而 DW 指令后的每个数据则占用 2 字节空间。例如：第 0 位数据 64 021＝FA15H，其中 FAH（高 8 位）

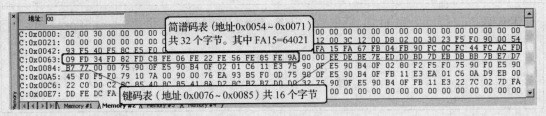

图 6—2—3 简谱码表和键值表在 ROM 中的状态

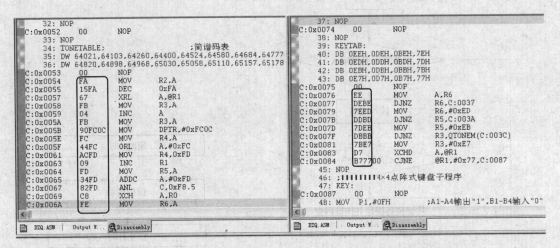

图 6—2—4 在反汇编窗口中简谱码表和键值表在 ROM 中的状态

放在 0x0054，15H（低 8 位）放在 0x0055；第 5 位数据 64 580＝FC44H，其中 FCH（高 8 位）放在 0x005E，44H（低 8 位）放在 0x005F。

相关知识

一、DW（Define Word）伪指令

1. 指令功能

格式：［标号：］DW 双字节数据表

例如：TABLE：DW 1234H，0AA6H

DW 伪指令的功能与 DB 伪指令类似，用来在程序存储空间建立以双字节为单位的数据表。存储数据时，双字节数据中的低字节数据被存放在低位地址，高字节数据被存放在高位地址。

2. 指令的作用

将双字节数据自动拆成高字节和低字节两部分，并列写入程序存储器 ROM 中，每个数据将占用 2 个字节空间来分别存放数据的高 8 位和低 8 位。

二、取简谱码表的方法剖析

在编程时想要取到指定的简谱码就必须知道简谱码在 ROM 中的状态和具体位置。表 6—2—2 所列为简谱码表中第 0～9 位简谱码在 ROM 中的状态及相对位置，这里的序号其实

就是键码（0～F　16 个键），键码与简谱码相对表头地址的关系为：

简谱码高字节相对表头地址＝序号（键码）×2

简谱码低字节相对表头地址＝序号（键码）×2＋1

例如：当键盘输入中音"2"时，其对应键码是"6"，简谱码是 64684，简谱码的高字节在相对表头（TONETABLE）的第 6×2＝12 位，简谱码的低字节在相对表头（TONE-TABLE）的第 6×2＋1＝13 位。

因此，当键盘输入中音"2"并得到键码 6（在 ACC 中）后，先执行"RL A"实现键码×2，执行结果将是"（ACC）＝12"；然后执行"MOV DPTR，♯TONETABLE"和"MOVC A，@A＋DPTR"，结果将指针指向简谱码表头后第 12 位并取出简谱码高字节（此时 ACC＝FCH）；执行"MOV TONEHIGH，A"将高字节数据保存，供每次定时中断后重装计数初值用；执行"MOV TH0，A"将高字节数据装入计数单元高 8 位；执行"MOV A，B"和"INC A"后 ACC 的值为 12＋1＝13，跟着执行"MOVC A，@A＋DPTR"将指针指向简谱码表头后第 13 位并取出简谱码低字节［此时（ACC）＝ACH］；执行"MOV TONELOW，A"将低字节数据保存，供每次定时中断后重装计数初值用；执行"MOV TL0，A"将低字节数据装入计数单元低 8 位。

这样每按下一位键，程序将取一次简谱码共 2 字节存储于"TONEHIGH"和"TONELOW"2 个寄存器中，之后只要保持键被按下的状态，程序将一直以简谱码所对应的计数初值产生定时中断，因为每次中断都是将这个简谱码的数据重装到计数单元中的。

表 6—2—2　　　　　　　　　第 0～9 位简谱码在 ROM 中的状态及相对位置

序号（键码）	0		1		2		3		4	
简谱码	64021		64103		64260		64400		64524	
在 ROM 中的状态	高字节	低字节	高字节	低字节	高字节	低字节	高字节	低字节	高字节	低字节
	FA	15	FA	67	FB	04	FB	90	FC	0C
相对表头的地址	0	1	2	3	4	5	6	7	8	9
序号（键码）	5		6		7		8		9	
简谱码	64580		64684		64777		64820		64898	
在 ROM 中的状态	高字节	低字节	高字节	低字节	高字节	低字节	高字节	低字节	高字节	低字节
	FC	44	FC	AC	FD	09	FD	34	FD	82
相对表头的地址	10	11	12	13	14	15	16	17	18	19

练　习

1. 在电子琴控制程序中，简谱码是 5 位小于 65535 的数据，把它存放在 ROM 中时所使用的是字制表指令_____，而不是字节制表指令_____。因此，取一位简谱码时要分_____次来取。键盘的一个键码对应的简谱码是_____个。

2. 在电子琴控制程序中，音调的频率 f 与简谱码之间的关系是怎样的？（如 $f＝262$ 对应的简谱码是 63628）

3. 在取简谱码的程序中使用了"RL"指令，它的具体作用是什么？

4. 电子琴控制程序中音频输出的结束信号是什么？在程序中具体是怎样实现的？

课题3　　点阵字符的控制

任务　单片机控制 8×8 点阵字符

学习目标

1. 了解单片机控制 8×8 点阵字符的硬件电路的组成。

2. 熟悉点阵字符的扫描输出原理。

3. 掌握 8×8 点阵字符控制源程序的编写方法，并能通过编程实现多个字符的跳变和移动方式的显示。

工作任务

用单片机控制图 6—3—1 所示电路中 64 只排成 8 行 8 列的发光二极管，显示简单的字符或图像。

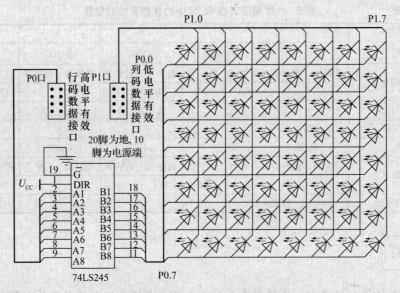

图 6—3—1　8×8 点阵 LED 电路原理图

实践操作

一、8×8 点阵 LED 硬件电路的组成与控制原理

1. 电路的组成

8×8 点阵 LED 电路原理图如图 6—3—1 所示，电路由 64 只发光二极管排成 8 行 8 列。将同列的阴极连接在一起构成一位列控制位，8 列控制位就构成 1 Byte 控制口，称为列码控制接口；将同行的阳极连接在一起构成一位行控制位，8 行控制位就构成 1 Byte 控制口，称为行码控制接口。在本课题的程序中是使用单片机最小应用系统的 P0 口控制行、P1 口控制列。

2. 控制原理

由图 6—3—1 所示电路原理图可知，要使那位灯亮，只要使该位灯所在行为高电平的同时使该位灯所在列为低电平即可。但要注意以下两点：一是行在没有控制（即为悬空状态）时已经为高电平；二是灯要亮的条件是行、列条件同时成立才可实现，否则灯是不会亮的。

二、字符显示的编码原理

根据上述显示原理可知，要使电路显示简单的字符或图案的方法是比较简单的，例如要显示如图 6—3—2 所示图案的做法为：

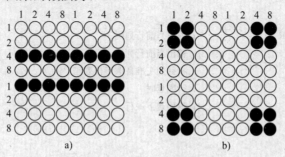

图 6—3—2　简单图案（图中黑色为亮）

1. 图 6—3—2a 的做法是送出一个只让 3、5 行（自上而下顺序）亮的行码 14H（0001 0100B），跟着送出让所有列都为低电平的列码 00H。

2. 图 6—3—2b 的做法是送出一个只让 1、2、7、8 行（自上而下顺序）亮的行码 0C3H（1100 0011B），跟着送出让 1、2、7、8 列为低电平、3、4、5、6 列为高电平的列码 03CH（0011 1100B）。

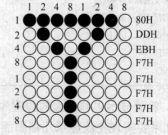

图 6—3—3　"Ｙ"形图案及其每行编码

但是要使电路显示较为复杂的字符或图案则不能使用如此简单的方法来实现。如图 6—3—3 所示，该图案较复杂，用上述方法是不能实现正确控制的。

因此，对于较为复杂的字符或图案可采用循环式逐行扫描（或逐列扫描）的方式来实现。在本项目设计中是采用循环逐行扫描的方式来进行说明分析的。

所谓循环逐行扫描就是对 8×8 点阵 LED 灯每一行的列状态进行编码（见图 6—3—3），一共编出 8 行的列状态码，然后将这 8 个码逐行（自上而下）送出并实现反复循环，并在两个码的传送间加以延时即可实现复杂字符或图案的控制。

三、源程序

1. 显示"Ｙ"形图案的源程序

```
    ORG 0000H
START:                              ; ………主程序
    MOV DPTR，#TAB1                  ; 置列状态码表头地址
    LCALL DISP                      ; 逐行扫描显示输出
    LJMP START                      ; 循环
DISP:                               ; ………扫描显示子程序
    MOV R0，#01H                     ; 从第一行开始扫描
    MOV R1，#0                       ; "MOVC"偏址指针初值
    MOV R2，#8                       ; 扫描行数控制字
DISP1:
    MOV A，R0
    MOV P0，A                        ; 输出行码
    RL A                            ; 行码下（左）移
    MOV R0，A
    MOV A，R1
    MOVC A，@A+DPTR                   ; 取出当前行列码
    MOV P1，A                        ; 输出当前行列码
    INC R1                          ; 指针加1准备取下位列码
    LCALL DELAY                     ; 行间延时
    DJNZ R2，DISP1                   ; 返回送下一行
    RET
TAB1:
    DB 080H，0DDH，0EBH，0F7H，0F7H，0F7H，0F7H，0F7H；"Y"的列码表
DELAY:                              ; 行间延时子程序
    MOV R6，#2
DL1:
    MOV R7，#80H
    DJNZ R7，$
    DJNZ R6，DL1
    RET
    END
```

2. 轮流显示多幅画面的源程序

如果要实现轮流显示几幅画面，只需要修改并增加列码表和主程序结构即可。例如，要轮流显示如图6—3—4所示的"广""东""小""吃"4个字并使每个字符出现的时间约为1 s左右的源程序如下：

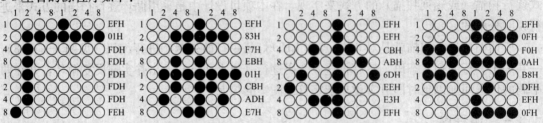

图6—3—4　"广东小吃"字符编码图

```
; ···········字符进行逐行编码
TAB1:
    DB 0EFH, 001H, 0FDH, 0FDH, 0FDH, 0FDH, 0FDH, 0FEH  ;"广"的列码表
TAB2:
    DB 0EFH, 083H, 0F7H, 0EBH, 001H, 0CBH, 0ADH, 0E7H  ;"东"的列码表
TAB3:
    DB 0EFH, 0EFH, 0CBH, 0ABH, 06DH, 0EEH, 0E3H, 0EFH  ;"小"的列码表
TAB4:
    DB 0EFH, 00FH, 0F0H, 00AH, 0B8H, 0DFH, 0EFH, 00FH  ;"吃"的列码表
; ···········主程序
    ORG 0000H
START:
    MOV R4, #0                  ;字符显示时间控制字
ST1:
    MOV DPTR, #TAB1             ;置"广"列码表首地址  ⎫  循环显示"广",循环次数为 256 次（R4＝0）
    LCALL DISP                                        ⎬
    DJNZ R4, ST1               ;字符显示时间控制     ⎭
    MOV R4, #0                                        ⎫
ST2:                                                  ⎪
    MOV DPTR, #TAB2            ;置"东"列码表首地址   ⎬  循环显示"东",循环次数为 256 次（R4＝0）
    LCALL DISP                                        ⎪
    DJNZ R4, ST2                                      ⎭
    MOV R4, #0                                        ⎫
ST3:                                                  ⎪
    MOV DPTR, #TAB3            ;置"小"列码表首地址   ⎬  循环显示"小",循环次数为 256 次（R4＝0）
    LCALL DISP                                        ⎪
    DJNZ R4, ST3                                      ⎭
    MOV R4, #0                                        ⎫
ST4:                                                  ⎪
    MOV DPTR, #TAB4            ;置"吃"列码表首地址   ⎬  循环显示"吃",循环次数为 256 次（R4＝0）
    LCALL DISP                                        ⎪
    DJNZ R4, ST4                                      ⎭

    LJMP START                 ;循环
```

　　循环扫描显示子程序和行间延时子程序与显示"▽"形图案的相同，在此不再重复。其实循环逐行扫描方式输出显示时，每一行的灯都是在连续闪烁地出现的，但由于闪烁的速度超过了人眼的反应速度，因此，循环逐行扫描输出的图案还是使人感觉画面是完整的、静止的。

　　3. 上下来回连续移动式显示"广东小吃"的源程序

　　连续移动式显示的要求是：一开始"广"字是从显示屏的底部开始逐行往上出现，而后面的字符跟随前面的字符也逐行往上出现，每个字符上移至顶部将自动消失；当全部（4 个字符）都已经移至顶部消失后字符将逆序反向移动，即"吃"字从显示屏的上部开始逐行往下出现，而前面的字符逆序跟随前面的字符逐行往下出现，每个字符下移至底部将自动消失；当全部（4 个字符）都已经移至底部消失后重复程序。

　　; ·····················4 字符整体进行逐行编码

起始画面第1行（顶）地址：#TAB

```
TAB:
    DB 0FFH, 0FFH, 0FFH, 0FFH, 0FFH, 0FFH, 0FFH        ；加入7行空行
    DB 0EFH, 001H, 0FDH, 0FDH, 0FDH, 0FDH, 0FDH,0FEH   ；"广"的列码表
    DB 0FFH, 0FFH    起始画面第8行（底）                 ；加入2行空行
    DB 0EFH, 083H, 0F7H, 0EBH, 001H, 0CBH, 0ADH, 0E7H  ；"东"的列码表
    DB 0FFH, 0FFH                                       ；加入2行空行
    DB 0EFH, 0EFH, 0CBH, 0ABH, 06DH, 0EEH, 0E3H, 0EFH  ；"小"的列码表
    DB 0FFH, 0FFH                                       ；加入2行空行
    DB 0EFH, 00FH, 0F0H, 00AH, 0B8H, 0DFH, 0EFH, 00FH  ；"吃"的列码表
    DB 0FFH, 0FFH, 0FFH, 0FFH, 0FFH, 0FFH, 0FFH        ；加入7行空行
```

逆扫首画面第1行（顶）地址：#TAB+44

逆扫首画面第8行（底）

```
    ORG   0000H
MAIN:
    CLR F0                      ；置上下移标志为0
START:
    JB F0, XY_START            ；F0＝1时至下移
SY_START:                       ；上移开始
    MOV R3, #0                 ；上移行计数器 R3
    MOV DPTR, #TAB             ；置字符总表头地址
SYSM:                           ；上移循环位置
    INC DPTR                    ；指针加1实现上移1行
    INC R3                      ；移完1行加1
    CJNE R3, #44, ST0          ；是否移完44行
    SETB F0                     ；移完44行后置F0＝1
    LJMP START                  ；准备下移
XY_START:                       ；下移开始
    MOV R3, #0                 ；下移行计数器 R3
    MOV DPTR, #TAB＋44         ；指针指向#TAB＋44
XYSM:                           ；下移循环位置
    DEC DPL                     ；指针减1实现下移1行
    INC R3                      ；移完1行加1
    CJNE R3, #44, ST0          ；是否移完44行
    CLR F0                      ；移完44行后置F0＝0
    JMP START                   ；准备上移
ST0:
    MOV R4, #100               ；置画面显示时间
ST1:
    LCALL DISP
    DJNZ R4, ST1               ；画面显示时间控制
    JB F0, XYSM               ；F0＝1继续下移
    LJMP SYSM                  ；F0＝0继续上移
DISP:
    MOV R0, #01H               ；从第1行开始扫描
    MOV R1, #0
```

```
      MOV R2，＃8                        ；扫描行数控制字
      DISP1：
      MOV A，R0
      MOV P0，A                          ；输出行码
      RL A                              ；行码下（左）移
      MOV R0，A
      MOV A，R1
      MOVC A，@A＋DPTR                    ；取出当前行列码
      MOV P1，A                          ；输出当前行列码
      INC R1                            ；指针加1准备取下位列码
      LCALL DELAY                       ；行间延时
      DJNZ R2，DISP1                     ；返回送下1行
      RET
DELAY：
      MOV R6，＃2                         ；行间延时子程序
DL1：
      MOV R7，＃100
      DJNZ R7，$
      DJNZ R6，DL1
      RET
      END
```

四、8×8 点阵 LED 实物图和引脚功能图

如图 6—3—5 所示为 8×8 点阵 LED 实物图和引脚功能图。

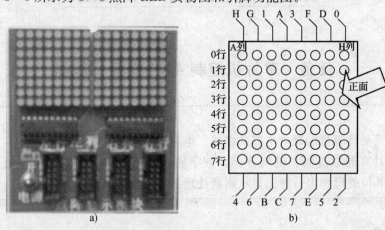

图 6—3—5　8×8 点阵 LED 实物图和引脚功能图
a) 实物图　b) 引脚功能图

其中，引脚数字标号为行号，如图按自上而下的顺序排列；而引脚字母标号为列号，如图按从左至右的顺序排列。这为电路设计和安装提供了方便。应该注意 8×8 点阵 LED 模块也有共阴和共阳的极性之分，这里所指的是行的极性，即 8×8 点阵 LED 模块的行是阴极的称为共阴极，相反称为共阳极。

1. 在点阵字符控制中，所谓循环逐行扫描就是对 8×8 点阵 LED 灯每一_____的_____状态进行编码，一共编出 8 _____的_____状态码，然后将这 8 个码逐行（自上而下）送出并实现反复循环，并在两个码的传送间加以_____即可实现复杂字符或图案的控制。

2. 根据本课题设计的方法，在下图中编制"欢、迎、光、临"4 个字的逐行扫描码：

TAB1：DB _____；"欢"的列码表
TAB2：DB _____；"迎"的列码表
TAB3：DB _____；"光"的列码表
TAB4：DB _____；"临"的列码表

课题4 简易计算器的控制

任务　单片机控制 4×4 键盘计算器

学习目标

1. 了解简易计算器的硬件电路的组成、电路工作原理和控制流程。

2. 掌握计算器取键码、键码分类、数字输入次数处理、数值超范围处理、运算、结果输出、BCD 处理和串行静态显示刷新处理各功能单元的编程方法。

工作任务

本课题采用 4×4 键盘（16 个键依次对应 0～9"＋""－""×""÷""＝"和清除键）实现小于 255 的数的加、减、乘、除运算，并可连续运算。当键入值大于 255 时，将自动清零，可以重新输入。并使用单片机最小应用系统模块的 P1 口接点阵式键盘，RXD、TXD 连接串行静态显示模块的 Din、Clk 端。

实践操作

一、简易计算器硬件电路的组成

如图6—4—1所示为简易计算器的硬件系统电路图，它由单片机最小应用系统、4×4点阵式键盘和串行静态显示电路组成。

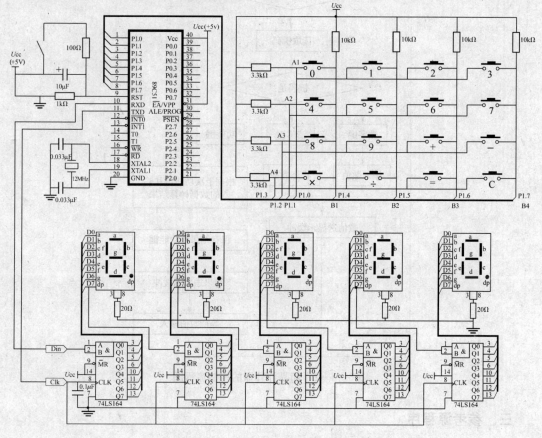

图6—4—1　简易计算器的硬件系统电路图

二、控制流程

如图6—4—2所示为简易计算器的控制流程图，整个控制程序主要包括参数初始化程序、串行静态显示程序、键盘输入测试程序、得键码程序、数字处理程序、功能键处理程序、清0键处理程序。LED初始显示为清屏状态，当没有键按下时，系统将循环查询键盘状态；当有键按下时，系统将键值读入并将它转化为键码。然后对键码分3类进行处理，即为数字键、功能键和清零键。最后再根据不同的键码进行分类处理，并将结果转化为数码输出显示。

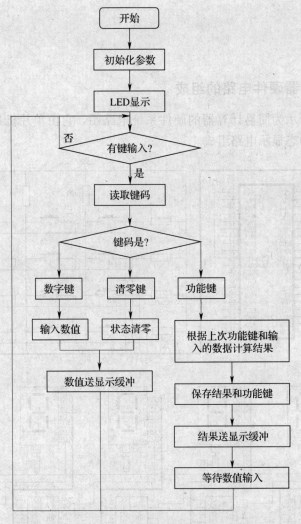

图 6—4—2　简易计算器的控制流程图

三、参考源程序

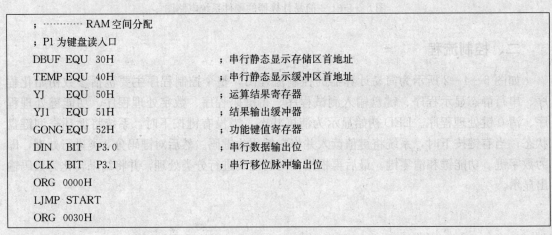

```
;………… RAM 空间分配
;P1 为键盘读入口
DBUF EQU  30H                    ;串行静态显示存储区首地址
TEMP EQU  40H                    ;串行静态显示缓冲区首地址
YJ   EQU  50H                    ;运算结果寄存器
YJ1  EQU  51H                    ;结果输出缓冲器
GONG EQU  52H                    ;功能键值寄存器
DIN  BIT  P3.0                   ;串行数据输出位
CLK  BIT  P3.1                   ;串行移位脉冲输出位
ORG  0000H
LJMP START
ORG  0030H
```

```
START:
    MOV R3, #0                    ; 初始化按键次数寄存器
    MOV GONG, #0                  ; 初始化功能寄存器（清空）
    MOV 30H, #10H                 ; 初始化显示数据（显示空码）
    MOV 31H, #10H
    MOV 32H, #10H
    MOV 33H, #10H
    MOV 34H, #10H
MLOOP:
    LCALL DISP                    ; 调用串行静态显示
WAIT:
    LCALL TESTKEY                 ; 等待键盘按下
    JZ WAIT                       ; A 为 0 则无键按下跳至 WAIT
    LCALL GETKEY                  ; 得键码
    LCALL SJCL                    ; 调用数据处理子程序
    LJMP MLOOP                    ; 跳回主程序，调用显示子程序
    ; …………数据处理子程序
SJCL:
    ; 判断哪一个键被第几次按下
    INC R3                        ; 按键次数计数器加 1
    CJNE A, #0, NEXT1             ; 比较被下数值类型，0～9 为数字键，跳至 E1
    LJMP E1
lNEXT1:
    CJNE A, #1, NEXT2
    LJMP E1
NEXT2:
    CJNE A, #2, NEXT3
    LJMP E1
NEXT3:
    CJNE A, #3, NEXT4
    LJMP E1
NEXT4:
    CJNE A, #4, NEXT5
    LJMP E1
NEXT5:
    CJNE A, #5, NEXT6
    LJMP E1
NEXT6:
    CJNE A, #6, NEXT7
    LJMP E1
NEXT7:
    CJNE A, #7, NEXT8
    LJMP E1
NEXT8:
    CJNE A, #8, NEXT9
    LJMP E1
```

```
NEXT9：
    CJNE A，＃9，NEXT10
    LJMP E1
NEXT10：
    CJNE A，＃10，NEXT11                    ；10～14 为功能键，跳至 E2
    LJMP E2
NEXT11：
    CJNE A，＃11，NEXT12
    LJMP E2
NEXT12：
    CJNE A，＃12，NEXT13
    LJMP E2
NEXT13：
    CJNE A，＃13，NEXT14
    LJMP E2
NEXT14：
    CJNE A，＃14，NEXT15
    LJMP E2
NEXT15：
    LJMP E3                                ；剩下 15 为清 0 键，跳至 E3
；·········· 0～9 数字键处理程序
E1：
    CJNE R3，＃1，N1
    LJMP E11                               ；第一次按下，跳至 E11 让个位显示
N1：
    CJNE R3，＃2，N2
    LJMP E12                               ；第二次按下，跳至 E12 让十位显示
N2：
    CJNE R3，＃3，N3
    LJMP E13                               ；第三次按下，跳至 E13 让百位显示
N3：
    LJMP E3                                ；第四次按下，跳至 E3 无效清 0
；按键次数处理程序
E11：
    MOV R4，A                              ；输入数据暂存 R4
    MOV 30H，A                             ；输入数字在个位显示
    MOV 31H，＃10H
    MOV 32H，＃10H
    RET                                    ；返回主程序，调用显示子程序
E12：
    MOV R7，A                              ；第二次按入数字暂存 R7
    MOV B，＃10
    MOV A，R4
    MUL AB                                 ；第一次按入数字乘 10
    ADD A，R7                              ；十位数＋个位数
    MOV R4，A                              ；两次按入数据暂存 R4
```

```
        MOV  32H, #10H
        MOV  33H, 34H              ; 数码管显示原个位变十位
        MOV  34H, R7              ; 第二次按入数字到个位显示
        RET                       ; 返回主程序，调用显示子程序
E13：
        MOV  R7, A               ; 第三次按入数字暂存 R7
        MOV  B, #10
        MOV  A, R4
        MUL  AB                   ; 两次按入的数据乘 10 形成百位和十位
        JB OV, E3                 ; ＞255, OV＝1 溢出做无效清 0 处理
        ADD  A, R7               ; 百位＋十位＋个位
        JB CY, E3                 ; ＞255, CY＝1 做无效清 0 处理
        MOV  R4, A               ; 三次按入数据暂存 R4
        MOV  32H, 31H            ; 第一次按入数字至百位显示
        MOV  31H, 30H            ; 第二次按入数字至十位显示
        MOV  30H, R7            ; 第三次按入数字至个位显示
        RET                       ; 返回主程序，调用显示子程序
        ; ……………清 0 程序，回初始化状态
E3：
        MOV  R3, #0
        MOV  R4, #0
        MOV  YJ, #0
        MOV  GONG, #0
        MOV  30H, #10H
        MOV  31H, #10H
        MOV  32H, #10H
        MOV  33H, #10H
        MOV  34H, #10H
        RET                       ; 返回主程序，调用显示子程序
        ; …………功能键处理程序
E2：
        MOV  30H, #10H           ; 先将显示内容清空
        MOV  31H, #10H
        MOV  32H, #10H
        MOV  R0, GONG           ; 与上次功能键交换
        MOV  GONG, A           ; 本次功能暂存，并算出上次功能的结果
                                  ; 判断上次属何功能
        MOV  A, R0              ; 把上次功能键调出进行处理
        CJNE A, #10, N21         ; 判断功能性质
        LJMP JIA                  ; ＋
N21：
        CJNE A, #11, N22
        LJMP JIAN                 ; －
N22：
        CJNE A, #12, N23
        LJMP CHENG               ; ×
```

• 175 •

```
N23:
    CJNE A, #13, N24
    LJMP CHU                    ; /
N24:
    CJNE A, #14, N25
    LJMP FIRST
N25:
    LJMP DEN                    ; =
N4:
    LJMP E3                     ; 清0
                               ; 如果是第一次按下功能键, 则不处理任何运算
FIRST:
    MOV YJ, R4                  ; 取出新按入数据到结果寄存器
    MOV R3, #0                  ; 按键次数寄存器清0
    LJMP DISP1                  ; 显示刷新
JIA:
    MOV A, YJ                   ; +
    ADD A, R4
    JB CY, N4                   ; 结果大于255, 跳至清0
    MOV YJ, A
    MOV R3, #0                  ; 数字按下次数寄存器清0
    LJMP DISP1                  ; 跳至处理 YJ 寄存器并以段码形式输出显示
JIAN:
    MOV A, YJ                   ; —
    SUBB A, R4
    JB CY, E3                   ; 结果出现借位, 跳至清0
    MOV YJ, A
    MOV R3, #0
    LJMP DISP1                  ; 跳至处理 YJ 寄存器并以段码形式输出显示
CHENG:
    MOV A, YJ                   ; ×
    MOV B, A
    MOV A, R4
    MUL AB
    JB OV, E3                   ; 溢出跳至清0
    MOV YJ, A
    MOV R3, #0
    LJMP DISP1                  ; 跳至处理 YJ 寄存器并以段码形式输出显示
CHU:
    MOV A, R4                   ; ÷
    MOV B, A
    MOV A, YJ
    DIV AB
    MOV YJ, A
    MOV R3, #0
    LJMP DISP1
```

```
DEN：
    MOV R3，#0                          ; ＝
    LJMP DISP1                         ; 跳至处理 YJ 寄存器并以段码形式输出显示
    ; ··········运算结果转换成段码相对地址子程序
DISP1：
    MOV B，#10
    MOV A，YJ
    DIV AB                             ; 结果 A 为商，B 为余数（即个位）
    MOV YJ1，A
    MOV A，B
    MOV 30H，A                         ; 个位输出
    MOV A，YJ1                         ; 取出商
    JZ DISP11                          ; 商为 0（即只有个位）即跳至显示
    MOV B，#10                         ; 不为 0 继续除 10 得十位
    MOV A，YJ1
    DIV AB
    MOV YJ1，A
    MOV A，B
    MOV 31H，A                         ; 十位输出
    MOV A，YJ1                         ; 取出商
    JZ DISP11                          ; 商为 0（即只有十位和个位）即跳至显示
    MOV 32H，A                         ; 不为 0 即输出百位
DISP11：
    RET                                ; 返回主程序，调用显示子程序
    ; ··········串行静态显示子程序
DISP：
    MOV R0，#DBUF
    MOV R1，#TEMP
    MOV R2，#5
DP10：
    MOV DPTR，#SEGTAB
    MOV A，@R0
    MOVC A，@A＋DPTR
    MOV @R1，A
    INC  R0
    INC  R1
    DJNZ R2，DP10
    MOV R0，#TEMP
    MOV R1，#5
DP12：
    MOV R2，#8
    MOV A，@R0
DP13：
    RLC  A
    MOV DIN，C
    CLR  CLK
```

```
        SETB CLK
        DJNZ R2, DP13
        INC R0
        DJNZ R1, DP12
RET
    SEGTAB:
    DB 3FH, 06H, 5BH, 4FH, 66H, 6DH
    DB 7DH, 07H, 7FH, 6FH, 77H, 7CH
    DB 58H, 5EH, 79H, 71H, 00H, 40H
    ; ·············键盘待命子程序
TESTKEY:
        MOV P1, #0FHG                        ; 读入键状态
        MOV A, P1
        CPL  A                               ; 取反，结果为有键按下低 4 位不为 0
                                             ; 没键按下时低 4 位为 0
        ANL A, #0FH                          ; 高 4 位不用
        RET
KEYTABLE:
    DB 0EEH, 0DEH, 0BEH, 07EH
    DB 0EDH, 0DDH, 0BDH, 07DH
    DB 0EBH, 0DBH, 0BBH, 07BH
    DB 0E7H, 0D7H, 0B7H, 077H               ; 键码定义
    ; ·············键盘得键码子程序
GETKEY:
        MOV R6, #10
        ACALL DELAY
        MOV P1, #0FH
        MOV A, P1
        CJNE A, #0FH, K12
        LJMP MLOOP                          ; 再次确认无键按下时，跳回主程序，调用显示子程序
K12:
        MOV B, A
        MOV P1, #0EFH
        MOV A, P1
        CJNE A, #0EFH, K13
        MOV P1, #0DFH
        MOV A, P1
        CJNE A, #0DFH, K13
        MOV P1, #0BFH
        MOV A, P1
        CJNE A, #0BFH, K13
        MOV P1, #7FH
        MOV A, P1
        CJNE A, #7FH, K13
        LJMP MLOOP
    K13:
```

```
        ANL A, #0F0H
        ORL A, B
        MOV B, A
        MOV R1, #16
        MOV R2, #0
        MOV DPTR, #KEYTABLE
K14:
        MOV A, R2
        MOVC A, @A+DPTR
        CJNE A, B, K16
        MOV P1, #0FH;
K15:
        MOV A, P1
        CJNE A, #0FH, K15;
        MOV R6, #10
        ACALL DELAY
        MOV A, R2
        RET                             ; 得键码返回
K16:
        INC R2;
        DJNZ R1, K14
        LJMP MLOOP                      ; 得不到键码, 跳回主程序, 调用显示子程序
        ; ………… 延时子程序
DELAY:
        MOV R7, #0
DLOOP:
        DJNZ R7, DLOOP
        DJNZ R6, DLOOP
        RET
        END
```

以上源程序看似复杂, 但只要掌握了识读程序的技巧, 就会觉得很简单。首先要了解各功能模块, 同时了解各功能模块的动作原理。本项目设计的源程序主要包括以下功能模块:

1. 初始化模块。其功能主要是对本程序中用到的重要寄存器存放初始参数, 如让数字键按下次数计数器 "R3" 清 0, 让上次功能键值寄存器 "GONG" 清 0, 让数码管显示为空码等。

2. 串行静态显示子程序模块 "DISP"。

3. 运算结果输出处理子程序 "DISP1"。它的功能是将计算结果寄存器 "YJ" 中的数据处理成相应段码的相对地址。

4. 键盘待命子程序模块 "TESTKEY"。

5. 得键码子程序模块 "GETKEY"。

6. 0~9 数字键处理程序模块 "E1"。该程序模块中能处理的有效数据范围是 0~255, 输入数字的顺序是十进制的由高到低的顺序: 如果 0~9 仅输入一次, 按键按下次数计数器 R3=1, 则当做个位处理暂存于 R4, 并将该数字显示在个位; 如果第二次输入的又是 0~9

的数字，R3＝2，则将第一次输入的数字左移变成十位数（×10），而将新输入数字当成是个位处理，随后将十位数＋个位暂存 R4，十位、个位分别输出显示；如果第三次输入的又是 0～9 的数字，R3＝3，则将第二次处理后的数据 R4×10，如 OV＝1 则数据溢出（＞255），跳到 E3 清 0 处理，如 OV＝0 则再将 R4＋个位（新输入数字），如 CY＝1 则数据 8 位进位（＞255）跳到 E3 清 0 处理，如 CY＝0，将百位、十位、个位分别输出显示；如第四次输入，则 R3＝4，将直接跳到 E3 做清 0 处理。

7. 功能键处理程序模块"E2"。当按下的是功能键时：

（1）程序首先将 3 位显示清空。

（2）将上次功能键值从"GONG"取出的同时将本次功能键值存入"GONG"。

（3）判断上次功能键的性质（即"＋""－""×""÷""＝"）。

（4）处理上次功能的运算过程，如果是"＋""－""×""÷"的运算，则对"YJ"和"R4"的数据进行上次功能运算，结果存入"YJ"，并将数字按下次数计数器 R3 清 0 后返回显示；如果是"＝"功能则直接将数字按下次数计数器 R3 清 0 后返回显示。在运算过程中如果出现溢出、8 位进位或借位时（即数据大于 255）做无效处理，即直接跳至"E3"进行清 0 处理。

8. 清 0 回初始状态程序模块"E3"。清 0 项目为：数字按下次数计数器 R3，本次输入（按下功能键前）数据寄存器 R4，功能键值寄存器"GONG"，结果寄存器"YJ"。

为了更容易理解本项目设计程序的运行原理，下面举例说明计算器的工作原理：

[例 6—4—1]　计算式 123＋98。

控制过程及现象：按下"1"→显示"001"→按下"2"→显示"012"→按下"3"→显示"123"→按下"＋"→显示"□□□"（空）→按下"9"→显示"009"→按下"8"→显示"098"→按下"＝"→显示"221"。

[例 6—4—2]　计算式（10＋5）×20。

控制过程及现象：按下"1"→显示"001"→按下"0"→显示"010"→按下"＋"→显示"□□□"→按下"5"→显示"005"→按下"×"→显示"015"（"＋"的结果）→按下"2"→显示"002"→按下"0"→显示"020"→按下"＝"→显示"□□□"（"×"的结果大于 255 而溢出）。

练　习

1. 简易计算器整个控制程序主要包括参数初始化程序、＿＿＿＿＿＿＿、＿＿＿＿＿＿＿、得键码程序、数字处理程序、＿＿＿＿＿＿＿和清 0 键处理程序。

2. 计算器每次按下功能键时，程序所处理的都是＿＿＿＿＿次的功能操作，而数字输入时＿＿＿＿＿位先输入。

3. 简述计算器在执行"54×2＋18"算式时的整个控制过程及现象。

4. 写出计算器初始化程序要执行的项目内容及其程序。

任务　单片机控制简易电子钟

学习目标

1. 了解简易电子钟的硬件电路的组成和控制流程。
2. 进一步熟悉定时中断的应用。
3. 掌握电子钟时间单位程序、时间进位程序、初始时间设置程序和显示输出程序的编写。

工作任务

本任务是利用图 3—2—1 所示的 6 位数码管的动态扫描显示电路制作简易电子钟，显示效果为"00·00·00"，从左至右分别表示时、分、秒值。

实践操作

一、控制方案

1. 计数方案

本任务使用的是单片机内部计数器的定时器功能，有关设置主要针对定时器/计数器工作方式寄存器 TMOD。具体为：工作方式选择位，设置为方式 2；计数/定时方式选择位，设置为定时器工作方式。

定时器每 100 μs 中断一次，在中断服务子程序中，对中断次数进行计数，100 μs 计数 10 000 次就是 1 s。然后再对秒计数得到分和小时值，并送入显示缓冲区。

2. 定时计数初值的计算

假设单片机外接晶振频率 $f_{osc}=12$ MHz，则计数脉冲周期 $T_{cy}=12T_{osc}=1$ μs。因为定时器方式 2 为 8 位计数器，故 100 μs 的定时初值为：$256-100=156$。

3. 时、分、秒值的修改

时、分、秒值的修改在 100 μs 中断服务子程序里进行，修改方案是：

(1) 每中断 10 000 次（100 μs×10 000＝1 s）秒值加 1，秒值加 1 后如果不等于 60 则返回；

(2) 秒值加 1 后如果等于 60 则将秒值清 0 并将分值加 1，分值加 1 后不等于 60 则返回；

(3) 分值加 1 后如果等于 60 则将分值清 0 并将时值加 1，时值加 1 后不等于 24 则返回；

（4）时值加 1 后如果等于 24 则将时值清 0 并返回。

4. 显示输出处理过程

单片机 P0 口输出字段码，P1 口输出位码。在主程序中不断地循环执行读取时、分、秒值并将时、分、秒值转换为显示数值后，调用显示程序来实现。在处理时、分值数据时，将时、分值转换后的数值加上"·"符号（语句为"ORL A，♯80H"）。

二、控制流程

如图 6—5—1 所示为电子钟控制流程图，其中，图 6—5—1a 为主程序流程图，图 6—5—1b 为 100 μs 中断服务子程序流程图。

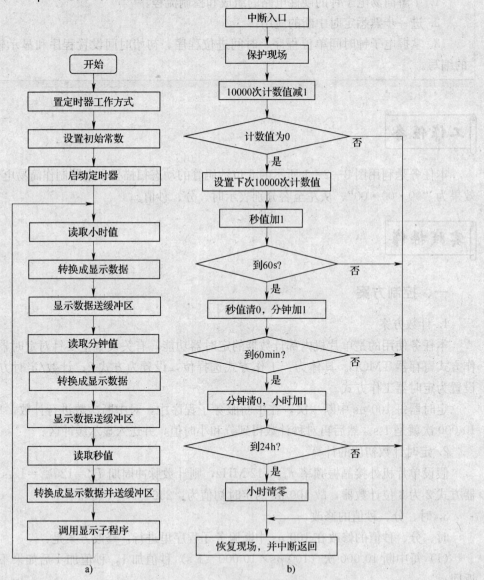

图 6—5—1　电子钟控制流程图

a）主程序流程图　b）100 μs 中断服务子程序流程图

三、源程序

```
;············ RAM 空间分配
LEDBUF EQU  60H              ;定义显示数据缓冲区首地址
HOUR   EQU  40H              ;定义时值寄存器
MINUTE EQU  41H              ;定义分值寄存器
SECOND EQU  42H              ;定义秒值寄存器
C100US EQU  43H              ;定义"10000"数值的高 8 位寄存器
TICK   EQU  10000            ;定义数值"10000"
T100US EQU  256－100          ;定义 100 μs 计数初值
;············ ROM 引导区
LJMP   START
ORG    000BH                 ;定时中断 0 入口
LJMP   T0INT
ORG    0030H                 ;常规程序入口
;············ 主程序
START：
MOV    TMOD,  #02H           ;定义定时方式
MOV    TH0,  #T100US         ;置定时初值
MOV    TL0,  #T100US
MOV    IE,  #10000010B       ;开 CPU 中断和定时器 0 中断
MOV    HOUR,  #0             ;置时初值
MOV    MINUTE,  #0           ;置分初值
MOV    SECOND,  #0           ;置秒初值
MOV    C100US,  #HIGH（TICK）  ;置硬件计数器初值
MOV    C100US＋1,  #LOW（TICK）
SETB TR0                     ;启动计时
MLOOP：
MOV A, HOUR
MOV B, #10
DIV AB
LCALL TOLED                  ;取时值十位数段码
MOV LEDBUF＋5, A             ;时值的十位数段码送缓冲区
MOV A, B
LCALL TOLED                  ;取时值个位数段码
ORL A, #80H                  ;时值的个位数段码加"·"
MOV LEDBUF＋4, A             ;时值的个位数段码送缓冲区
MOV A, MINUTE
MOV B, #10
DIV  AB
LCALL TOLED                  ;取分值十位数段码
MOV LEDBUF＋3, A             ;分值的十位数段码送缓冲区
MOV A, B
LCALL TOLED                  ;取分值个位数段码
ORL A, #80H                  ;分值的个位数段码加"·"
MOV LEDBUF＋2, A             ;分值的个位数段码送缓冲区
```

```
        MOV A, SECOND
        MOV B, #10
        DIV AB
        LCALL TOLED                    ；取秒值十位数段码
        MOV   LEDBUF+1, A              ；秒值的十位数段码送缓冲区
        MOV   A, B
        LCALL TOLED                    ；取秒值个位数段码
        MOV   LEDBUF, A                ；秒值的个位数段码送缓冲区
        LCALL DISPLAYLED               ；动态扫描显示输出
        LJMP  MLOOP                    ；循环
        ；…………延时子程序
DELAY：
        MOV R7, #0FFH
DELAYLOOP：
        DJNZ R7, DELAYLOOP
        DJNZ R6, DELAYLOOP
        RET
        ；…………数码管段码表
LEDMAP：
        DB 3FH, 06H, 5BH, 4FH, 66H, 6DH, 7DH, 07H
        DB 7FH, 6FH, 77H, 7CH, 58H, 5EH, 79H, 71H
        ；…………动态扫描显示输出子程序
DISPLAYLED：
        MOV R0, #LEDBUF
        MOV R1, #6
        MOV R2, #01H
LOOP：
        MOV A, #0
        MOV P0, A
        MOV A, @R0
        MOV P0, A
        MOV A, R2
        MOV P1, A
        MOV R6, #01H
        LCALL DELAY
        MOV A, R2
        RL A
        MOV R2, A
        INC  R0
        DJNZ R1, LOOP
        RET
        ；…………取段码子程序
TOLED：
        MOV DPTR, #LEDMAP
        MOVC A, @A+DPTR
        RET
```

```
;············100US 中断服务子程序
T0INT：
    PUSH PSW
    PUSH ACC
    MOV  A, C100US+1
    JNZ   GOON
    DEC  C100US
GOON：
    DEC  C100US
    MOV  A, C100US
    ORL  A, C100US+1
    JNZ   EXIT
    MOV  C100US, ＃HIGH（TICK）        ; 10 000 次中断后重置计数器初值
    MOV  C100US+1, ＃LOW（TICK）
    INC   SECOND                        ; 秒值加 1
    MOV  A, SECOND
    CJNE A, ＃60, EXIT                   ; 是否 60 s? 否则返回
    MOV  SECOND, ＃0                     ; 是则秒值清 0
    INC   MINUTE                         ; 分值加 1
    MOV  A, MINUTE
    CJNE A, ＃60, EXIT                   ; 是否 60 min? 否则返回
    MOV  MINUTE, ＃0                     ; 是则分值清 0
    INC   HOUR                           ; 时值加 1
    MOV  A, HOUR
    CJNE A, ＃24, EXIT                   ; 是否 24 h? 否则返回
    MOV  HOUR, ＃0                       ; 是则时值清 0
EXIT：
    POP  ACC
    POP  PSW
    RETI
    END
```

将本任务的源程序烧录到 AT89C51 单片机中，同时将单片机安装到动态扫描显示电路中。通电启动后会发现时钟会从"00·00·00"→"00·00·01"→"00·00·02"→……逐秒递增，每 60 s 将秒清 0，分加 1，每 60 min 将分清 0，时加 1，每 24 h 将时、分、秒全清 0。

如果要使时钟从当前时间开始运行，例如想让时钟从"09·30·00"开始运行，则在九点半前将程序步进行修改：

```
    MOV  HOUR, ＃0          ; 置时初值
    MOV  MINUTE, ＃0        ; 置分初值
    MOV  SECOND, ＃0        ; 置秒初值
修改成：
    MOV  HOUR, ＃09         ; 置时初值
    MOV  MINUTE, ＃30       ; 置分初值
    MOV  SECOND, ＃0        ; 置秒初值
```

然后将修改后的程序和硬件电路准备就绪，等到九点半的时刻启动电子钟工作即可。如要调整时钟的速度，有两种方法：一是修改"TICK"的数值（即计数器的初值），数值越小速度越快；二是修改"T100US"的数值（即定时器的初值）。

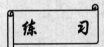

1. 电子钟的显示处理过程：在主程序中不断地循环执行读取时、分、秒值并将时、分、秒值转换为显示数值后调用_____程序来实现。在处理时、分值数据时，将时、分值转换后的数值加上"·"符号表示时、分、秒间的区别，而实现数值加上"·"符号的语句为_____。

2. 如果要实现项目设计的电子钟一启动就从下午3点开始，则在程序中应做哪些改动？

课题6　基于 AT89C2051 的趣味玩具小车制作

任务　AT89C2051 单片机驱动的趣味玩具小车

学习目标
1. 进一步提高单片机技术应用水平。
2. 掌握单片机光电触发输入、继电器输出控制和声光输出控制的方法与技巧。

工作任务

本任务是应用 AT89C2051 单片机驱动趣味玩具小车，其趣味性主要体现在：一具有音乐和闪灯；二靠光（如手电筒）触发。其中音乐的内容和闪灯闪亮的方式要求修改方便。具体的控制要求如下：

1. 如图 6—6—1 所示为本项目设计的控制实体模型图。主要由电动小车、AT89C2051 单片机为核心的控制电路、扬声器、闪灯、光敏二极管和触发光源构成。

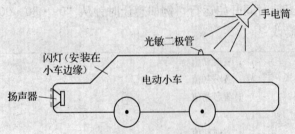

图 6—6—1　趣味玩具小车的控制实体模型图

2. 电源开关打开后，接到第一次触发信号后小车将伴随音乐和闪灯前进，音乐奏完后，小车和闪灯都将停止，等待下次触发。

3. 第二次触发后小车将伴随音乐和闪灯后退，音乐奏完后，小车和闪灯都将停止，等待下次触发。就这样，奇数次触发使小车前进，偶数次触发使小车后退。

4. 光电二极管应安装在车顶并设计一个可调节亮度的遮光装置，以调节控制灵敏度和白天/夜晚选择使用。

一、趣味玩具小车的硬件电路

1. 电路的组成

如图 6—6—2 和图 6—6—3 所示为趣味玩具小车的硬件电路。电路主要由 AT89C2051 单片机最小应用系统、光电触发电路、闪灯驱动电路、音频驱动电路、电动机启动和正反转驱动电路构成。

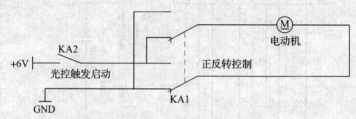

图 6—6—2 趣味玩具小车主电路图

2. 电路的工作原理

（1）在电源打开的瞬间，单片机的 P3.2、P3.4、P3.5 都处于高电平状态，此时 KA2 处于断开状态，电动机不得电，小车处于待命状态。

（2）当接在 P3.2 端的光电二极管受光照后导通时，P3.2 端变为低电平，软件系统通过检测发现该引脚为低电平信号而将趣味小车程序执行一遍。每次执行时 P3.5 置为低电平，启动小车电动机运转，同时伴随音乐和闪灯，其中闪灯的频率与音乐节拍同步。

（3）小车一旦触发行走后，在行走过程中的触发无效，直至音乐奏完，小车和闪灯才停止。

（4）每触发一次系统都对 P3.4 的状态取反一次来实现电动机的反转控制。即当 P3.4 为高电平时，KA1 处于常态，图中电动机为左正右负实现正转；当 P3.4 为低电平时，KA1 吸合，图中电动机为右正左负实现反转。

二、趣味玩具小车的软件系统设计

1. 单片机资源分配及软件系统的设计方案

（1）趣味小车有三大控制功能：一是小车行走控制，二是音乐播放，三是闪灯控制。

（2）在本项目设计中，小车的行走控制程序放在主程序的开始部分；音乐播放程序放在主程序的后面，同时将占用一个定时中断源，形成 10 ms 定时作为音乐节拍控制的单位时间；闪灯的控制程序也将占用一个定时中断源。

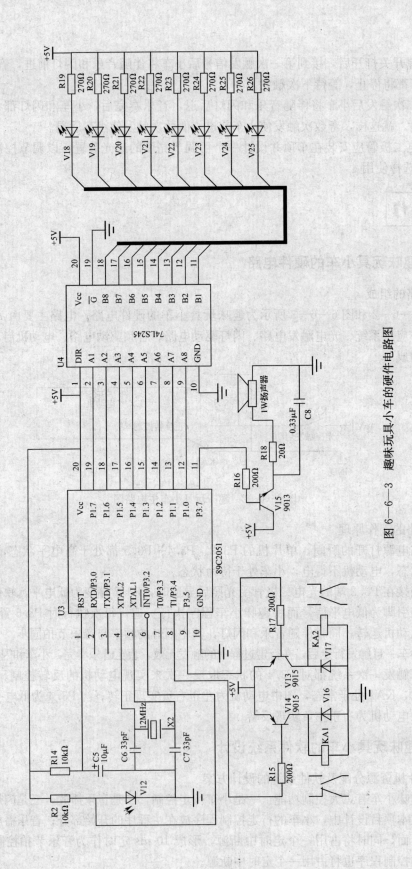

图 6—6—3 趣味玩具小车的硬件电路图

（3）主程序的结构是：程序的开始是等待触发指令（P3.5 为低电平）到来，然后是设计定时参数、开中断、播放音乐、结束程序，最后又回到等待触发指令到来的状态。趣味玩具小车的主程序流程如图 6—6—4 所示。

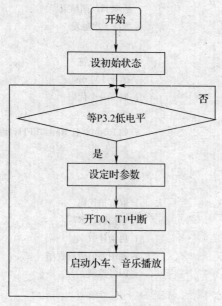

图 6—6—4　趣味玩具小车的主程序流程

2. 源程序
（1）ROM 引导区与主程序

```
        ORG 0000H
        LJMP  START              ；跳至主程序区
        ORG   000BH              ；定时中断 0 入口
        LJMP  DSZD0              ；跳至定时中断服务程序 0 区
        ORG   0030H              ；常规程序存储区
START：
        MOV SP，#50H
        MOV 20H，#00H
        MOV 21H，#55H            ；置闪灯初始状态
MAIN：
        JB    P3.2，$            ；等待触发
        MOV TH0，#0D8H           ；设置 10 ms 定时参数
        MOV TL0，#0F0H
        MOV TMOD，#01H
        MOV IE，#82H             ；开中断
        CPL   P3.4               ；反转
        CLR   P3.5               ；小车启动
LOOP：                          ；音乐播放
        MOV DPTR，#DAT           ；表头地址送 DPTR
MUSIC0：
```

```
        NOP
        CLR A
        MOVC A，@A＋DPTR          ；查表取代码（调值、休止符或结束符）
        JNZ    MUSIC1             ；是 00H，则结束
        LJMP   MAIN               ；等待下次触发
MUSIC1：
        CJNE A，#0FFH, MUSIC2     ；是否休止符？
        LCALL XZ100               ；休止 100 ms
        LJMP MUSIC0               ；取下一个代码
MUSIC2：
        NOP                       ；如 R6≠00 且 R6≠0FFH，继续取节拍码
        MOV R6, A
        INC   DPTR
        CLR   A
        MOVC A，@A＋DPTR          ；取节拍代码
        MOV R7，A                 ；节拍码送 R7
        SETB TR0                  ；启动计数
        LCALL MUSIC               ；调用调值播放程序
        MOV A，21H                ；闪灯控制
        MOV P1，A
        CPL   A
        MOV 21H，A
        LJMP MUSIC0               ；继续取调值
```

(2) 子程序模块

```
    1）10 ms 节拍单位定时中断子程序
DSZD0：
        PUSH ACC
        PUSH PSW
        INC 20H                   ；中断服务，中断计数器加 1
        MOV TH0，#0D8H            ；重置定时初值
        MOV TL0，#0F0H            ；12 MHz 晶振，形成 10 ms 中断
        POP PSW
        POP ACC
        RETI
    2）100 ms 休止子程序
XZ100：
        NOP
        CLR TR0                   ；休止 100 ms
        MOV R2，#40
MUSIC4：
        NOP
        MOV R3，#0FFH
        LCALL DEL
        DJNZ R2, MUSIC4
```

```
      INC DPTR；数据指针加 1 继续取代码
      RET
    3）调值播放子程序
MUSIC：
      NOP
      CPL P3.7                        ；输出位状态取反
      MOV A，R6
      MOV R3，A                       ；调值存入变量寄存器 R3
      LCALL DEL                       ；调用可变延时子程序
      MOV A，R7                       ；取出节拍值
      CJNE A，20H，MUSIC              ；中断计数器（20H）=R7 否？不等，则继续循环
      MOV 20H，#00H                   ；等于，则计数器清 0 后，取下一代码
      INC DPTR                        ；指针加 1，取下一个调值
      RET
    4）可变延时子程序
DEL：
      NOP
DEL3：
      MOV R4，#02H
DEL4：
      NOP
      DJNZ R4，DEL4
      NOP
      DJNZ R3，DEL3
      RET
```

注：程序中使用的调拍表"DAT"可参照本模块课题 1 方法自行编制。

以上为趣味玩具小车的硬件系统和软件系统，只要按照图 6—6—2 和图 6—6—3 所示将小车的控制电路制作出来（安装在电动小车中），并将源程序烧录到 AT89C2051 单片机中，即可实现趣味小车的控制。

练　习

1. 本课题小车控制系统中，当小车触发后并处于行走过程中再次触发是否生效？为什么？

2. 本课题小车控制系统中的闪灯频率是如何控制的？哪段程序可体现出来？

任务　AT89C2051 单片机控制的山水镜画工艺品

学习目标
1. 了解单片机在工艺品领域中的应用。
2. 了解单片机光电输入和光电输出电路的组成与结构。
3. 进一步提高单片机应用技术水平。

工作任务

　　单片机的可编程性决定了使用它的灵活性，因而得以广泛应用。本课题介绍基于 AT89C2051 单片机的山水镜画工艺品的制作，本工艺品能给人点点星光、腾云驾雾的观赏效果。如图 6—7—1 所示为山水镜画工艺品外观结构图。本品可作为家居、办公室等场所的高档摆设品，具有很高的观赏价值。其控制要求如下：

固定在画上不规则闪烁的发光二极管代表星星

小光管安装在画底后方

安装在画前的喷雾装置

图 6—7—1　山水镜画工艺品外观结构图

　　1. "点点星光"功能的实现。将 4 位发光二极管并联后由中功率三极管"8050"驱动，这样的并联驱动回路有 8 路，分别由 P1.0～P1.7 控制，并由随机性很强的算术逻辑来控制 P1.0～P1.7 的状态，使各路灯实现不规则的闪烁，给人以更逼真的感觉。

2."腾云驾雾"功能的实现。如图 6—7—2 所示为云雾产生装置。负离子高压雾化器安装在容器的底部并浸于纯净水中，通电将产生雾气，当雾气产生达到一定浓度并将雾传感器的光线挡住时，由单片机控制系统控制排雾风扇启动实现自动排雾，排完即将风扇停下。这样，镜画底部的排雾口将时不时地"吐出"雾气而形成"腾云驾雾"的效果。

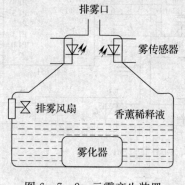

图 6—7—2　云雾产生装置

3. 音乐奏响功能的实现。参照本模块课题 1 的方法加入音乐播放程序，可实现音乐奏响功能。

4. 画后底部的照明小光管直接由市电电源控制，不受单片机系统的控制。

5. 在上述云雾产生装置中的纯净水中加入几滴香薰油可实现香薰的效果。

实践操作

一、系统组成

1. 硬件系统的组成

硬件系统主要包括镜画及其支架和控制电路两部分。如图 6—7—1 所示，在画面的天空背景部分穿一些不规则的小孔安装发光二极管（小粒型）代表星星；在画的后面设立一个装水的半封闭小容器，在容器里放置负离子雾化器，并将其喷雾嘴安装在画的前底部；在贴近画面的后底部安装上小光管，以体现画面的立体感；将鸟叫芯片及其扬声器安装在画后合适的地方。

2. 硬件电路组成

图 6—7—3 所示为由 AT89C2051 单片机最小应用系统控制的山水镜画工艺品电路原理图。电路主要由 AT89C2051 单片机最小应用系统、雾传感器输入回路、"吐雾"吹风电路和 8 路发光二极管驱动电路组成。

二、源程序

1. ROM 引导区与主程序

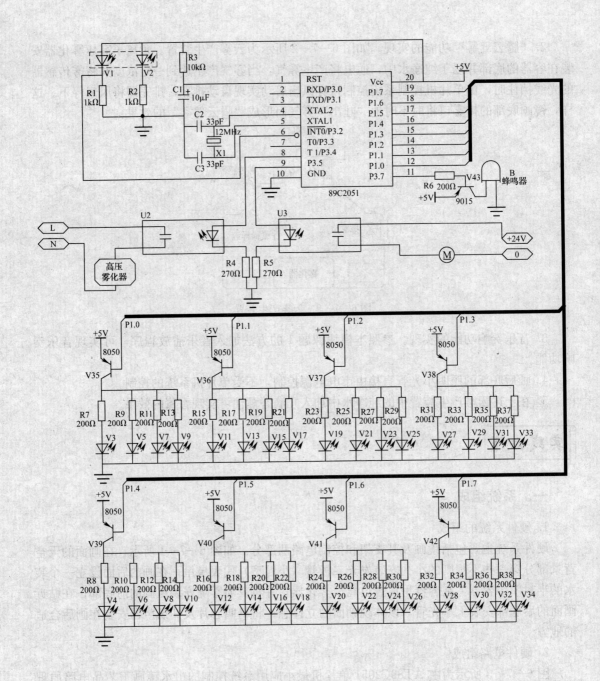

图 6—7—3　由 AT89C2051 单片机最小应用系统控制的山水镜画工艺品电路原理图

```
ORG 0000H
    LJMP START          ；跳至主程序区
    ORG 0003H           ；外中断 0 入口
    LJMP INT0ZD         ；跳至外中断服务程序 0 区
    ORG 000BH           ；定时中断 0 入口
    LJMP DSZD0          ；跳至定时中断服务程序 0 区
    ORG 0030H           ；常规程序存储区
```

```
START：
    MOV SP，＃50H
    MOV 20H，＃00H
    MOV 21H，＃77H                    ；置闪灯初始状态
MAIN：
    MOV TH0，＃0D8H                   ；设置 10 ms 定时参数
    MOV TL0，＃0F0H
    MOV TCON，＃01H
    MOV TMOD，＃01H
    MOV IE，＃83H                     ；开中断
    SETB P3.4                        ；启动负离子雾化器
LOOP：                               ；音乐播放
    MOV DPTR，＃DAT                   ；表头地址送 DPTR
MUSIC0：
    NOP
    CLR A
    MOVC A，@A＋DPTR                  ；查表取代码（调值、休止符或结束符）
    JNZ MUSIC1                       ；是 00H，则结束
    LCALL END0
    LJMP LOOP
MUSIC1：
    CJNE A，＃0FFH，MUSIC2            ；是否休止符？
    LCALL XZ100                      ；休止 100 ms
    LJMP MUSIC0                      ；取下一个代码
MUSIC2：
    NOP                              ；如 R6≠00 且 R6≠0FFH，继续取节拍码
    MOV R6，A
    INC DPTR
    CLR A
    MOVC A，@A＋DPTR                  ；取节拍码
    MOV R7，A                        ；节拍码送 R7
    SETB TR0                         ；启动计数
    LCALL MUSIC                      ；调用调值播放程序
    MOV A，21H                       ；闪灯控制
    MOV P1，A
    ADD A，＃13                      ；加 13 实现无规律闪亮（即星光效果）
    MOV 21H，A
    LJMP MUSIC0                      ；继续取调值
```

2. 子程序模块

```
(1) 10 ms 节拍单位定时中断子程序
DSZD0：
    PUSH ACC
    PUSH PSW
    INC 20H                          ；中断服务，中断计数器加 1
```

```
        MOV TH0，#0D8H                      ；重置定时初值
        MOV TL0，#0F0H                      ；12 MHz 晶振，形成 10 ms 中断
        POP PSWPOP ACC
        RETI
        （2）外中断 0 服务子程序
INT0ZD：
        PUSH ACC
        PUSH PSW
        CLR P3.4                            ；关闭雾化器
        CLR P3.5                            ；打开风扇吹雾
        JNB P3.2，$                         ；雾吹完
        LCALL XZ100
        SETB P3.4                           ；重开雾化器
        SETB P3.5                           ；关闭风扇
        POP PSW
        POP ACC
        RETI
        （3）100 ms 休止子程序
XZ100：
        NOP
        CLR TR0                             ；休止 100 ms
        MOV R2，#40
MUSIC4：
        NOP
        MOV R3，#0FFH
        LCALL DEL
        DJNZ R2，MUSIC4
        INC DPTR                            ；数据指针加 1，继续取代码
        RET
        （4）调值播放子程序
MUSIC：
        NOP
        CPL P3.7                            ；输出位状态取反
        MOV A，R6
        MOV R3，A                           ；调值存入变量寄存器 R3
        LCALL DEL                           ；调用可变延时子程序
        MOV A，R7                           ；取出节拍值
        CJNE A，20H，MUSIC                  ；中断计数器（20H）＝R7 否？不等，则继续循环
        MOV 20H，#00H                       ；等于，则计数器清 0 后取下一代码
        INC DPTR                            ；指针加 1，取下一个调值
        RET
        （5）可变延时子程序
DEL：
        NOP
DEL3：
        MOV R4，#02H
```

```
DEL4：
    NOP
    DJNZ R4，DEL4
    NOP
    DJNZ R3，DEL3
    RET
    （6）结束1 s后重播放子程序
END0：
    NOP
END1：
    MOV R4，#4
    MOV R2，#64H                        ；歌曲结束，延时1 s后继续
MUSIC6：
    MOV R3，#00H
    LCALL DEL
    DJNZ R2，MUSIC6
    DJNZ R4，END1
    RET
```

注：程序中使用的调拍表"DAT"可参照本模块课题1方法自行编制。

　　以上是基于 AT89C2051 单片机最小应用系统控制的山水镜画工艺品的硬件系统和软件系统，读者可根据实际模仿制作。成品制作不仅会给生活增添乐趣，更重要的是可以进一步提高单片机技术的应用水平和汇编程序的编程水平。读者还可根据实际，将本品制作成有点点星光、腾云驾雾观赏效果的假山。

练　习

1. 简述本课题中烟雾传感器电路的工作原理。
2. 星光闪烁的不规则性是如何实现的？

课题8　可编程并行 I/O 扩展接口的应用

任务　8255A 和 8155 可编程并行 I/O 接口芯片的简单应用

学习目标

1. 了解 I/O 扩展接口应用的实际意义。
2. 熟悉 8255A 和 8155 可编程并行 I/O 接口芯片的内部结构及控制字。
3. 掌握应用 8255A 或 8155 可编程并行 I/O 接口芯片来实现 I/O 控制的方法。

利用 8255A 和 8155 可编程并行 I/O 接口芯片实现对图 2—1—1 所示 8 位信号灯轮流闪亮的控制。

常用的可编程 I/O 扩展芯片主要有 8255A 和 8155 等，该类芯片均为 Intel 系列的外围接口芯片，它们的显著特点是工作方式的确定可由软件初始化程序灵活实现和改变，并且其引脚能方便地与 MCS-51 系列单片机兼容相连，具有较强的通用性。

一、8255A 可编程并行 I/O 接口芯片

8255A 是可编程的并行输入/输出接口芯片，通用性强且使用灵活，常用来实现 MCS-51 系列单片机的并行 I/O 口扩展。它是一个 40 引脚的双列直插式集成电路芯片，其引脚排列及与单片机最小应用系统构成的控制电路如图 6—8—1 所示。

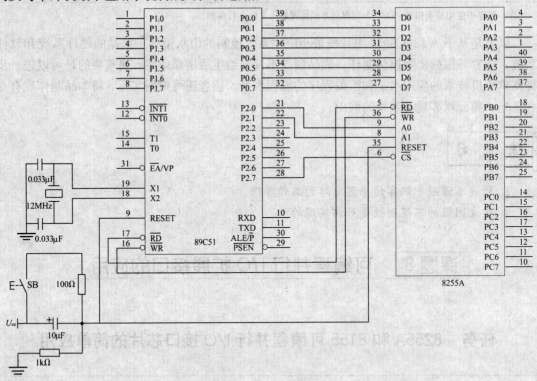

图 6—8—1　单片机最小应用系统与 8255A 接口芯片构成的控制电路

1. 8255A 的内部结构

8255A 的内部结构可以分为 3 个逻辑电路，即口电路、总线接口电路和控制逻辑电路。

（1）口电路

8255A 共有 3 个 8 位口，其中 A 口和 B 口是单纯的数据口，供数据 I/O 使用。而 C 口既可以做数据口，又可用做控制口，用于实现 A 口和 B 口的控制功能，因此，在使用中常把 C 口分为两部分，即 C 口高位部分和 C 口低位部分。

（2）总线接口电路

用于实现 8255A 和单片机的信号连接：

1）$\overline{CS}$——片选信号（P2.7）。

2）$\overline{RD}$——读信号。

3）$\overline{WR}$——写信号。

4）A0、A1——端口选择信号。

8255A 共有 4 个可寻址的端口，用二位编码可以实现。其中 A0、A1 分别接到 P2.0、P2.1 口，加上片选信号（P2.7）和 P0 口构成 16 位的 4 个端口地址：A 口地址为 7CFFH，B 口地址为 7DFFH，C 口地址为 7EFFH，控制字地址为 7FFFH。其中后面的"FF"表示地址低字节 P0 口全为高电平，"7"表示片选信号 $\overline{CS}$（P2.7）为低电平，第二位"C、D、E、F"分别表示 P2.1、P2.0 口（即 A1、A0）的 4 种组合状态："00""01""10""11"。

（3）控制逻辑电路

本项目是利用 8255A 可编程并行 I/O 接口芯片进行数据的输入、输出。可编程通用接口芯片 8255A 有 3 个 8 位的并行 I/O 口，它有 3 种工作方式：方式 0、方式 1、方式 2。本项目设计采用的是方式 0：PA 口输出，PB 口输入。工作方式 0 是一种基本的输入、输出方式。在这种方式下，3 个端口都可以由程序置为输入或输出。

（4）8255A 的端口操作状态

8255A 的端口操作状态表见表 6—8—1。只要给定正确的地址，这些端口的状态在使用"MOVX A，@DPTR"或"MOVX @DPTR，A"语句时是由计算机自动形成的，并自动实现先寻址后传送数据的过程。

表 6—8—1　　　　　　　　　　8255A 的端口操作状态表

A1	A0	$\overline{RD}$	$\overline{WR}$	$\overline{CS}$	端口及方向选择	操作类型
0	0	0	1	0	A 口→数据总路线	输入（读）操作
0	1	0	1	0	B 口→数据总路线	MOVX A，@DPTR
1	0	0	1	0	C 口→数据总路线	
0	0	1	0	0	数据总路线→A 口	输出（写）操作
0	1	1	0	0	数据总路线→B 口	MOVX @DPTR，A
1	0	1	0	0	数据总路线→C 口	
1	1	1	0	0	数据总路线→控制口	
×	×	×	×	1	数据总路线呈高阻状态	禁止操作
1	1	0	1	0	非法	
×	×	1	1	0	数据总路线呈高阻状态	

（5）8255A 方式控制字格式

1	D6	D5	D4	D3	D2	D1	D0

其中：D7＝1 作为工作方式字的特征位。

D6、D5 作为 A 口工作方式选择位：00＝方式 0，01＝方式 1，10＝方式 2。

D4 作为 A 口的输入/输出方向选择位：1＝输入，0＝输出。

D3 作为 C 口高 4 位的输入/输出方向选择位：1＝输入，0＝输出。

D2 作为 B 口的工作方式选择位：0 为方式 0，1 为方式 1。

D1 作为 B 口的输入/输出方向选择位：1＝输入，0＝输出。

D0 作为 C 口低 4 位的输入/输出方向选择位：1＝输入，0＝输出。

2. 8255A 应用举例

（1）PA 口作为输出口，控制如图 2—1—1 所示的 8 位信号灯轮流闪亮的源程序。

```
    PORTA EQU  7CFFH              ；A 口
    PORTB EQU  7DFFH              ；B 口
    PORTC EQU  7EFFH              ；C 口
    CADDR EQU  7FFFH              ；控制字地址
    ORG 0000H
    MOV A，#80H                   ；方式 0，初始化编程
    MOV DPTR，#CADDR
    MOVX @DPTR，A                 ；将方式字写入控制地址
LOOP：
    MOV A，#0FEH
    MOV R2，#08H
OUTPUT：
    MOV DPTR，#PORTA              ；置 A 口地址
    MOVX @DPTR，A                 ；信号灯状态由 A 口输出
    LCALL DELAY
    RL A
    DJNZ R2，OUTPUT
    LJMP LOOP
DELAY：
    MOV R6，#00H
    MOV R7，#00H
DELAYLOOP：
    DJNZ R6，DELAYLOOP
    DJNZ R7，DELAYLOOP
    RET
    END
```

（2）PA 口作为输出口，控制如图 2—1—1 所示的 8 位信号灯，PB 口作为查询式键盘输入口。

```
    PORTA EQU  7CFFH              ；A 口
    PORTB EQU  7DFFH              ；B 口
    PORTC EQU  7EFFH              ；C 口
    CADDR EQU  7FFFH              ；控制字地址
```

```
        ORG 0000H
        SJMP START
START:
        ORG 0030H
        MOV A, #82H                    ; 初始化（A 口出，B 口入）
        MOV DPTR, #CADDR
        MOVX @DPTR, A
        MOV DPTR, #PORTB
        MOVX A, @DPTR                  ; 读入 B 口
        MOV DPTR, #PORTA
        MOVX @DPTR, A                  ; 输出到 A 口
        LCALL DELAY
        SJMP START
DELAY:
        MOV R6, #00H
        MOV R7, #00H
DELAYLOOP:
        DJNZ R6, DELAYLOOP
        DJNZ R7, DELAYLOOP
        RET
        END
```

二、8155 可编程并行 I/O 接口芯片

1. 8155 芯片概述

8155 是一种复合型的可编程并行 I/O 接口芯片，用于实现数据的输入、输出。单片机最小应用系统与 8155 接口芯片构成的控制电路如图 6—8—2 所示。实验中，8155 的 PA 口、PB 口作为输出口。与 8255 相比，8155 具有更强的功能，因为它除能提供并行接口外，还包括有 256 字节 RAM 存储器和 14 位定时器/计数器。8155 具有 3 个可编程 I/O 口，其中 PA，PB 为 8 位口，PC 为 6 位口。PA 口、PB 口为通用的输入、输出口，主要用于数据的 I/O 传送，他们都是数据口，因此，只有输入、输出两种工作方式。

8155 是一种可编程多功能接口芯片，功能丰富，使用方便，特别适合于扩展少量 RAM 和定时器/计数器的场合。其引脚功能如下：

（1）AD0～AD7——地址/数据总线，双向三态。

8155 有 256 字节静态 RAM，每一字节均有相应地址，输入、输出数据通过 AD0～AD7 口传送。

8155 内部有 6 个寄存器：A 口，B 口，C 口，命令状态寄存器，定时器/计数器低 8 位，定时器/计数器高 6 位加 2 位输出线信号形式，6 个寄存器有各自相应的地址。地址及写入或读出的数据均通过 AD0～AD7 传送。

AD0～AD7 传送数据的方向，由 RD、WR 信号控制。

（2）$\overline{CS}$——片选信号。

（3）$\overline{RD}$——读信号。

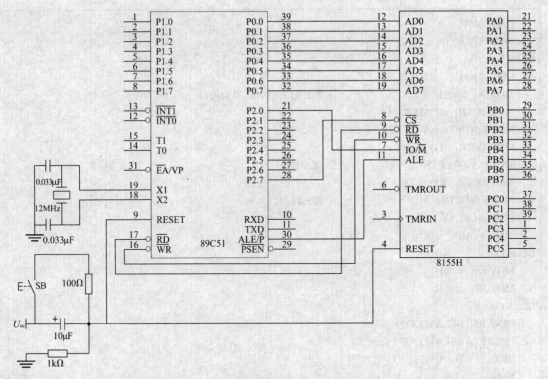

图 6—8—2　单片机最小应用系统与 8155 接口芯片构成的控制电路

（4）$\overline{WR}$——写信号。

（5）PA0～PA7——A 口 8 位通用 I/O 线。

（6）PB0～PB7——B 口 8 位通用 I/O 线。

（7）PC0～PC5——C 口 6 位 I/O 线，既可做通用 I/O 口，又可做 A 口和 B 口工作于选通方式下的控制信号。

（8）IO/M——I/O 口与 RAM 选择信号。8155 内部 I/O 口与 RAM 是分开编址的，因此，要使用控制信号进行区分。IO/M＝0，对 RAM 进行读写，此时 AD7～AD0 送入的地址为 8155 内部 RAM 的地址，范围为 00H～FFH；IO/M＝1，对 I/O 进行读写，此时 AD7～AD0 送入的地址为 8155 各 I/O 端口地址，其具体地址与端口对应关系是：AD2 AD1 AD0＝000 时对应命令/状态寄存器；AD2 AD1 AD0＝001 时对应端口 A；AD2 AD1 AD0＝010 时对应端口 B；AD2 AD1 AD0＝011 时对应端口 C；AD2 AD1 AD0＝100 时对应定时器低 8 位；AD2 AD1 AD0＝101 时对应定时器高 8 位。

电路图中 8155 的端口地址由单片机的 P0 口和 P2.7 以及 P2.0 决定。控制口的地址为 7F00H；PA 口的地址为 7F01H；PB 口的地址为 7F02H。

8155 命令字的格式：（AD2 AD1 AD0＝000 写操作时）

D7D6——定时器的方式定义位。00：无操作；01：停止计数；10：计数满后停止操作；11：启动计数器操作。

D5——B 口中断控制位。1＝B 口中断打开；0＝B 口中断关闭。

D4——A 口中断控制位。1＝A 口中断打开；0＝A 口中断关闭。

D3D2——C 口方式控制位。00：A 口、B 口为基本 I/O，C 口为 IN 方式；01：A 口为选通 I/O 方式，B 口为基本 I/O，这时 PC0～PC2 作为 A 口的联络线，PC3～PC5 输出；10：A 口、B 口为选通 I/O 方式，这时 PC0～PC2 作为 A 口的联络线，PC3～PC5 作为 B 口的联络线；11：A 口、B 口为基本 I/O，C 口为 OUT 方式。

D1——B 口传输方向定义。0＝B 口输入，1＝B 口输出。

D0——A 口传输方向定义。0＝A 口输入，1＝A 口输出。

8155 状态字的格式：（AD2 AD1 AD0＝000 读操作时）

D7——无定义。

D6——定时器中断标志。定时器溢出后自动置 1，读取后自动清 0。

D5——B 口中断允许标志。1＝允许 B 口中断，0＝禁止 B 口中断。

D4——B 口缓冲器满/空标志。1＝B 口缓冲器满，0＝B 口缓冲器空。

D3——B 口中断请求标志。1＝B 口请求中断，0＝B 口无中断请求。

D2——A 口中断允许标志。1＝允许 A 口中断，0＝禁止 A 口中断。

D1——A 口缓冲器满/空标志。1＝A 口缓冲器满，0＝A 口缓冲器空。

D0——A 口中断请求标志。1＝A 口请求中断，0＝A 口无中断请求。

2. 8155 应用举例

（1）PA 口作为输出口，控制图 2—1—16 所示的 8 位信号灯流水闪亮。

```
        PORTA EQU 7F01H          ；A 口
        PORTB EQU 7F02H          ；B 口
        CADDR EQU 7F00H          ；控制字地址
        ORG 0000H
        MOV A，#03H              ；方式 0，初始化编程
        MOV DPTR，#CADDR
        MOVX @DPTR，A             ；写方式字
LOOP：
        MOV A，#0FEH
        MOV R2，#08H
OUTPUT：
        MOV DPTR，#PORTA
        MOVX @DPTR，A             ；A 口输出
        LCALL DELAY
        RL A
        DJNZ R2，OUTPUT
        LJMP LOOP
DELAY：
        MOV R6，#00H
        MOV R7，#00H
DELAYLOOP：
        DJNZ R6，DELAYLOOP
        DJNZ R7，DELAYLOOP
        RET
        END
```

（2）PA 口作为输出口，控制图 2—1—16 所示的 8 位信号灯，PB 口作为输入口接查询式键盘。

```
        MODE  EQU 01H              ; 方式 0, PA 输出，PB 输入
        PORTA EQU 7F01H            ; A 口
        PORTB EQU 7F02H            ; B 口
        CADDR EQU 7F00H            ; 控制字地址
        ORG 0000H
        MOV A, #MODE               ; 初始化编程
        MOV DPTR, #CADDR
        MOVX @DPTR, A
START:
        MOV DPTR, #PORTB
        MOVX A, @DPTR              ; 读入 B 口
        MOV DPTR, #PORTA
        MOVX @DPTR, A              ; 输出到 A 口
        LCALL DELAY
        SJMP START
DELAY:
        MOV R6, #00H
        MOV R7, #00H
DELAYLOOP:
        DJNZ R6, DELAYLOOP
        DJNZ R7, DELAYLOOP
        RET
        END
```

上述介绍了可编程并行 I/O 扩展芯片 8255A 和 8155 的应用，它们共同的特点是单片机对扩展芯片进行读写时，只要能正确使用指令以及控制地址，其工作过程都是自动完成的，例如，程序中的"MOVX @DPTR，A"输出语句，将会自动地把 $\overline{WR}$（P3.7）端置 0 实现数据的写出操作，而"MOVX A，@DPTR"输入语句，将会自动地把 $\overline{RD}$（P3.6）端置 0 实现数据的读取操作。作为读写数据时所使用的地址，若扩展 I/O 口地址则要视扩展芯片与单片机 P2 口的连接关系而定。

练 习

1. 8255A 共有＿＿＿＿＿个 8 位口，其中＿＿＿＿＿口和＿＿＿＿＿口是单纯的数据口，供数据 I/O 使用。而＿＿＿＿＿口既可以做数据口，又可用做控制口使用，用于实现 A 口和 B 口的控制功能。

2. 8255A 共有 4 个可寻址的端口，用二位编码可以实现。其中 A0、A1 分别接到 P2.0、P2.1 口，加上片选信号（P2.7）和 P0 口构成＿＿＿＿＿位的 4 个端口地址：A 口地址为＿＿＿＿＿，B 口地址为＿＿＿＿＿，C 口地址为＿＿＿＿＿，控制字地址为＿＿＿＿＿。其中后面的"FF"表示地址低字节 P0 口全为高电平，"7"表示片选信号 $\overline{CS}$（P2.7）为低电平，

第二位"C、D、E、F"分别表示 P2.1、P2.0 口（即 A1、A0）的 4 种组合状态："00""01""10""11"。

3. 与 8255A 相比，8155 具有更强的功能，因为它除能提供并行接口还包括有 256 字节和 14 位定时器/计数器。8155 具有_____个可编程 I/O 口，其中 PA、PB 为____位口，PC 为____位口。PA 口、PB 口为通用的输入、输出口，主要用于数据的 I/O 传送，他们都是数据口，因此，只有输入、输出两种工作方式。

4. 可编程并行 I/O 扩展芯片 8255A 和 8155 的共同特点就是单片机对扩展芯片进行读写时，只要能正确使用指令以及控制地址，其工作过程都是自动完成的，例如，程序中的"_____"输出语句，将会自动地把 WR（P3.7）端置 0 实现数据的写出操作，而"_____"输入语句，将会自动地把 RD（P3.6）端置 0 实现数据的读取操作。作为读写数据时所使用的地址，若扩展 I/O 口地址则要视扩展芯片与单片机 P2 口的连接关系而定。

5. 如果将 8255A 的 A0、A1 分别接到 P2.7、P2.8 口，加上片选信号（P2.6）时，和 P0 口构成 16 位的 4 个端口地址将分别是多少？

6. 8155 的 AD0～AD7 传送数据的方向由什么信号控制？"IO/M"端有何功能？

课题 9 温度过程控制

任务 用单片机实现温度过程控制

学习目标
1. 了解 DS18B20 温度采集模块的工作原理与使用方法。
2. 熟悉源程序中各程序模块的原理。
3. 掌握本温度控制器的制作和使用。

工作任务

编程实现如图 6—9—1 所示温度过程控制电路的实时温度显示功能、上下限可设置及报警功能。

实践操作

一、硬件电路组成

本任务硬件电路如图 6—9—1 所示。系统由 AT89C51 单片机最小应用系统、DS18B20

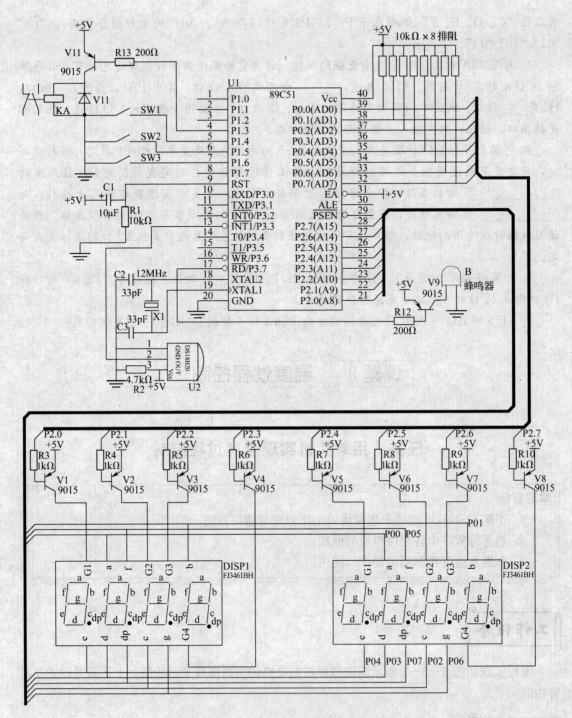

图 6—9—1　温度过程控制电路

温度采集模块、动态扫描数码管显示电路、3 位简易键盘电路和报警电路组成。读者也可按表 6—9—1 所列的元件清单购买元件并按图 6—9—1 所示电路进行硬件制作。

表 6—9—1　　　　　　　　　　温度过程控制电路元件清单

元件名称	型号参数	数量	元件名称	型号参数	数量
单片机	AT89C51	1	数码管	四位一体共阳极	2
晶振	12 MHz	1	二极管	1N4007	1
电容器	33 pF	2	三极管	9015	9
电容器	10 μF/16V	1	蜂鸣器	1 W	1
电阻器	10 kΩ	1	按键	5×5 mm	4
电阻器	4.7 kΩ	1	万能板	100×150 mm 左右	1
电阻器	200 Ω	2	电池盒	4.5 V	1
排阻器	1 kΩ×8（R3～R10）	1	温度采集模块	DS18B20	1
排阻器	10 kΩ×8	1	小继电器	5 V	1

二、系统功能简介

1. DS18B20 简介

DS18B20 温度采集模块以 9 位数字量的形式反映器件的温度值。DS18B20 通过一个单线接口发送或接收信息，因此，在中央微处理器和 DS18B20 之间仅需一条连接线（加上地线）。用于读写和温度转换的电源可以从数据线本身获得，无须外部电源。由于每个 DS18B20 都有一个独特的片序列号，所以多只 DS18B20 可以同时连在一根总线上，这样就可以把温度传感器放在许多不同的地方。这一特性在 HVAC 环境控制、探测建筑物、仪器或机器的温度以及过程监测和控制等方面非常有用。

DS18B20 有 3 个主要数字部件：

（1）64 位激光 ROM。

（2）温度传感器。

（3）非易失性温度报警触发器 TH 和 TL。

DS18B20 器件用如下方式从单线通信线上获取能量：在信号线处于高电平期间把能量储存在内部电容器里，在信号线处于低电平期间消耗电容器上的电能而工作，直到高电平到来再给寄生电源（电容器）充电。DS18B20 也可用外部 5 V 电源供电。

2. 键盘功能及数码管显示效果

（1）显示窗口切换

电路通电默认显示为当前温度形式如"0 23.2"窗口；可通过 SW1 键查看下限报警温度形式如"L－－20"窗口和上限报警温度形式如"H－－30"窗口；不断按压 SW1 可使这 3 个窗口循环切换。

（2）上、下限报警温度设置方法

在显示为当前温度形式如"0 23.2"窗口状态下按下 SW3 一次，将窗口切换为下限报警温度设置，此时显示形式如"L－－20"且后 2 位数据在跳动，表示下限报警温度设置已待命，并可通过 SW1（加 1 键）或 SW2（减 1 键）对下限报警温度进行修改；再次按下 SW3 一次，将窗口切换为上限报警温度设置，此时显示形式如"H－－30"且后 2 位数据在跳动，表示上限报警温度设置已待命，并可通过 SW1（加 1 键）或 SW2（减 1 键）对上限报警温度进行修改；最后按下 SW3 返回当前温度显示窗口，上、下限报警温度设置完毕。

3. 超温报警

当温度低于下限时，窗口将跳动显示形式如"L－－20"同时可触发蜂鸣器发出"嘀嘀"响的报警声直到温度恢复为止；当温度高于上限时，窗口将跳动显示形式如"H－－30"同时可触发蜂鸣器发出"嘀嘀"的报警声直到温度恢复正常为止。

4. 继电器输出

当采集温度在正常范围内时，P1.3 输出高电平，V11 处于截止状态，KA 不动作；而当采集温度超出正常范围时，P1.3 输出低电平，V11 导通，KA 吸合。可根据自己的需要选择 KA 的常开或常闭信号。

三、源程序

```
; 定义寄存器及主程序
; ======================
TIMER _ L        DATA   23H
TIMER _ H        DATA   24H
TIMER _ COUN  DATA   25H
TEMPL            DATA   26H
TEMPH            DATA   27H
TEMP _ TH        DATA   28H
TEMP _ TL        DATA   29H
TEMPHC           DATA   2AH
TEMPLC           DATA   2BH
TEMP _ ZH        DATA   2CH
; ------------------------
BEEP             EQU    P3. 7
DATA _ LINE      EQU    P3. 3
RELAY            EQU    P1. 3
FLAG1            EQU    20H. 0
FLAG2            EQU    20H. 1
; ------------------------
K1  EQU  P1. 4
K2  EQU  P1. 5
K3  EQU  P1. 6
; ======================
ORG 0000H
JMP MAIN                        ; 跳至主程序
ORG 000BH                       ; 定时中断入口
AJMP INT _ T0
; ------------------------
; 主程序
MAIN:
    MOV SP, ＃30H
    MOV TMOD, ＃01H             ; T0, 方式 1
```

```
        MOV TIMER _ L，#00H                  ； 50 μs 定时值
        MOV TIMER _ H，#4CH
        MOV TIMER _ COUN，#00H              ； 中断计数
        MOV IE，#82H                         ； EA=1，ET0=1
        LCALL READ _ E2
        LCALL RE _ 18B20
        MOV 20H，#00H
        SETB BEEP
        SETB RELAY
        MOV 7FH，#0AH                        ； 熄灭符
        CALL RESET                          ； 复位与检测 DS18B20
        JNB FLAG1，MAIN1                     ； FLAG1=0，DS18B20 不存在
        JMP START
MAIN1：
        CALL RESET
        JB FLAG1，START
        LCALL BEEP _ BL                      ； DS18B20 错误，报警
        JMP MAIN1
START：
        MOV A，#0CCH                         ； 跳过 ROM 匹配
        CALL WRITE
        MOV A，#044H                         ； 发出温度转换命令
        CALL WRITE
        CALL RESET
        MOV A，#0CCH                         ； 跳过 ROM 匹配
        CALL WRITE
        MOV A，#0BEH                         ； 发出读温度命令
        CALL WRITE
        CALL READ                           ； 读温度数据
        CALL CONVTEMP
        CALL DISPBCD
        CALL DISP1
        CALL SCANKEY
        LCALL TEMP _ COMP
        JMP MAIN1
    ； ====================
    ； DS18B20 复位与检测子程序
    ； FLAG1=1 OK，FLAG1=0 ERROR
    ； ====================
RESET：
        SETB DATA _ LINE
        NOP
        CLR DATA _ LINE
        MOV R0，#64H                         ； 主机发出延时 600 μs 的复位低脉冲
        MOV R1，#03H
RESET1：
```

```
        DJNZ R0, $
        MOV R0, #64H
        DJNZ R1, RESET1
        SETB DATA _ LINE；然后拉高数据线
        NOP
        MOV R0, #25H
RESET2：
        JNB DATA _ LINE, RESET3              ；等待 DS18B20 回应
        DJNZ R0, RESET2
        JMP RESET4                           ；延时
RESET3：
        SETB FLAG1                           ；置标志位，表示 DS18B20 存在
        JMP RESET5
RESET4：
        CLR FLAG1                            ；清标志位，表示 DS18B20 不存在
        JMP RESET6
RESET5：
        MOV R0, #064H
        DJNZ R0, $                           ；时序要求延时一段时间
RESET6：
        SETB DATA _ LINE
        RET
        ；=======================
        ；把 DS18B20 EEPROM 里的温度报警值拷贝回暂存器
        ；=======================
READ _ E2：
        CALL RESET
        MOV A, #0CCH                         ；跳过 ROM 匹配
        LCALL WRITE
        MOV A, #0B8H                         ；温度报警值拷贝回暂存器
        CALL WRITE
        RET
        ；=======================
        ；200 μs 对闪动标记取反一次
        ；=======================
INT _ T0：
        PUSH ACC
        PUSH PSW
        MOV TL0, TIMER _ L
        MOV TH0, TIMER _ H
        INC TIMER _ COUN
        MOV A, TIMER _ COUN
        CJNE A, #04H, INT _ END
        MOV TIMER _ COUN, #00H
        CPL FLAG2
INT _ END：
```

```
        POP PSW
        POP ACC
        RETI
        ; ========================
        ; 重新对 DS18B20 初始化；将设定的温度报警值写入 DS18B20
        ; ========================
RE _ 18B20：
        JB FLAG1，RE _ 18B20A
        RET
RE _ 18B20A：
        CALL RESET
        MOV A，#0CCH                     ；跳过 ROM 匹配
        LCALL WRITE
        MOV A，#4EH                      ；写暂存寄存器
        LCALL WRITE
        MOV A，TEMP _ TH                 ；TH（报警上限）
        LCALL WRITE
        MOV A，TEMP _ TL                 ；TL（报警下限）
        LCALL WRITE
        MOV A，#7FH                      ；12 位精确度
        LCALL WRITE
        RET
        ; ========================
        ; DS18B20 写数据子程序
        ; ========================
WRITE：
        MOV R2，#8                       ；一共 8 位数据
        CLR CY
WR1：                                    ；开始写入
        CLR DATA _ LINE                  ；置 DS18B20 总线于复位（低）状态
        MOV R3，#09
        DJNZ R3，$                       ；总线复位保持 18 μs 以上
        RRC A                            ；把一个字节数据分成 8 位环移给 C
        MOV DATA _ LINE，C               ；写入一位
        MOV R3，#23
        DJNZ R3，$                       ；等待 46 μs
        SETB DATA _ LINE                 ；重新释放总线
        NOP
        DJNZ R2，WR1                     ；写入下一位
        SETB DATA _ LINE
        RET
        ; ========================
        ; 从 DS18B20 中读出温度低位、高位和报警值 TH、TL 存入 26H、27H、28H、29H
        ; ========================
READ：
        MOV R4，#4                       ；将温度高位和低位从 DS18B20 中读出
```

```
    MOV R1，#26H；存入 26H、27H、28H、29H
RE00：
    MOV R2，#8
RE01：
    CLR C
    SETB DATA _ LINE
    NOP
    NOP
    CLR DATA _ LINE                    ；读前总线保持为低
    NOP
    NOP
    NOP
    SETB DATA _ LINE                   ；开始读总线释放
    MOV R3，#09                        ；延时 18 μs
    DJNZ R3，$
    MOV C，DATA _ LINE                 ；从 DS18B20 总线读得一位
    MOV R3，#23
    DJNZ R3，$                         ；等待 46 μs
    RRC A                             ；把读得的位值环移给 A
    DJNZ R2，RE01                     ；读下一位
    MOV @R1，A
    INC R1
    DJNZ R4，RE00
    RET
    ；=====================
    ；设置温度报警值
    ；=====================
RESET _ ALERT：
    CALL ALERT _ TL
    CALL ALERT _ PLAY
    JNB K3，$                          ；K3 为位移键
    SETB TR0
RESET _ TL：
    CALL ALERT _ PLAY
    JNB FLAG2，R _ TL01
    MOV 75H，7FH                       ；送入熄灭符
    MOV 76H，7FH
    CALL ALERT _ PLAY
    JMP R _ TL02
R _ TL01：
    CALL ALERT _ TL
    MOV 75H，7EH                       ；送设定值
    MOV 76H，7DH
    CALL ALERT _ PLAY                 ；显示设定值
R _ TL02：
    JNB K1，K011A
```

```
    JNB K2, K011B
    JNB K3, RESET _ TH
    JMP RESET _ TL
K011A:
    INC TEMP _ TL
    MOV A, TEMP _ TL
    CJNE A, #120, K012A                    ;没有到设定上限值，转
    MOV TEMP _ TL, #0
K012A:
    CALL TL _ DEL
    JMP RESET _ TL
K011B:
    DEC TEMP _ TL
    MOV A, TEMP _ TL
    CJNE A, #00H, K012B                    ;没有到设定下限值，转
    MOV TEMP _ TL, #119
K012B:
    CALL TL _ DEL
    JMP RESET _ TL
    ; ------------------------------------------------------------
RESET _ TH:
    CALL BEEP _ BL
    JNB K3, $
RESET _ TH1:
    CALL ALERT _ PLAY
    JNB FLAG2, R _ TH01
    MOV 75H, 7FH                           ;送入熄灭符
    MOV 76H, 7FH
    CALL ALERT _ PLAY
    JMP R _ TH02
R _ TH01:
    CALL ALERT _ TH
    MOV 75H, 7EH
    MOV 76H, 7DH
    CALL ALERT _ PLAY
R _ TH02:
    JNB K1, K021A
    JNB K2, K021B
    JNB K3, K002
    JMP RESET _ TH1
K021A:
    INC TEMP _ TH
    MOV A, TEMP _ TH
    CJNE A, #120, K022A                    ;没有到设定上限值，转
    MOV TEMP _ TH, #0
K022A:
```

```
        CALL TH _ DEL
        JMP RESET _ TH1
K021B:
        DEC TEMP _ TH                        ; 减 1
        MOV A, TEMP _ TH
        CJNE A, ＃00H, K022B                 ; 没有到设定下限值，转
        MOV TEMP _ TH, ＃119
K022B:
        CALL TH _ DEL
        JMP RESET _ TH1
K002:
        CALL BEEP _ BL
        CLR TR0                              ; 关闭中断
        RET
TH _ DEL:                                    ; 报警高值延时
        MOV R2, ＃0AH
TH _ DEL1:
        CALL ALERT _ TH
        CALL ALERT _ PLAY
        DJNZ R2, TH _ DEL1
        RET
        ; =======================
        ; 实时温度值与设定报警温度值 TH、TL 比较子程序
        ; 当实际温度大于 TH 的设定值时，显示 "H"，继电器关闭
        ; 当实际温度小于 TH 的设定值时，显示 "O"，继电器吸合
        ; 当实际温度小于 TL 的设定值时，显示 "L"。
        ; 闪动显示标记符 H、L、O
        ; =======================
TEMP _ COMP:
        SETB TR0                             ; 启动中断
        MOV A, TEMP _ TH
        SUBB A, TEMP _ ZH                    ; 减数大于被减数
        JC CHULI1                            ; 借位标志位 C＝1，转
        MOV A, TEMP _ ZH
        SUBB A, TEMP _ TL                    ; 减数大于被减数
        JC CHULI2                            ; 借位标志位 C＝1，转
        JNB FLAG2, T _ COMP1                 ; FLAG2＝0，显示标记字符
        MOV 74H, ＃0AH                       ; 熄灭符
        LCALL DISP1
        JMP T _ COMP2
T _ COMP1:
        MOV 74H, ＃00H
        LCALL DISP1                          ; 显示 "O"
T _ COMP2:
        CLR RELAY                            ; 继电器吸合
        CLR TR0                              ; 关闭中断
```

```
        RET
    ; ========================
    ; 功能键扫描子程序
    ; ========================
SCANKEY：
    MOV P1，#0F0H
    JB  K1，SCAN_K2
    CALL BEEP_BL
SCAN_K1：
    CALL ALERT_TL
    CALL ALERT_PLAY
    JB K1，SCAN_K1
    CALL BEEP_BL
SCAN_K11：
    CALL ALERT_TH
    CALL ALERT_PLAY
    JB  K1，SCAN_K11
    CALL BEEP_BL
SCAN_K2：
    JB  K2，SCAN_K3
    CALL BEEP_BL
SCAN_K3：
    JB K3，SCAN_K4
    CALL BEEP_BL
    LCALL RESET_ALERT
    LCALL RE_18B20
    LCALL WRITE_E2
SCAN_K4：
    JB K4，SCAN_END
    CALL BEEP_BL
SCAN_END：
    RET
    ; ========================
    ; 超温处理
    ; ========================
CHULI1：
    SETB RELAY                      ；继电器关闭
    JNB FLAG2，CHULI10
    MOV 74H，#0AH                    ；熄灭符
    LCALL DISP1
    JMP CHULI11
CHULI10：
    MOV 74H，#0DH
    LCALL DISP1                     ；显示"H"
    CALL BEEP_BL                    ；蜂鸣器响
CHULI11：
```

```asm
        CLR TR0                         ; 关闭中断
        RET
        ; ======================
        ; 欠温处理
        ; ======================
CHULI2：                                ; 欠温处理
        JNB FLAG2, CHULI20
        MOV 74H, #0AH                   ; 熄灭符
        LCALL DISP1
        JMP CHULI21
CHULI20：
        MOV 74H, #0CH
        LCALL DISP1                     ; 显示"L"
        CALL BEEP _ BL                  ; 蜂鸣器响
CHULI21：
        CLR TR0                         ; 关闭中断
        RET
        ; ======================
        ; 把 DS18B20 暂存器里的温度报警值拷贝到 EEPROM
        ; ======================
WRITE _ E2：
        CALL RESET
        MOV A, #0CCH                    ; 跳过 ROM 匹配
        LCALL WRITE
        MOV A, #48H                     ; 温度报警值拷贝到 EEPROM
        LCALL WRITE
        RET
        ; ======================
        ; 温度显示子程序
        ; ======================
        ; 显示数据在 70H~73H 单元内, 用 4 位共阳数码管显示, P0 口输出段码数据, P2 口做扫描控制, 每个 LED 数
          码管亮 2 μs 时间再逐位循环
DISP1：
        MOV R1, #70H                    ; 指向显示数据首址
        MOV R5, #7FH                    ; 扫描控制字初值
PLAY：
        MOV P0, #0FFH
        MOV A, R5                       ; 扫描字放入 A
        MOV P2, A
        MOV A, @R1                      ; 取显示数据到 A
        MOV DPTR, #TAB                  ; 取段码表地址
        MOVC A, @A+DPTR                 ; 查显示数据对应段码
        MOV P0, A                       ; 段码放入 P0 口
        MOV A, R5
        JB ACC.6, LOOP5                 ; 小数点处理
        CLR P0.7
```

```
LOOP5：
    LCALL DL _ MS                      ; 显示 2 μs
    INC R1                             ; 指向下一个地址
    MOV A，R5
    JNB ACC.3，ENDOUT                  ; ACC.3＝0 时一次显示结束
    RR A                               ; A 中数据循环左移
    MOV R5，A                          ; 放入 R5 中
    AJMP PLAY                          ; 跳回 PLAY 循环
ENDOUT：
    MOV P0，＃0FFH                      ; 一次显示结束，P0 口复位
    MOV P2，＃0FFH                      ; P2 口复位
    RET
TAB：
    DB 0C0H，0F9H，0A4H，0B0H，99H，92H，82H
    DB 0F8H，80H，90H，0FFH，0BFH，0C7H，89H
    ; 0、1、2、3、4、5、6、7、8、9 "空" "—" "L" "H"
DL _ MS：
    MOV R6，＃0AH                       ; 2 μs 延时程序，LED 显示程序用
DL1：
    MOV R7，＃64H
DL2：
    DJNZ R7，DL2
    DJNZ R6，DL1
    RET
    ; ======================
    ; 蜂鸣器响一声子程序
    ; P3.7＝0，蜂鸣器响
    ; ======================
BEEP _ BL：
    MOV R6，＃100
BL2：
    CALL DEX1
    CPL BEEP                           ; 对 P3.7 取反
    DJNZ R6，BL2
    MOV R5，＃10
    CALL DELAY
    RET
DEX1：
    MOV R7，＃180
DE2：
    NOP
    DJNZ R7，DE2
    RET
DELAY：                                ; (R5) ×10 μs 延时
    MOV R6，＃50
DEL1：
```

```
        MOV R7，#100
        DJNZ R7，$
        DJNZ R6，DEL1
        DJNZ R5，DELAY
        RET
        ；=====================
        ；键延时子程序
        ；多次调用报警值显示程序来延时
        ；=====================
TL_DEL：                             ；报警低值延时
        MOV R2，#0AH
TL_DEL1：
        CALL ALERT_TL
        CALL ALERT_PLAY
        DJNZ R2，TL_DEL1
        RET
        ；=====================
        ；处理温度 BCD 码子程序
        ；=====================
CONVTEMP：
        MOV A，TEMPH                 ；判温度是否零下
        ANL A，#80H
        JZ TEMPC1                    ；温度零上，转
        CLR C
        MOV A，TEMPL                 ；二进制数求补（双字节）
        CPL A                        ；取反加 1
        ADD A，#01H
        MOV TEMPL，A
        MOV A，TEMPH
        CPL A
        ADDC A，#00H
        MOV TEMPH，A                 ；TEMPHC HI＝符号位
        MOV TEMPHC，#0BH
        SJMP TEMPC11
TEMPC1：
        MOV TEMPHC，#0AH
TEMPC11：
        MOV A，TEMPHC
        SWAP A
        MOV TEMPHC，A
        MOV A，TEMPL
        ANL A，#0FH                  ；乘 0.0625
        MOV DPTR，#TEMPDOTTAB
        MOVC A，@A+DPTR
        MOV TEMPLC，A                ；TEMPLC LOW＝小数部分 BCD
        MOV A，TEMPL                 ；整数部分
```

```
        ANL A, #0F0H
        SWAP A
        MOV TEMPL, A
        MOV A, TEMPH
        ANL A, #0FH
        SWAP A
        ORL A, TEMPL
        MOV TEMP _ ZH, A              ;组合后的值存入 TEMP _ ZH
        LCALL HEX2BCD1
        MOV TEMPL, A
        ANL A, #0F0H
        SWAP A
        ORL A, TEMPHC                ;TEMPHC LOW=十位数 BCD
        MOV TEMPHC, A
        MOV A, TEMPL
        ANL A, #0FH
        SWAP A                       ;TEMPLC HI=个位数 BCD
        ORL A, TEMPLC
        MOV TEMPLC, A
        MOV A, R7
        JZ TEMPC12
        ANL A, #0FH
        SWAP A
        MOV R7, A
        MOV A, TEMPHC                ;TEMPHC HI=百位数 BCD
        ANL A, #0FH
        ORL A, R7
        MOV TEMPHC, A
TEMPC12:
        RET
        ; --------------------------------------------
        ; 小数部分码表
        ; --------------------------------------------
TEMPDOTTAB:
        DB 00H, 01H, 01H, 02H, 03H, 03H, 04H, 04H
        DB 05H, 06H, 06H, 07H, 08H, 08H, 09H, 09H
        ; ======================
        ; 显示区 BCD 码温度值刷新子程序
        ; ======================
DISPBCD:
        MOV A, TEMPLC
        ANL A, #0FH
        MOV 70H, A                    ;小数位
        MOV A, TEMPLC
        SWAP A
        ANL A, #0FH
```

```
        MOV 71H, A                              ; 个位
        MOV A, TEMPHC
        ANL A, #0FH
        MOV 72H, A                              ; 十位
        MOV A, TEMPHC
        SWAP A
        ANL A, #0FH
        MOV 73H, A                              ; 百位
        MOV A, TEMPHC
        ANL A, #0F0H
        CJNE A, #010H, DISPBCD0
        SJMP DISPBCD2
DISPBCD0:
        MOV A, TEMPHC
        ANL A, #0FH
        JNZ DISPBCD2                            ; 十位数是 0
        MOV A, TEMPHC
        SWAP A
        ANL A, #0FH
        MOV 73H, #0AH                           ; 符号位不显示
        MOV 72H, A                              ; 十位数显示符号
DISPBCD2:
        RET
        ; ========================
        ; 报警值 TH、TL 数据转换
        ; ========================
ALERT _ TL:
        MOV 79H, #0CH
        MOV 78H, #0BH
        MOV A, TEMP _ TL
        MOV R0, #77H
        MOV B, #064H
        DIV AB
        CJNE A, #01H, ALERT _ TL1
        MOV @R0, A
        JMP ALERT _ TL2
ALERT _ TL1:
        MOV A, #0BH                             ; 显示 "一"
        MOV @R0, A
ALERT _ TL2:
        MOV A, #0AH
        XCH A, B
        DIV AB
        DEC R0
        MOV @R0, A
        MOV 7DH, A
```

```
    DEC R0
    MOV @R0, B
    MOV 7EH, B
    RET
    ; ..................................................................
ALERT _ TH:
    MOV 79H, #0DH
    MOV 78H, #0BH
    MOV A, TEMP _ TH
    MOV R0, #77H
    MOV B, #064H
    DIV AB
    CJNE A, #01H, ALERT _ TH1
    MOV @R0, A
    JMP ALERT _ TH2
ALERT _ TH1:
    MOV A, #0BH                           ; 显示 "一"
    MOV @R0, A
ALERT _ TH2:
    MOV A, #0AH
    XCH A, B
    DIV AB
    DEC R0
    MOV @R0, A
    MOV 7DH, A
    DEC R0
    MOV @R0, B
    MOV 7EH, B
    RET
    ; =======================
    ; 单字节十六进制转 BCD
    ; =======================
HEX2BCD1:
    MOV B, #064H
    DIV AB
    MOV R7, A
    MOV A, #0AH
    XCH A, B
    DIV AB
    SWAP A
    ORL A, B
    RET
    ; =======================
    ; 报警值显示子程序
    ; =======================
ALERT _ PLAY:
```

```
        MOV R1, #75H              ;指向显示数据首址
        MOV R5, #7FH             ;扫描控制字初值
A_PLAY:
        MOV P0, #0FFH
        MOV A, R5                ;扫描字放入A
        MOV P2, A
        MOV A, @R1               ;取显示数据到A
        MOV DPTR, #ALERT_TAB     ;取段码表地址
        MOVC A, @A+DPTR          ;查显示数据对应段码
        MOV P0, A                ;段码放入P0口
        LCALL DL_MS1             ;显示2 μs
        INC R1                   ;指向下一个地址
        MOV A, R5
        JNB ACC.3, ENDOUT1
        RR A                     ;A中数据循环右移
        MOV R5, A                ;放入R5中
        AJMP A_PLAY              ;跳回PLAY循环
ENDOUT1:
        MOV P0, #0FFH            ;一次显示结束,P0口复位
        MOV P2, #0FFH            ;P2口复位
        RET
ALERT_TAB:
        DB 0C0H, 0F9H, 0A4H, 0B0H, 99H, 92H, 82H
        DB 0F8H, 80H, 90H, 0FFH, 0BFH, 0C7H, 89H
        ;共阳极段码表:0、1、2、3、4、5、6、7、8、9"空""—""L""H"
DL_MS1:
        MOV R6, #0AH             ;2 μs 延时程序,LED显示程序用
ADL1:
        MOV R7, #64H
ADL2:
        DJNZ R7, ADL2
        DJNZ R6, ADL1
        RET
```

四、硬件制作与软件烧写

可根据本任务提供的硬件电路及软件进行温度控制器的制作。硬件电路根据元件清单购买元件后依照图6—9—1进行安装,源程序的编辑应注意将寄存器定义部分和主程序部分放在程序开头,其余子程序模块可不按顺序地插入到主程序与"END"之间。将编辑好的源程序编译好并烧写到单片机后,将单片机安装到电路中即完成整个制作。

练 习

1. 该温度控制器的显示电路属于什么电路?其中9015三极管在这里起什么作用?

2. DS18B20 温度采集模块是什么样的模块？具有哪些优越性？

课题 10　字符型液晶显示控制

任务　单片机控制 16×16 点阵字符型液晶显示器

学习目标
1. 了解由两片内置控制器 SED1520 组成的字符型液晶显示器的结构及其指令系统。
2. 熟悉本课题所介绍的字符型液晶显示器常规指令的运用。
3. 掌握字符库的编制、起始行和起始页的控制、移动方向的控制方法。

工作任务

控制液晶显示器显示如图 6—10—1 所示"广东省技师学院"7 个 16×16 点阵字符，并以左、右、上、下居中的初始状态慢速地左右移动。

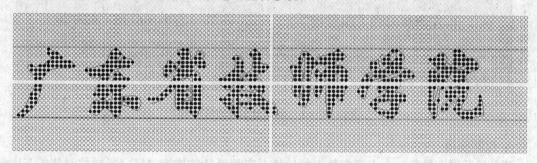

图 6—10—1　显示画面

实践操作

一、字符型液晶显示电路的组成与控制原理

1. 设计电路的组成

如图 6—10—2 所示为字符型液晶显示模块各引脚的功能及在本项目设计中与最小应用系统单片机的接线关系。最小应用系统单片机的 P1 口作为液晶显示模块的数据接口；而 P3.4～P3.7 分别作为液晶显示模块的数据寄存器选择控制端、读写选择控制端、左半屏控制端和右半屏控制端的控制信号端；电源接上 DC 5 V 电源并将"RES"端接高电平。

2. 液晶显示屏的构造

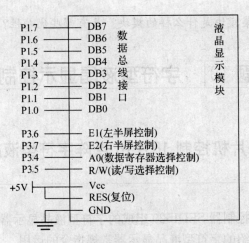

图 6—10—2　字符型液晶显示模块接线图

如图 6—10—3 所示为液晶显示屏的结构图，其内置控制器为 SED1520，点阵为了达到 122×32，由两片 SED1520 组成，由 E1、E2 分别选通，控制显示屏的左右两半屏（左右两半屏各 61 列）。

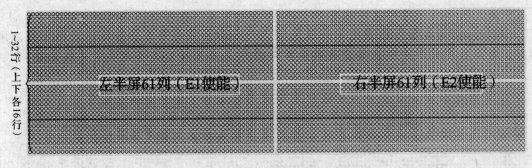

图 6—10—3　液晶显示屏的结构图

3. 控制原理

液晶显示屏上的每一个点都有独立的地址，它的地址结构为"屏（通过控制使能 E1 或 E2 实现）→页（每屏共 4 页）→列（每页共 61 列，每列 8 行即 1 Byte）→位（即哪行，每页由上到下是 D0～D7 的顺序）"。每一列的 8 位构成一个显示数据代码，每一页都有 80 个字节的寄存器用来存储显示代码（但因代码只需 61 个，所以对应显示屏上 0～60 列的地址是 00H～3CH（顺序排列）或 80H～12H（逆序排列））。

只要把相应的显示代码数据写入相应的存储区中，液晶显示模块就会不断地扫描执行的方式将显示代码送出控制显示屏显示相应的画面。如果是静止画面，只需将整幅画面的显示代码数据都传送一次即可；如果是左右移动的画面，只要定时地增或减各显示代码数据相应的列地址即可；如果是上下滚动的画面，只要显示起始行即可。

单片机与液晶模块的数据交换是通过 DB0～DB7 来实现的，由 A0 和 R/W 两位控制端来实现指令的写入（00）、液晶模块工作状态字的读取（01）、显示数据的写（10）和显示数据的读（11）操作。

二、字符型液晶显示器的控制及指令代码

要使用内置 SED1520 图形液晶显示模块，还需要了解其软件特性，即 SED1520 的指令功能，才能很好地应用内置 SED1520 图形液晶显示模块。SED1520 指令一览表见表 6—10—1。

表 6—10—1 　　　　　　　　　　　　　　SED1520 指令一览表

指令名称	控制信号		控制代码							
	A0	R/W	D7	D6	D5	D4	D3	D2	D1	D0
复位	0	0	1	1	1	0	0	0	1	0
显示开/关设置	0	0	1	0	1	0	1	1	1	DI
地址排序设置	0	0	1	0	1	0	0	0	0	A
休闲状态设置	0	0	1	0	1	0	0	1	0	S
占空比设置	0	0	1	0	1	0	1	0	0	DU
显示起始设置	0	0	1	1	0	L4	L3	L2	L1	L0
页面显示设置	0	0	1	0	1	1	1	0	P1	P0
列地址设置	0	0	0	C6	C5	C4	C3	C2	C1	C0
启动改写设置	0	0	1	1	1	0	0	0	0	0
结束改写设置	0	0	1	1	1	0	1	1	1	0
读取状态设置	0	1	BUSY	ADC	ON/OFF	RESET	0	0	0	0
写显示数据	1	0	数据							
读显示数据	1	1	数据							

SED1520 的 13 条指令从作用上可以分为两大类：一类为显示方式的设置指令，包括前 6 条，它们只需在初始化程序中写入一次即可；另一类为显示数据读/写操作的指令，从第 7 条开始（包括状态字），它们需要经常地使用。下面详细介绍各个命令的功能：

1. 读状态字（READ STATUS）

格式：

BUSY	ADC	ON/OFF	RESET	0	0	0	0

状态字是计算机了解 SED1520 当前状态，或是 SED1520 向计算机提供其内部工作状态的指令。

（1）BUSY 表示当前计算机接口电路的运行状态。BUSY＝1 表示 SED1520 正在处理上一次计算机发来的指令或数据，接口电路被封锁，此时不能接受计算机的访问。BUSY＝0 表示当前接口电路处于待命状态，准备好接受计算机的访问。

（2）ADC 表示显示存储器列地址计数器所选通的单元与列输出端的对应关系。当 ADC＝1 时为正向序对，列地址计数器的地址对应着列的输出，列地址 $ 对应列驱动输出 SEG，$0 对应 SEG0，$60 对应 SEG60；当 ADC＝0 时为反向序对，列地址计数器的地址对应着

列驱动的输出，列地址 $18 对应驱动输出 SEG60，$79 对应驱动输出 SEG0。

（3）ON/OFF 表示当前显示状态。ON/OFF＝1 表示显示关状态，ON/OFF＝0 表示显示开状态。

（4）RESET 表示当前 SEG1520 的工作状态。RESET＝1 表示 SEG1520 正在执行复位指令，处于复位状态；RESET＝0 表示 SEG1520 处于正常工作状态下。

状态字是计算机访问 SEG1520 时必须输出的。计算机读状态字是可以随时进行的，不受 SEG1520 接口状态的影响，即使接口电路处于"忙"状态，计算机也能随时读出这个状态字。在状态字中重要标志位是"BUSY"位。计算机在每次对 SEG1520 访问时，无论是写指令代码，还是读、写数据，在操作之前必须确认一下"BUSY"标志位是否为 0，为"0"则访问将会有效，为"1"则要等待，直到为"0"为止。

2. 复位（RESET）

格式：

1	1	1	0	0	0	1	0

0E2H

该指令是实现 SEG1520 的软件复位，执行该指令后，显示起始寄存器清零，列地址指针清零，页面地址寄存器置为"3"。

该指令的执行不影响显示存储器的内容，其执行状态可以从状态字的 D4 位读出。一般在系统上电时，计算机对 SEG1520 第一次操作时写入。

3. 显示开并设置（DISPLAY ON/OFF）

格式：

1	0	1	0	1	1	1	DI

0AEH/0AFH

该指令控制着显示驱动器的输出。当 DI＝0 时，SEG1520 将显示器屏蔽，使显示列驱动器输出不受显示存储器的显示数据影响，输出波动全部为未选驱动波形，从而使显示屏上无显示。当 DI＝1 时，SEG1520 的驱动电路正常工作，驱动器受显示数据所控制，显示屏上呈现所需的显示效果。该指令的操作状态可以从状态字的 D5 位读出。该指令的执行将不影响显示存储器的内容。

4. 地址排序设置（SELET ADC）

格式：

1	0	1	0	0	0	0	A

0A0H/0A1H

该指令设置了显示存储器中单元的地址对应显示驱动输出的顺序。SEG1520 显示存储器的 80 个单元对应列驱动器的 61 路输出。当 A＝0 时，显示存储器的列地址指针 $0 的单元数据将作为列驱动器 SEG0 路输出的控制信号，地址指针 $1 的单元数据为 SEG1 路输出的控制信号，地址指针 $60（3CH）单元的数据作为 SEG60 输出的控制信号，这种情况称为正向排列。当 A＝1 时，显示存储器的列地址指针 $79（4FH）的单元数据将作为列驱动器 SEG0 的控制信号，$78（4EH）单元的数据将作为驱动器 SEG1 的控制信号，$18（12H）单元的数据将作为驱动器 SEG60 的控制信号，称为逆向排列。该指令的设置状态要从状态字 D6 位读出判断。

5. 休闲状态设置（STATIS DRIVE ON/OFF）

格式：

1	0	1	0	0	1	0	S

0A4H/0A5H

在正常工作状态下，SEG1520 的驱动输出总是有信号输出的，即使它处在关显示状态。因为所谓的关显示状态只是将列输出全部置为未选波动（即显示数据为 0）状态。

为了降低功耗，SEG1520 增加了休闲状态功能，该功能在关显示时启用，将停止 SEG1520 的驱动输出，从而使关显示状态下驱动器处于休眠状态，进一步降低 SEG1520 的功耗。该指令就是休闲状态下的软件开关。当 S＝1 时，SEG1520 进入休闲状态，当 S＝0 时，SEG1520 将中止或退出休闲状态。要注意的是，进入休闲状态要在关显示指令输入后才能写入。在退出时，要在开显示指令写入之前置入退出休闲状态指令。

6. 占空比设置（SELECT DUTY）

格式：

1	0	1	0	1	0	0	DU

0A8H/0A9H

SEG1520 允许工作在两种占空比下，一种为 1/16 占空比，即一帧为 16 行扫描，相当于画面的第 0、1 页，而画面的第 2、3 页的显示代码数据将不能输出如图 6—10—1 所示的画面，如果将显示起始行设置为 0，将看到显示屏的 0、1 页和 2、3 页显示一样的画面，即第 0、2 页都显示空白，1、3 页都显示字体的上半截。另一种为 1/32 占空比，即一帧为 32 行扫描，此时若显示起始行设置为 0，将看到显示屏显示的画面与图 6—10—1 一致。该指令设置了 SEG1520 的占空比，当 DU＝0 时为 1/16 占空比，DU＝1 时为 1/32 占空比。

7. 显示起始设置（DISPLAY START LINE）

格式：

1	1	0	L4	L3	L2	L1	L0

0C0H～0DFH

该指令设置了在显示屏上第一行（行驱动输出 COM0 所对应的显示行）所对应的显示存储器的行号。由此行顺序下延可得到对应显示屏上的显示效果。例如，若液晶显示存储区存储了如图 6—10—1 所示画面的数据，如果把显示起始行改为第 8 行（即指令为 0C7H），整幅画面将上移 8 行。行 L0～L31（1FH），对应表示显示存储器的第 1～32 行。定时间隔、有规律地修改显示起始行的内容，将会产生显示屏显示的上、下滚动效果。

8. 页面显示设置

格式：

1	0	1	1	1	0	P1	P2

0B8H～0BBH

SEG1520 将显示存储器分为 4 个页面：0～3 页，每个页面都有 80 个字节，页面管理是由 2 位的页面地址寄存器控制的。该指令用于设置页地址寄存器的内容，以选择相对应的显示存储器的页地址。

9. 列地址设置（SET COLUMN ADDRESS）

格式：

0	C6	C5	C4	C3	C2	C1	C0

00H～4FH

SEG1520 显示存储器的每个页面上都有 80 个字节，每个字节中的 8 位数据都对应着显示屏上同一列的 8 点（行）。列地址指针就是管理这 80 个字节单元的。列地址指针是一个 7 位加 1 计数器。由它和页地址寄存器组合唯一指定了显示存储器的某一单元。列地址指针在计算机读显示存储器的每次操作后都将自动加 1。该指令用于设置列地址指针内容。CY＝0～4FH，对应 1～80 单元的地址。

10. 启动改写设置（READ MODIFY WRIYE）

格式：

1	1	1	0	0	0	0	0

0EH

该指令将启动或进入 SEG1520 显示存储器的改写方式。所谓改写方式是指计算机在读出显示存储器某单元数据时，列地址指针不变，只有在写入显示存储器数据时，列地址指针才加 1。这种方式可以使用户得以先检验显示存储器单元的内容，再由此来决定所要修改的内容，尤其适用于图形的绘制。在改写方式中，只允许显示数据的读、写操作。

11. 结束改写设置（END）

格式：

1	1	1	0	1	1	1	0

0EEH

该指令将结束或退出 SEG1520 的改写方式。

12. 写数据

该操作将 8 位数据写入先前已确定的显示存储器地址的单元内。操作结束时将列地址指针加 1。

13. 读数据

该操作将当前页地址寄存器和列地址指针组合确定的显示存储器地址的内容读出来。操作结束时将列地址指针加 1。

三、参考源程序

1. RAM 的分配

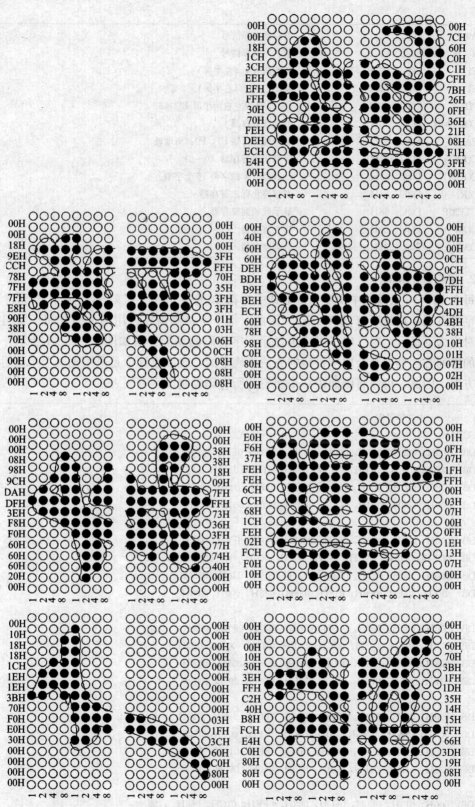

图 6—10—4 字符码的编制方法

```
    A0        EQU   P3.2              ;寄存器选择信号
    R_W       EQU   P3.3              ;读、写选择信号
    E1        EQU   P3.6              ;使能信号1（左半屏）
    E2        EQU   P3.7              ;使能信号2（右半屏）
    PD1       EQU   3DH               ;122/2分成左右两半屏122×32
    COLUMN    EQU   30H               ;列地址寄存器
    PAGE_     EQU   31H               ;页地址寄存器P1，P0：页地址
    CODE_     EQU   32H               ;字符代码寄存器（0~6）
    COUNT     EQU   33H               ;计数器（半截字符16个字节）
    DIR       EQU   34H               ;右移终止标志寄存器
    CTEMP     EQU   38H               ;显示起始列寄存器
    COM       EQU   20H               ;指令寄存器
    DAT       EQU   21H               ;数据寄存器
```

2. 字符库的编制

每个 16×16 点阵的中文字符编制成上半截 16 个字节和下半截 16 个字节共 32 个码，每半截字符占用一页的所有行（8 行），因此，每个字符都需要占用两页的空间。编码中"0"电平对应为不显示，"1"电平对应为显示。字符码的编制方法如图 6—10—4 所示。字符码具体的排列方法是要结合取字符码的方法来确定的，在该设计中是采用先取上半截后取下半截的方案，因此，可以将画面中 7 个字符的所有码编制成字符码表：

```
;············中文字符库············
CCTAB:
    DB   000H, 000H, 000H, 000H, 030H, 0E0H, 0F0H, 070H    ;广
    DB   03BH, 01EH, 01EH, 01CH, 018H, 018H, 010H, 000H
    DB   000H, 080H, 0C0H, 060H, 03CH, 01FH, 003H, 000H
    DB   000H, 000H, 000H, 000H, 000H, 000H, 000H, 000H

    DB   000H, 020H, 060H, 060H, 060H, 0F0H, 0F8H, 03EH    ;东
    DB   0DFH, 0DAH, 09CH, 098H, 008H, 000H, 000H, 000H
    DB   000H, 000H, 040H, 074H, 077H, 03FH, 036H, 073H
    DB   0FFH, 07FH, 009H, 018H, 038H, 038H, 000H, 000H

    DB   000H, 000H, 000H, 000H, 070H, 038H, 090H, 0E8H    ;省
    DB   07FH, 07FH, 078H, 0CCH, 09EH, 018H, 000H, 000H
    DB   008H, 008H, 008H, 00CH, 006H, 003H, 001H, 03FH
    DB   03FH, 035H, 070H, 0FFH, 03FH, 000H, 000H, 000H

    DB   000H, 080H, 080H, 0C0H, 0E4H, 0FCH, 0B8H, 040H    ;技
    DB   0C2H, 0FFH, 03EH, 030H, 010H, 000H, 000H, 000H
    DB   000H, 008H, 019H, 03DH, 066H, 0FFH, 015H, 014H
    DB   035H, 01DH, 01FH, 03BH, 070H, 060H, 000H, 000H

    DB   000H, 010H, 0F0H, 0FCH, 002H, 0FEH, 01CH, 068H    ;师
    DB   0CCH, 06CH, 0FEH, 0FEH, 037H, 0F6H, 0E0H, 000H
```

```
DB    000H, 000H, 007H, 013H, 01EH, 00FH, 000H, 007H
DB    003H, 000H, 0FFH, 01FH, 007H, 00FH, 001H, 000H

DB    000H, 000H, 080H, 0C0H, 098H, 078H, 060H, 0ECH    ; 学
DB    0BEH, 0B9H, 0BDH, 0DEH, 060H, 060H, 040H, 000H
DB    000H, 002H, 007H, 001H, 010H, 038H, 04BH, 04DH
DB    0CFH, 0FFH, 07DH, 00CH, 00CH, 000H, 000H, 000H

DB    000H, 000H, 0E4H, 0ECH, 0DEH, 0FEH, 070H, 030H    ; 院
DB    0FFH, 0EFH, 0EEH, 03CH, 01CH, 018H, 000H, 000H
DB    000H, 000H, 03FH, 0F1H, 008H, 021H, 036H, 00FH
DB    026H, 07BH, 0CFH, 0C1H, 0C0H, 060H, 07CH, 000H
```

3. 写指令代码子程序

（1）写指令代码子程序流程

写指令代码子程序流程图如图 6—10—5 所示。

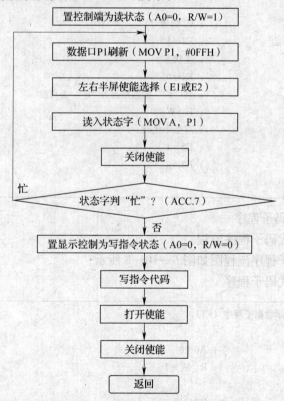

图 6—10—5 写指令代码子程序流程图

（2）写指令代码子程序

```
; …………左半屏写指令代码子程序（E1）
PR0：
    CLR A0                          ; A0＝0
```

```
        SETB R_W                    ; R_W=1
PR01:
    MOV  P1, #0FFH                  ; P1 口置 "1"
    SETB E1                         ; E1=1
    MOV  A, P1                      ; 读状态字
    CLR  E1                         ; E1=0
    JB   ACC.7, PR01                ; 判 "忙" 标志是否为 "0", 否再读
    CLR  R_W                        ; R_W=0
    MOV  P1, COM                    ; 写指令代码
    SETB E1                         ; E1=1
    CLR  E1                         ; E1=0
    RET
;…………右半屏写指令代码子程序（E2）
PR3:
    CLR  A0                         ; A0=0
    SETB R_W                        ; R_W=1
PR31:
    MOV  P1, #0FFH                  ; P1 口置 "1"
    SETB E2                         ; E2=1
    MOV  A, P1                      ; 读状态字
    CLR  E2                         ; E2=0
    JB   ACC.7, PR31                ; 判 "忙" 标志是否为 "0", 否再读
    CLR  R_W                        ; R_W=0
    MOV  P1, COM                    ; 写指令代码
    SETB E2                         ; E2=1
    CLR  E2                         ; E2=0
    RET
```

4. 写显示数据代码子程序

（1）写显示数据代码子程序流程

写显示数据代码子程序流程图如图 6—10—6 所示。

（2）写显示数据代码子程序

```
;…………左半屏写显示数据子程序（E1）
PR1:
    CLR  A0                         ; A0=0
    SETB R_W                        ; R_W=1
PR11:
    MOV  P1, #0FFH                  ; P1 口置 "1"
    SETB E1                         ; E1=1
    MOV  A, P1                      ; 读状态字
    CLR  E1                         ; E1=0
    JB   ACC.7, PR11                ; 判 "忙" 标志是否为 "0", 否再读
    SETB A0                         ; A0=1
    CLR  R_W                        ; R_W=0
```

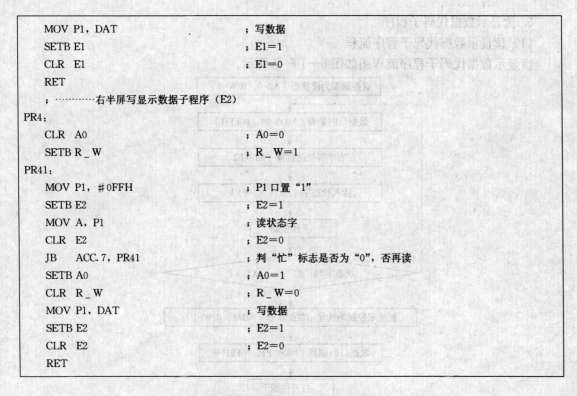

```
    MOV P1, DAT                      ; 写数据
    SETB E1                          ; E1=1
    CLR  E1                          ; E1=0
    RET
;……………右半屏写显示数据子程序（E2）
PR4：
    CLR  A0                          ; A0=0
    SETB R_W                         ; R_W=1
PR41：
    MOV P1，#0FFH                    ; P1 口置"1"
    SETB E2                          ; E2=1
    MOV A, P1                        ; 读状态字
    CLR  E2                          ; E2=0
    JB    ACC.7, PR41                ; 判"忙"标志是否为"0"，否再读
    SETB A0                          ; A0=1
    CLR  R_W                         ; R_W=0
    MOV P1, DAT                      ; 写数据
    SETB E2                          ; E2=1
    CLR  E2                          ; E2=0
    RET
```

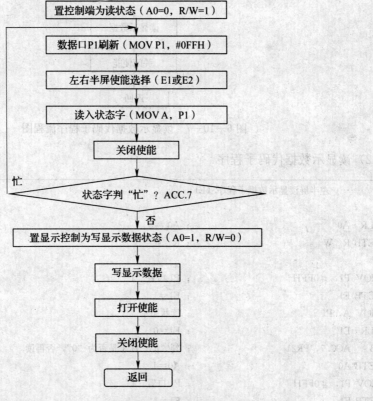

图 6—10—6 写显示数据代码子程序流程图

5. 读显示数据代码子程序

(1) 读显示数据代码子程序流程

读显示数据代码子程序流程图如图 6—10—7 所示。

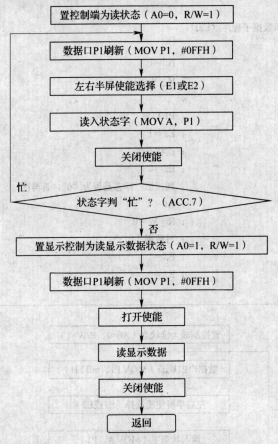

置控制端为读状态（A0=0，R/W=1）

数据口P1刷新（MOV P1，#0FFH）

左右半屏使能选择（E1或E2）

读入状态字（MOV A，P1）

关闭使能

忙 ◇ 状态字判"忙"？（ACC.7）

否

置显示控制为读显示数据状态（A0=1，R/W=1）

数据口P1刷新（MOV P1，#0FFH）

打开使能

读显示数据

关闭使能

返回

图 6—10—7　读显示数据代码子程序流程图

(2) 读显示数据代码子程序

```
    ;············左半屏读显示数据子程序（E1）
PR2:
    CLR   A0                    ; A0 ＝0
    SETB R_W                    ; R_W＝1
PR21:
    MOV P1, ＃0FFH              ; P1 口置"1"
    SETB E1                     ; E1＝1
    MOV A, P1                   ; 读状态字
    CLR   E1                    ; E1＝0
    JB    ACC.7, PR21           ; 判"忙"标志是否为"0"，否再读
    SETB A0                     ; A0＝1
    MOV P1, ＃0FFH              ; P1 口置"1"
    SETB E1                     ; E1＝1
    MOV DAT, P1                 ; 读数据
```

```
    CLR   E1                         ; E1＝0
    RET
;   …………右半屏读显示数据子程序（E2）
PR5：
    CLR   A0                         ; A0＝0
    SETB R_W                         ; R_W＝1
PR51：
    MOV  P1，#0FFH                   ; P1 口置 "1"
    SETB E2                          ; E2＝1
    MOV  A，P1                       ; 读状态字
    CLR   E2                         ; E2＝0
    JB    ACC.7，PR51                ; 判 "忙" 标志是否为 "0"，否再读
    SETB A0                          ; A0＝1
    MOV  P1，#0FFH                   ; P1 口置 "1"
    SETB E2                          ; E2＝1
    MOV  DAT，P1                     ; 读数据
    CLR   E2                         ; E2＝0
    RET
```

6. 显示器初始化子程序

```
INIT：
    MOV   COM，#0E2H                 ; 复位
    LCALL PR0
    LCALL PR3
    MOV   COM，#0A4H                 ; 关闭休闲状态
    LCALL PR0
    LCALL PR3
    MOV   COM，#0A9H                 ; 设置 1/32 占空比
    LCALL PR0
    LCALL PR3
    MOV   COM，#0A0H                 ; 正向排序设置
    LCALL PR0
    LCALL PR3
    MOV   COM，#0C0H                 ; 设置显示起始行为第一行
    LCALL PR0
    LCALL PR3
    MOV   COM，#0AFH                 ; 开显示设置
    LCALL PR0
    LCALL PR3
    RET
```

7. 写显示存储器程序

（1）写显示存储器程序的流程

写显示存储器程序的流程图如图 6—10—8 所示。

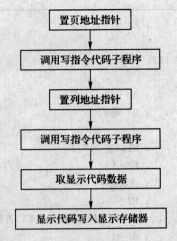

置页地址指针

↓

调用写指令代码子程序

↓

置列地址指针

↓

调用写指令代码子程序

↓

取显示代码数据

↓

显示代码写入显示存储器

图 6—10—8 写显示存储器程序的流程图

(2) 清屏子程序

```
CLEAR:
    MOV     R4, #00H          ; 页面地址暂存器设置
CLEAR1:
    MOV     A, R4             ; 取页地址值
    ORL     A, #0B8H          ; "或"页面地址设置代码
    MOV     COM, A            ; 页面地址设置
    LCALL   PR0
    LCALL   PR3
    MOV     COM, #00H         ; 列地址设置为"0"
    LCALL   PR0
    LCALL   PR3
    MOV     R3, #50H          ; 一页清 80 个字节
CLEAR2:
    MOV     DAT, #00H         ; 显示数据为"0"
    LCALL   PR1
    LCALL   PR4
    DJNZ    R3, CLEAR2        ; 页内字节清零循环
    INC     R4
    CJNE    R4, #04H, CLEAR1  ; 换页清零循环
    RET
```

(3) 1 个 16×16 点阵中文显示子程序

```
CCW_PR:
    MOV     DPTR, #CCTAB      ; 确定字符字模块首地址
    MOV     A, CODE_          ; 取中文字符代码（0~7）
    MOV     B, #20H           ; 字模块宽度为 32 个字节
    MUL     AB                ; 代码×32
    ADD     A, DPL            ; 字符字模块首地址
    MOV     DPL, A            ; =字模块首地址＋代码×32
```

```
        MOV     A, B
        ADDC    A, DPH
        MOV     DPH, A
        PUSH    COLUMN                      ; 列地址入栈
        MOV     CODE _ , #00H               ; 代码寄存器借用为间址寄存器
CCW _ 1:
        MOV     COUNT, #10H                 ; 计数器设置为16
        MOV     A, PAGE _                   ; 读页地址寄存器
        ANL     A, #03H
        ORL     A, #0B8H                    ; "或"页地址设置代码
        MOV     COM, A                      ; 写页地址设置指令
        LCALL   PR0
        LCALL   PR3
        POP     COLUMN                      ; 取列地址值
        MOV     A, COLUMN                   ; 读列地址寄存器
        CLR     C
        SUBB    A, #PD1                     ; 列地址减模块参数
        JC      CCW _ 2                     ; <0 为左半屏显示区域（E1）
        MOV     COLUMN, A                   ; ≥0 为右半屏显示区域（E2）
        MOV     A, PAGE _
        SETB    ACC. 3                      ; 设置区域标志位
        MOV     PAGE _ , A                  ; "0" 为 E1，"1" 为 E2
CCW _ 2:
        MOV     COM, COLUMN                 ; 设置列地址值
        MOV     A, PAGE _                   ; 判区域标志以确定设置哪个控制器
        JNB     ACC. 3, CCW _ 3
        LCALL   PR3                         ; 区域 E2
        LJMP    CCW _ 4
CCW _ 3:
        LCALL   PR0                         ; 区域 E1
CCW _ 4:
        MOV     A, CODE _                   ; 取间址寄存器值
        MOVC    A, @A+DPTR                  ; 取汉字字模数据
        MOV     DAT, A                      ; 写数据
        MOV     A, PAGE _
        JNB     ACC. 3, CCW _ 5
        LCALL   PR4                         ; 区域 E2
        LJMP    CCW _ 6
CCW _ 5:
        LCALL   PR1                         ; 区域 E1
CCW _ 6:
        INC     CODE _                      ; 间址寄存器加1
        INC     COLUMN                      ; 列地址寄存器加1
        MOV     A, COLUMN                   ; 判列地址是否超出区域范围
        CJNE    A, #PD1, CCW _ 7
```

```
CCW_7:
    JC      CCW_8                      ; 未超出则继续
    MOV     A, PAGE_                    ; 超出则判是否在区域 E2
    JB      ACC.3, CCW_8               ; 在区域 E2 则退出
    SETB    ACC.3                      ; 在区域 E1 则修改成区域 E2
    MOV     PAGE_, A
    MOV     COM, #00H                  ; 设置区域 E2 列地址为"0"
    LCALL   PR3
CCW_8:
    DJNZ    COUNT, CCW_4               ; 当页循环
    MOV     A, PAGE_                    ; 读页地址寄存器
    JB      ACC.7, CCW_9              ; 判完成标志 D7 位, 为"1"则完成退出
    INC     A                          ; 否则页地址加 1
    SETB    ACC.7                      ; 置完成位为"1"
    CLR     ACC.3                      ; 
    MOV     PAGE_, A
    MOV     CODE_, #10H               ; 间址寄存器设置为 16
    LJMP    CCW_1                      ; 大循环
CCW_9:
    RET
```

8. 左右移动中文演示显示程序段（主程序）

```
    ORG     0000H
MAIN:
    LCALL   INIT
    LCALL   CLEAR
    LCALL   CLEAR
    MOV     CTEMP, #0                  ; 置起始显示列为 0
    MOV     DIR, #0                    ; 右移终了标志清 0
AAA:
    MOV     PAGE_, #01H               ; 字符上半截到第一页
    MOV     COLUMN, CTEMP             ; 装入起始列码
    MOV     CODE_, #00H               ; 第一个字符
    LCALL   CCW_PR                     ; 将字符码装入显示存储器
    MOV     PAGE_, #01H
    MOV     A, CTEMP
    ADD     A, #10H                    ; 第二个字符首列地址 CTEMP+16
    MOV     COLUMN, A
    MOV     CODE_, #01H               ; 第二个字符
    LCALL   CCW_PR
    MOV     PAGE_, #01H
    MOV     A, CTEMP
    ADD     A, #20H                    ; 第三个字符首列地址 CTEMP+32
    MOV     COLUMN, A
```

```
        MOV     CODE_, #02H             ;第三个字符
        LCALL   CCW_PR
        MOV     PAGE_, #01H
        MOV     A, CTEMP
        ADD     A, #30H                 ;第四个字符首列地址 CTEMP+48
        MOV     COLUMN, A
        MOV     CODE_, #03H             ;第四个字符
        LCALL   CCW_PR
        MOV     PAGE_, #01H
        MOV     A, CTEMP
        ADD     A, #40H                 ;第五个字符首列地址 CTEMP+64
        MOV     COLUMN, A
        MOV     CODE_, #04H             ;第五个字符
        LCALL   CCW_PR
        MOV     PAGE_, #01H
        MOV     A, CTEMP
        ADD     A, #50H                 ;第六个字符首列地址 CTEMP+80
        MOV     COLUMN, A
        MOV     CODE_, #05H             ;第六个字符
        LCALL   CCW_PR
        MOV     PAGE_, #01H
        MOV     A, CTEMP
        ADD     A, #60H                 ;第七个字符首列地址 CTEMP+96
        MOV     COLUMN, A
        MOV     CODE_, #06H             ;第七个字符
        LCALL   CCW_PR
        LCALL   DELAY
        LCALL   DELAY
        LCALL   DELAY
        MOV     A, DIR                  ;判断左右移?
        CJNE    A, #0, LEFT            ;DIR=1 即跳到执行左移
        INC     CTEMP                  ;继续改写起始列实现右移
        MOV     A, CTEMP
        CJNE    A, #10, AAA           ;右移到边控制
        MOV     DIR, #1                ;置右移完标志
        LJMP    AAA
LEFT:
        DEC     CTEMP                  ;左移控制
        MOV     A, CTEMP
        CJNE    A, #0, AAA            ;判断是否左移到边?
        MOV     DIR, #0                ;左移完 DIR 标志清 0 转向右移
        LJMP    AAA
DELAY:
        MOV     R6, #80H               ;延时子程序
        MOV     R5, #00H
```

```
DELAY1：
    NOP
    DJNZ    R5，DELAY1
    DJNZ    R6，DELAY1
    RET
```

以上为本课题所涉及的主程序和各子程序，只要使用编程软件将主程序输入，并将主程序中所涉及的所有子程序和中文字符表加在主程序的后面（顺序无要求）输入，最后加上"END"指令并保存为"ASM"格式，即可进行编译。编译后可通过在线仿真控制液晶显示模块工作，或将编译成的"HEX"格式的程序烧录到 AT89C51 单片机中，将单片机安装到液晶显示模块的控制电路中控制液晶显示模块工作。

练　习

1. 液晶显示屏的内置控制器为 SED1520，点阵为了达到 122×32，由两片 SED1520 组成，由＿＿＿＿＿＿、＿＿＿＿＿＿分别选通，控制显示屏的左右两半屏（左右两半屏各 61 列）。液晶显示屏的指令系统中只需在初始化程序中写入一次的指令分别是＿＿＿＿＿＿＿、＿＿＿＿＿＿＿、＿＿＿＿＿＿＿、＿＿＿＿＿＿＿、＿＿＿＿＿＿＿。

2. 液晶显示屏上的每一个点都有独立的地址，它的地址结构为"＿＿＿＿＿＿（通过控制使能 E1 或 E2 实现）→＿＿＿＿＿＿（每屏共 4 页）→＿＿＿＿＿＿（每页共 61 列，每列 8 行即 1 Byte)→＿＿＿＿＿＿（每页由上到下是 D0～D7 的顺序）"。每一列的＿＿＿＿＿＿位构成一个显示数据代码，每一页都有＿＿＿＿＿＿个字节的寄存器用来存储显示代码（但因代码只需 61 个，所以对应显示屏上 0～60 列的地址是＿＿＿＿＿＿＿（顺序排列）或＿＿＿＿＿＿＿（逆序排列））。

附录1   MCS-51 单片机的汇编语言指令系统

MCS-51 单片机的汇编语言指令由指令助记符和相关的地址符号组成。下面是相关的地址符号的含义：

Rn：寄存器寻址，n 可以取 0~7。Rn 表示当前正在使用的工作寄存器组的 8 个工作寄存器 R0~R7 中的一个。

@Ri：寄存器间接寻址，i 可以取 0 或 1。Ri 表示当前正在使用的工作寄存器组的两个工作寄存器 R0 或 R1。

♯data：立即寻址，表示 8 位立即数。

♯data16：立即寻址，表示 16 位立即数。

direct：直接寻址，表示 8 位片内数据存储器的字节地址。

bit：位寻址，表示 8 位片内数据存储器的位寻址地址。

rel：相对寻址，表示程序空间的 8 位寻址偏移量。

addr11：变址寻址，表示程序空间的 11 位地址。

addr16：变址寻址，表示程序空间的 16 位地址。

MCS-51 单片机的汇编语言指令系统包含具有引用功能的 111 种汇编语言指令。由于采用寄存器寻址中的 Rn 和寄存器间接寻址中的 Ri 时可以有多条目标指令，所以 111 条汇编语言指令对应有 256 条目标指令。按照功能，汇编语言指令可以分为 5 类：数据传送类指令、算术操作类指令、逻辑操作类指令、控制转移类指令和位操作类指令。每条指令的助记符、寻址方式、功能说明、指令被存储占用的程序存储器的字节数和指令被执行所需要的机器周期数见附表 1—1~附表 1—5。

附表 1—1   **数据传送类**

助记符指令	功能说明	指令字节	机器周期
MOV A，Rn	Rn 中的数据复制到 ACC 中	1	1
MOV A，direct	直接地址单元中的数据复制到 ACC 中	2	1
MOV A，@Ri	以 Ri 中内容为地址的存储单元的数据复制到 ACC 中	1	1
MOV A，♯data	立即数送入 ACC 中	2	1
MOV Rn，A	ACC 中的数据复制到 Rn 中	1	1
MOV Rn，direct	直接地址单元中的数据复制到 Rn 中	2	2
MOV Rn，♯data	立即数送入 Rn 中	2	1
MOV direct，A	ACC 的数据复制到直接地址单元中	2	1
MOV direct，Rn	Rn 的数据复制到直接地址单元中	2	2

助记符指令	功能说明	指令字节	机器周期
MOV direct，@R*i*	以 R*i* 中内容为地址的存储单元的数据复制到直接地址单元中	3	2
MOV direct，direct	源直接地址单元的数据复制到目标直接地址单元中	2	2
MOV direct，#data	立即数送入直接地址单元中	3	2
MOV @R*i*，A	ACC 的数据复制到以 R*i* 中内容为地址的存储单元中	1	1
MOV @R*i*，direct	直接地址单元的数据复制到以 R*i* 中内容为地址的存储单元中	2	2
MOV @R*i*，#data	立即数送入以 R*i* 中内容为地址的存储单元中	2	1
MOV DPTR，#data16	16 位立即数送入数据指针	3	2
MOVC A，@A+DPTR	以数据指针的内容为基址加累加器的内容为偏移地址，将其对应程序存储单元中的数据复制到 ACC 中	1	2
MOVC A，@A+PC	以程序指针的内容为基址加累加器的内容为偏移地址，将其对应程序存储单元中的数据复制到 ACC 中	1	2
MOVX A，@R*i*	以 R*i* 单元内容为 8 位地址的外部存储单元的数据复制到 ACC 中	1	2
MOVX A，@DPTR	以数据指针的内容为 16 位地址的外部存储单元的数据复制到 ACC 中	1	2
MOVX @R*i*，A	ACC 中的数据复制到以 R*i* 单元中内容为 8 位地址的外部存储单元中	1	2
MOVX @DPTR，A	ACC 的数据复制到以数据指针的内容为 16 位地址的外部存储单元中	1	2
PUSH direct	直接地址单元数据压入栈中	1	2
POP direct	栈顶单元数据弹出到直接地址单元	2	2
XCH A，R*n*	R*n* 中的数据与 ACC 中的内容互换	1	1
XCH A，direct	直接地址中的数据与 ACC 中的内容互换	2	1
XCH A，@R*i*	以 R*i* 中内容为地址的存储单元中的数据与 ACC 中的内容互换	1	1
XCHD A，@R*i*	以 R*i* 中内容为地址的存储单元中的数据的低半字节与 ACC 中的数据的低半字节互换	1	1
SWAP A	ACC 的高半字节与低半字节互换	1	1

附表 1—2　　　　　　　　　　　　　算术操作类

助记符指令	功能说明	指令字节	机器周期
ADD A，R*n*	寄存器与 ACC 内容相加	1	1
ADD A，@R*i*	以 R*i* 中内容为地址的存储单元中的内容与 ACC 内容相加	1	1
ADD A，direct	直接地址单元中的内容与 ACC 内容相加	2	1
ADD A，#data	立即数与 ACC 内容相加	2	1
ADDC A，R*n*	寄存器与 ACC 内容以及进位位内容相加	1	1
ADDC A，@R*i*	以 R*i* 中内容为地址的存储单元中的内容与 ACC 内容以及进位位内容相加	1	1
ADDC A，direct	直接地址单元中的内容与 ACC 内容以及进位位内容相加	2	1

助记符指令	功能说明	指令字节	机器周期
ADDC A，#data	立即数与 ACC 内容以及进位位内容相加	2	2
SUBB A，Rn	ACC 的内容减寄存器与进位位内容	1	1
SUBB A，@Ri	ACC 的内容减以 Ri 中内容为地址的存储单元中的内容与进位位内容	1	1
SUBB A，direct	ACC 的内容减直接地址单元中内容与进位位内容	2	1
SUBB A，#data	ACC 的内容减立即数与进位位内容	2	1
INC A	ACC 内容加 1	1	1
INC Rn	寄存器内容加 1	1	1
INC @Ri	以 Ri 中内容为地址的存储单元中的内容加 1	1	1
INC direct	直接地址单元中的内容加 1	2	1
INC DPTR	数据指针寄存器中的内容加 1	1	2
DEC A	ACC 内容减 1	1	1
DEC Rn	寄存器内容减 1	1	1
DEC @Ri	以 Ri 中内容为地址的存储单元中的内容减 1	1	1
DEC direct	直接地址单元中的内容减 1	2	1
DA A	ACC 中内容十进制调整	1	1
MUL AB	ACC 中的内容与 B 寄存器中的内容相乘	1	4
DIV AB	ACC 中的内容除以 B 寄存器中的内容	1	4

附表 1—3　　　　　　　　　　　　　　　　逻辑操作类

助记符指令	功能说明	指令字节	机器周期
ANL A，Rn	寄存器 Rn 内容与 ACC 内容相与	1	1
ANL A，@Ri	以 Ri 中内容为地址的存储单元中的内容与 ACC 内容相与	1	1
ANL A，direct	直接地址单元中的内容与 ACC 内容相与	2	1
ANL direct，A	ACC 内容与直接地址单元中的内容相与	2	1
ANL A，#data	立即数与 ACC 内容相与	2	1
ANL direct，#data	立即数与直接地址单元中的内容相与	3	2
ORL A，Rn	寄存器 Rn 内容与 ACC 内容相或	1	1
ORL A，@Ri	以 Ri 中内容为地址的存储单元中的内容与 ACC 内容相或	1	1
ORL A，direct	直接地址单元中的内容与 ACC 内容相或	2	1
ORL direct，A	ACC 内容与直接地址单元中的内容相或	2	1
ORL A，#data	立即数与 ACC 内容相或	2	1
ORL direct，#data	立即数与直接地址单元中的内容相或	3	2
XRL A，Rn	寄存器 Rn 内容与 ACC 内容相异或	1	1
XRL A，@Ri	以 Ri 中内容为地址的存储单元中的内容与 ACC 内容相异或	1	1
XRL A，direct	直接地址单元中的内容与 ACC 内容相异或	2	1

助记符指令	功能说明	指令字节	机器周期
XRL direct，A	ACC 内容与直接地址单元中的内容相异或	2	1
XRL A，#data	立即数与 ACC 内容相异或	2	1
XRL direct，#data	立即数与直接地址单元中的内容相异或	3	2
CPL A	ACC 内容取反	1	1
CLR A	ACC 内容清零	1	1
RL A	ACC 内容循环左移一位	1	1
RR A	ACC 内容循环右移一位	1	1
RLC A	ACC 内容带进位循环左移一位	1	1
RRC A	ACC 内容带进位循环右移一位	1	1

附表 1—4　　　　　　　　　　控制转移类

助记符指令	功能说明	指令字节	机器周期
AJMP addr11	绝对转移（2 KB 地址空间内）	2	2
LJMP addr16	长转移（64 KB 地址空间内）	3	2
SJMP rel	相对转移（-128～+127 字节内）	2	2
JMP @A+DPTR	相对长转移	1	2
JZ rel	ACC 内容为 0 转移	2	2
JNZ rel	ACC 内容不为 0 转移	2	2
CJNE A，direct，rel	ACC 内容与直接地址单元内容不等转移	3	2
CJNE A，#data，rel	ACC 内容与立即数不等转移	3	2
CJNE Rn，#data，rel	寄存器 Rn 内容与立即数不等转移	3	2
CJNE @Ri，#data，rel	以 Ri 中内容为地址的存储单元中的内容与立即数不等转移	3	2
DJNZ Rn，rel	寄存器 Rn 内容减 1 不为 0 转移	2	2
DJNZ direct，rel	直接地址单元中内容减 1 不为 0 转移	3	2
ACALL addr11	绝对调用（2 KB 地址空间内）	2	2
LCALL addr16	长调用（64 KB 地址空间内）	3	2
RET	子程序返回	1	2
RETI	中断服务程序返回	1	1
NOP	空操作	1	1

附表 1—5　　　　　　　　　　位操作类

助记符指令	功能说明	指令字节	机器周期
MOV C，bit	直接寻址位内容送进位位	2	1
MOV bit，C	进位位内容送直接寻址位	2	1

助记符指令	功能说明	指令字节	机器周期
CPL C	进位位取反	1	1
CLR C	进位位清 0	1	1
SETB C	进位位置 1	1	1
CPL bit	直接寻址位取反	2	1
CLR bit	直接寻址位清 0	2	1
SETB bit	直接寻址位置 1	2	1
ANL C，bit	直接寻址位内容和进位位内容相与	2	2
ORL C，bit	直接寻址位内容和进位位内容相或	2	2
ANL C，/bit	直接寻址位内容的反和进位位内容相与	2	2
ORL C，/bit	直接寻址位内容的反和进位位内容相或	2	2
JC rel	进位位为 1 转移	2	2
JNC rel	进位位为 0 转移	2	2
JB bit，rel	直接寻址位为 1 转移	3	2
JNB bit，rel	直接寻址位为 0 转移	3	2
JBC bit，rel	直接寻址位为 1 转移，且转移后直接寻址位自动清 0	3	2

附录 2　MCS-51 单片机汇编器的伪指令

应用单片机汇编语言指令编写的源程序必须通过汇编器的处理才能转换成为计算机可以识别的机器语言。伪指令用来控制汇编器的工作，它不产生单片机可以执行的指令代码。汇编器常用的伪指令有以下几种：

1. ORG （Origin）伪指令

格式：ORG 16 位地址

例如：ORG 0000H

ORG 伪指令出现在源程序或数据块的开始，用来指明该语句后面的源程序或数据块在程序空间存储的起始地址。在一个源程序中，ORG 指令可以被多次使用，规定不同程序段的起始地址，但是这些起始地址的顺序应该是从小到大。

2. DB （Define Byte）伪指令

格式：［标号：］DB　字节数据表

例如：TAB：DB 3FH，06H，5BH，"7"，"F"

DB 指令用来在程序存储空间建立以字节为单位的数据表。数据表的起始地址由标号表示，数据表中的数据用逗号分隔。

3. DW （Define Word）伪指令

格式：［标号：］DW　双字节数据表

例如：TABLE：DW 1234H，OAA6H

DW 伪指令的功能与 DB 伪指令类似。指令用来在程序存储空间建立以字（双字节）为单位的数据表。存储数据时，双字节数据中的低字节数据被存放在低位地址，高字节数据被存放在高位地址。

4. EQU （＝）伪指令

格式：名字　EQU　表达式　　　或　　　名字＝表达式

例如：SIZE EQU 15　　　　或　　　SIZE＝0FH

上面的表达式可以是 8 位或 16 位二进制数，因此，EQU 伪指令可以被用来定义一个常量。使用 SIZE 代替数值 15 或 0FH 的好处是它可以表示出数据的含义。此外，如果需要修改数据的值，则只需在声明它的地方改变一次，而不用到处修改，也不必担心是否修改了该数据出现的所有地方。

5. DATA （Data）伪指令

格式：名字　DATA　内部数据存储器的字节地址

例如：LEDI DATA 60H

DATA 伪指令用来给单片机的内部数据存储器的字节存储单元定义一个名字。使用存储单元的名字代替地址的好处是它可以表示出该地址的含义。名字必须是以字母开头的字母数字串。名字必须是唯一的，但是同一地址可以具有多个名字。

6. XDATA 伪指令（External Data）

格式：名字　XDATA　外部数据存储器的字节地址

例如：DAC XDATA 8400H

XDATA 伪指令用来给单片机的外部数据存储器的字节存储单元定义一个名字。

7. BIT 伪指令

格式：名字　BIT　内部数据存储器的位地址

例如：CLK BIT P1.0

BIT 伪指令用来给单片机的内部数据存储器的位存储单元定义一个名字。

8. END 伪指令

格式：〔标号：〕END

END 伪指令表示源程序到此结束，汇编器对它之后的部分不进行处理。

附录3 指令执行对标志位的影响

MCS-51 单片机的汇编语言指令系统中的一些汇编语言指令在执行时将会对程序状态字寄存器（PSW）中的标志位产生影响。这些标志位包括进位位（C）、计算溢出标志位（OV）和辅助进位位（AC）。影响标志位的指令和其产生的具体影响见附表 3—1。

附表 3—1　　　　　　　　　　　影响标志位的指令和其产生的具体影响

指令	进位位 C	计算溢出标志位 OV	辅助进位位 AC	指令	进位位 C	计算溢出标志位 OV	辅助进位位 AC
ADD	√	√	√	CLR C	0		
ADDC	√	√	√	CPL C	√		
SUBB	√	√	√	ANL C, bit	√		
MUL	0	√		ANL C, /bit	√		
DIV	0	√		ORL C, bit	√		
DA	√			ORL C, /bit	√		
RRC	√			MOV C, bit	√		
RLC	√			CJNE	√		
SETB C	1						

注：表格中"√"表示执行该指令时有影响，"0"表示执行该指令后该位为 0，"1"表示执行该指令后该位为 1。